维乐敏·迪克经典科幻小说

德克·赫尔宾提供了灵感与指导，并撰写前言

iGod

裁决者

维乐敏·迪克　德克·赫尔宾／著

Willemijn Dicke　Dirk Helbing

姜达洋／译

中国人民大学出版社

·北京·

献　辞

这本科幻小说献给那些孜孜不倦地想要努力创建一个更加美好的新世界的人，献给所有为生活在这个自己起初根本无法想象的社会而痛苦挣扎的人。同时，本书还将献给那些为即将到来的数字社会搭建雏形、构建框架而贡献聪明才智的年轻人。

本书是我们两位作者的心血结晶，我们希望它能够让每一个读者都爱不释手、乐在其中。

事实上，本书所描述的是一些并不广为人知的未来技术，这些技术也将推动我们的技术、社会、经济、生态和文化体系演进到一个新的层级。因此，我们也乐于把本书献给那些相信本书与他们的生活息息相关的人。请记住，这本小说中也饱含着脉脉温情。

最后强调一句，本故事纯属虚构，如有雷同，实属巧合。

致 谢

我们必须向迪特马尔·休伯（Dietmar Huber）表达我们衷心的感谢，感谢他对我们的热情鼓励，对本书发表了极具睿智、启发灵感的评论，以及对我们其中一名作者（德克·赫尔宾）的支持和帮助。尽管我们见证着当今时代的变革，但无数的艰难险阻也接踵而至，特别是数字革命有时甚至会让我们感觉自己正身处风口浪尖。这么多年以来，如果没有他一直对我们不离不弃并伸出援手，我们是绝对不可能对本书的主题展开深入思考，并最终完成本书的。

我们还必须感谢彼德·诺伊格鲍尔（Petr Neugebauer）为本书英文版设计的精美封面，使之得以付梓并通过 FuturICT 博客引爆社交媒体，大获成功。如果没有他的忠诚相伴、极具创造性的天才设计和孜孜不倦的辛勤付出，实现我们的数字梦想的道路将会更加艰难。

最后，我们还必须向曾经启发过、帮助过或者鼓励过我们的所有其他人道一声感谢。

前 言

德克·赫尔宾
（苏黎世联邦理工学院／代尔夫特理工大学）

面对今天的数字革命，我们正经历着一场前所未有的完美风暴。社交网络、云计算、大数据、人工智能、机器人、物联网、量子计算、区块链技术、3D 打印、虚拟现实，以及无数的其他新技术正在重塑我们的世界。优步挑战着传统的出租车行业，传统的酒店行业也面临着爱彼迎短租的冲击。特斯拉电动车和谷歌无人驾驶汽车的兴起，重新定义了交通的概念，现行的货币制度更是面临着比特币的剧烈冲击。然而，这一切都还仅仅是个开始。数字技术几乎无处不在，它将被用来彻底改造我们当前的产品、服务乃至整个商业模式。它将重新构造我们的整个经济体系、工作内容和公共机构。我们的生活正在经历着一场前所未有的变革，每一项变革以及每一项变革台前幕后的变化都让我们感到前所未有的振奋。我们确信我们正在迎接一个新的时代——数字时代的到来，尽管意识到这一点的过程有些缓慢。

《裁决者》是我的朋友维乐敏·迪克所创作的一本科幻小说，它所描述的正是以上所言的技术变革的情节。我们坚信，任何一项科学研究或者调查报告都不可能像本书这样探讨书中所描述的这些技术情节，而这些本来就是我们应该加以研究、深入探讨的东西。因此，似乎科幻小说反而成为研究这些问题的最为恰当的方法。科幻小说似乎也成为探讨“假如这些情节变为现实将会带来什么样的变化”的最佳方法。然而，这也并非是此类方法首次得以应用。一提到这样的写作方法，乔治·奥威尔（George Orwell）的《1984》和《动物农场》或者戴夫·埃格斯（Dave Eggers）的《圆圈》会首先浮现于我们的脑海。电影《黑客帝国》和网飞公司的系列剧《黑镜》也是非常好的例子。看起来，面对如此众多的科技进步，太多人总是感觉它们让我们的生活变得更加忙碌，太多人更愿意将其用于娱乐，认为网络信息太过幼稚，或者面对着海量的资讯而让人感觉“压力山大”、不知所措，却没有意识到这些技术绝非只是满足我们幻想与娱乐的需要而已。现在，上述的许多科技进步已经成为现实，在我们的生活之中随处可见。一定要小心，不要让自己对一切技术进步都安之若素。千万不要告诉自己，你根本不理解它，或者你根本无法改变一切！大错特错，你一定能够做到这些！实际上，你应该把这些技术进步完全归功于你的孩子、你的朋友以及所有那些相信我们的社会将会步入正轨的人们。

现在，很多事情看起来都没有那么美好。几个月前，针对匈牙利、波兰和土耳其所发生的一幕幕，教皇方济各（Pope Francis）说：“人文主义的欧洲到底怎么了？欧洲还是人权、民主和自由的维护者吗？”他可绝不是唯一一名对此表示担忧的领导人。当马丁·舒尔茨（Martin Schulz）担任欧洲议会主席的时候，就曾经向我们广大人民倡导反对技术极权主义。巴拉克·奥巴马（Barack Obama）在他的最后一场记者晚宴演讲中，也表明了相似的态度。

“……在今天这个时代，一些像自由、民主这样的基本理念正在世界各地饱受非议。也正是在这个时代，客观公正、媒体自由、相信事实、尊重证据等理念也在逐渐遭受腐蚀和破坏，甚至在某些情况下，这些基本理念已经完全被人们遗忘。

在当前的大气候下，记者的职责远非把麦克风递交给受访者。这也是为什么以你们的能力和责任，挖掘真相、质疑现实、纠正事实的扭曲和谎言，在今天会比以往任何时刻都显得更加重要。”

也正因如此，我们开始深入探究，哪怕我们所描绘的现象并不都是真实存在的事实，但是仍然有太多的情节可以构成一个精彩的故事。差不多就在去年，维乐敏和我聊了很多，话题大多关于我们当前所身处的世界，以及未来可能发生的变化，于是就催生了你们面前的这本小说。很显然，我们创作这本科幻小说的目的在于引导你们去深入思考我们的世界，并自己去探究哪些是正确的，哪些是错误的，哪些是可能发生的变化，而哪些则绝无可能出现。在我们当前所生活的虚幻社会之中，类似的思考会显得尤为珍贵。请严肃对待本书，不要把它仅仅看作一本科幻小说。它将超出你的想象，你可以从中探究出更多的事实真相。

德克·赫尔宾

2017 年 3 月

目　录

1

莱克斯

A 国总理的全息图浮现在莱克斯（Lex）公寓的墙角，静待莱克斯将其激活并阅读。很显然，智能家居系统把这则新闻视为头条新闻而向莱克斯优先推荐阅读了。智能家居系统的使用手册宣称，它将完全通过算法来排定新闻的优先等级并加以推荐阅读，但是莱克斯压根不记得自己之前曾经选择关注过 A 国政府的信息。X 总理以其一贯的严肃认真的语气开始发表演讲，而莱克斯则选择快进匆匆浏览这则新闻。

"……这就是我们在 15 年前，把这一旨在开发外太空资源的项目称为'女娲工程'的原因所在。直到今天，我们才第一次自豪地向全世界宣布，我们已经能够从一个小行星上开采出地球上所急需的稀土资源，并将其成功带回地球。通过这种方式，我们将能够重新启动我们的智能设备的生产工作，并将其生产再延续 3 年半时间。

对于我们而言，这只是我们长期以来用持之以恒的努力征服宇宙的太空梦的开端，而并非标志着其终结。我们所有人都清楚，地球将很快耗尽其所有资源。换言之，迄今为止，地球这块蛋糕已经不足以奉养我们所有人了，我们广大 A 国人民也绝不甘心仅从中分得一小杯羹，相反，我们一直致力于将蛋糕做大。"

莱克斯不禁冲着全息图大声高呼"耶！"同时将新闻关闭。然而，对斯普林特（Splinter）而言，主人的呼叫声就是在招呼自己过去，于是它蹦蹦跳跳地来到莱克斯身边，伸出舌头舔他的手。小狗摇着自己的尾巴，就好像自己和主人历经了漫长的分离而终于再次重逢一样。每天，每当莱克斯回到家里，每当他一觉睡醒，每当他扔出一根小棍，或者每当他轻抚小狗的背部的时候，小狗总会一次又一次地彰显出自己的热情。莱克斯从来没有想过自己会养一只小狗。这只小狗其实是他的父母留给他的遗产。起初，莱克斯对于承担起喂养另一个活生生的生命的责任一点儿也不开心，然而现在，他与狗之间已经培养出深厚的感情，就像一对相濡以沫的“夫妻”。“好吧，好吧，我明白你想要做什么，我们现在就出去遛遛。”

刚穿过马路，莱克斯就注意到一小群人在人行道边正在围观着什么。他赶紧跑过去，看到一个十来岁的男孩正躺在地上，因为痛苦而痛哭流涕。他的左腿以一个不同寻常的角度扭曲着，血流不止。

“有人打电话叫救护车了吗？”莱克斯问道。

“一辆体感平衡车由于速度过快而撞到了他。当然，那个闯祸的家伙根本不可能停下来打电话叫救护车。”人群中的一名女士回答莱克斯。

“那么有其他人查看了他手腕上的电子标签，打电话叫救护车了吗？这个男孩很痛苦！”莱克斯不耐烦地重复着他的提问。

“我们查看了他的手腕，他并没有已激活的公民服务编码。”同一位女士回答道。

所有人都知道，如果没有这个直接绑定信用卡的公民服务编码，救护车压根就不会来。如果这个可怜的男孩没有拥有一个已激活的编码，他和他的家人也许根本承担不起手术的相关费用。如果莱克斯愿意使用自己的公民服务编码出钱替这个男孩呼叫救护车服务，那就意味着莱克斯不仅需要承担救护车前来接送男孩的费用，还将承担相关的手术费用，包括所有的医疗服务和后续的护理费用。无论莱克斯还是在场的其他旁观者可能都无法承受得起如此高昂的费用。

莱克斯不忍心目睹这位男孩的哀嚎，继续询问：“那么我们还能做些什么？”

“我们已经联系他的父亲了，他很快就能赶到这儿。”

一位身穿非法定工作服的近50岁的男子乘坐电动三轮车赶了过来。当他看到自己的孩子倒在血泊之中，因为痛苦而尖叫痛哭之时，他的眼神中充满着恐慌。莱克斯和在场的其他几个人帮助这位父亲把他的孩子搬上了三轮车——当然，在这种情形下，要想完好无损地搬动男孩而不伤害到他，几乎不可能。

“来，拿去医院看病吧！”莱克斯举起自己的个人设备，很明显，他想给那位父亲的账户转入一笔钱。

“非常感谢您的好意，但是我被剥夺了个人转账的权限。”

“那么，还有其他方法，能够让我帮到您吗？”

“恐怕没有。我们将努力自力更生。”言罢，那位父亲就关上了三轮车的门，结果却不小心碰到了男孩的伤腿，引发了男孩更加痛苦的哀嚎。

当父子俩驾车离去之时，那位女士实在忍受不住，痛骂了一句“混蛋！”整个人群也纷纷点头称是。在很多年以前，现在的社会等级体系还根本不存在。这个社会发生了多么不公平、多么令人沮丧的事啊！众人甚至没有彼此说一句再见就散了。

莱克斯决定给自己的客户发一条信息，取消本来定在今天的会面，并会在本周稍晚些时候再去拜访他。目睹这个受伤的男孩的悲惨一幕让他深深地沉浸在沮丧、压抑之中，他现在的首要任务是消解这种沮丧的负面情绪。事实上，令他如此情绪低落的并不是这个十几岁的男孩，而是面对这个日渐败落的世界，他却根本无力做出改变的强烈挫败感。他的意愿和努力根本无法给社会带来任何影响，只会带来一个共同的结果：一无所获。为了尝试消除这种负面情绪，他今天遛着斯普林特走得比以往更远。当他返回自己居住的公寓楼时，他还深深地沉浸在这场事故带来的沮丧感之中。

他打开自己的房门，喊着“把床收起来！”随后他的床就整整齐齐地折叠起来，收纳成为一种不碍事的状态。“体检器，第四等级，全身全面检测！”一个盒子从体检器中伸展出来。莱克斯对这个装备颇为自豪，之前，他利用旧机器和自动化家具的一些旧部件，独自创造出了这个设备——要知道，没有任何一个部件是新购置的。他还设计了一台用来测量人体需要多少肌肉群以进行锻炼的仪器，这也令他同样极为自豪。要知道，他的生物学博士学位可不是白拿的。

他的生物体征全部被投射到墙壁上：昨晚的睡眠质量、心跳、血压、摄入的卡路里数、锻炼时长以及其他很多具体数据。他的每一项体征都处于代表健康的绿色区域，相信他的健康保险公司肯定会为之而感到高兴的。这个月他都不用支付额外的保险费用了！他紧握体检器上的小柱，开始在跑步机上跑步。这个设备可以改变形状，以用于锻炼他的身体的不同肌肉。

“重点新闻播报，场景加字幕！”莱克斯又继续发布口令。在他左边的墙壁上，投射出法庭的场景，新闻播报说现在最后一个人类法官也已经被机器人取代了。画外音响起，解释道：在过去的十多年时间内，人类法官犯下了太多的错误。莱克斯说：“不要画外音，只要字幕！”打断了画外音的继续播报。他很诧异，为什么他的智能家居系统没有在第一时间就执行自己的指令。

新闻播报还在继续。接着呈现的是司法变异曾经的受害者的肖像。幸运的是，伴随着在欧洲法庭发生的这次替代，欧洲民众从此再也不用担心受到这些不正常的法庭判决的困扰了。而下一则新闻讲的是又一起恐怖袭击事件，袭击目标是位于荷兰的一家重要的发电厂。但是新闻并没有透露幕后黑手到底是谁。

接下来是其他的一些新闻：一些民众集会反对机器人霸权；而一些民族分裂主义者反对欧洲联邦，还有一些派别的人致力于反对大规模移民。

在有些情况下，一些恐怖主义运动往往会和一个或者多个组织建立联盟，这也令找出本次袭击者变得更加扑朔迷离。根据这起恐怖袭击的残忍程度，莱克斯猜测这起事件可能会和某些反移民组织有关。

下一则新闻是报道在法国南部建成了一所大规模的看守所。新闻画面展示了这一设施的高效、整洁和宏伟。整个欧洲的恐怖分子都可以被运送到这里。它基本就是一种新型的高安全等级的监狱，看似一个充满未来气息的小镇，但实际上只是一片贫民窟。看守所现在已经成为法国最为重要的经济部门之一。莱克斯快速浏览剩下的新闻标题，直到今天的最后一则新闻。新闻播报了一所新的终身教育大学的设立。通过这种设置“我的新闻”的方式，莱克斯总能以一则轻松的新闻结束自己的新闻阅读——新闻中尽管充斥着骚乱和恐怖袭击事件，但能从中看到一些“正能量”的新闻尤为重要。在这所终身教育大学中，来自不同国家、不同年龄段的学生都可以自行在家进行自己的教育计划，而且几乎完全免费。每当他们提交课程作业时，大学的计算机系统就能够立即判断出每一个学生在某一特定领域的水平，并记录下他们的特定技能和学习成长的全过程。教学系统会不断给学生布置新的练习，直到这些学生能够准确无误地完成所有的教学任务，然后他们就可以提升到下一个等级。每一个学生都有着完全不一样的发展规划。上一次莱克斯选择了基础神经心理学课程，他感觉非常有意思，这也让他考虑继续接受这一课程的高级教育。

在厨房里，莱克斯订购了一份含菠菜、芹菜和生姜的冰沙。他等了一小会儿，随后一个 200 毫升容量的杯子被缓慢推上托盘。他并不喜欢苦味，也不喜欢混浊的冰沙质地，但是他精心研究过自己的饮食结构。他希望自己无论在生理上还是心理上都能保持健康，而不是衰老虚弱得像一个 90 岁老头，智能家居系统也确定这是保证他营养均衡的最佳饮食。智能家居系统还特别指出，这一饮食能够改善他的皮肤质地，但是莱克斯对这一点却丝毫不在意。他保持饮食健康和生活方式健康的主要原因就在于，他并不想重蹈他父母的覆辙：当他们年近 80 岁时，他们不仅身体衰老虚弱，而且精神状态极差。

当他吃完每天例行的健康餐后，他命令道：“显示《多层》游戏的高分排名！”在他右边的墙上用绿色字母投射出游戏的积分排名表。莱克斯非常欣慰地看到自己在最喜欢的游戏中，积分仍然高居前十。他一口气咽下了自己的健康饮品，只见他一边咬紧牙关，眯着眼看着积分表，一边咽下了最后一口饮料。莱克斯仔细查看在线网友名单，想知道有没有哪位自己喜欢的网友在线，就在这时，他在虚拟等候室中看到了赫克托八号。因为他的等级还不够，他还得再与另外一名比自己等级更高的玩家搭档配合，以使自己升级，达到下一等级。在这个游戏设置的不同场景中，莱克斯曾经和赫克托八号搭档配合过。莱克斯更具创造力和想象力，而赫克托八号则在对付他们行进路上不时出现的间谍和特工方面更有心得。尽管二人素未谋面，莱克斯早已把赫克托八号当作自己的知心朋友。这个游戏就像一面镜子，它清楚地展现了每个人在压力面前将会如何应对，每个人自身的聪明才智如何，以及更为重要的是，他们能否积极乐观地面对世界、笑看人生。

在对话中，赫克托八号询问莱克斯能否加入他的挑战第九级的游戏。“算我一个！”莱克斯回答道。两人认真地比较了彼此还需要多少游戏资源才能够升级，并据此讨论了他们的战略。刚等赫克托八号准备好自己的装备，他们就发现一群敌人正在迅速地接近他们。在角色冒险游戏中，每一名玩家都必须全神贯注，精神保持绝对集中。经过 89 分钟的艰苦鏖战，他们终于升到了第九级。

“耶，太感谢你啦！太棒了！今天的游戏太精彩了！比我想象的更具挑战性。我爱死这个游戏中的找路环节了！”赫克托八号发言道。

“找路？你在开玩笑吗？你喜欢解决难题，而不是射击杀敌？”莱克斯诧异地询问。

“当然！”

“嗯，作为一名侦察兵，在游戏中，你看起来似乎更喜欢射击情节。你到底是一个成人，还是一个小孩？”

“我是一个堕落天使！”

“那么我们都是同一类人！期待在第 10 级游戏或者更高级别的游戏中再次与你携手合作！”

在游戏期间，莱克斯被呼叫了很多次，但那时他有更重要的事要做，那就是全心玩游戏，全力争取一场战争的胜利。现在，他总算有时间来检查对话记录了，但是，当他注意到自己错过了 5 个网络呼叫时，还是有些恼火。要知道，只有老年人和商业交往才会选择使用网络呼叫方式，他的朋友们通常都会使用其他较少打扰对方的通信手段。他查看了一下到底是谁在如此不顾一切地拼命呼叫他，原来又是范布伦（Van Buren）先生。

就在他和大学的合同出人意料地被终止的一个月之后，他在自己的朋友圈发布消息说，自己可以帮助他人解决人工智能问题。当时他想在自己的基础薪资之外再赚点小钱，他其实想的是可以找一些小公司，为它们搜集一些大数据，或者分析、处理它们的商业计划数据。然而，理想很丰满，现实却很残酷。现在他已经有了一些客户，但绝大多数都是身边没有亲人帮忙解决一些最基础问题的八九十岁的老年人。每当范布伦先生向他的智能家居系统发号施令时，总会出现这样或那样的问题：图标消失了，或者被其他图标替代了；声控系统出了故障，或者智能家居系统根本没有反应。在多数情况下，这些都是因为他没有及时升级软件罢了。

莱克斯叫停了一辆电动三轮车，并用语音告知它目的地，随后他喊了一声“出发”，车就启动了，直奔他的目的地。经过15分钟的车程，电动三轮车停在了一座灰白色的高大建筑物面前。就在莱克斯准备挥动植入手腕的感应器通过入口的探测器时，范布伦先生已经为其打开大门。“我亲爱的亚历山大！”只有范布伦先生和莱克斯已经故去的母亲才会如此叫他的全名。“请帮我查看一下我的纪念芭芭拉程序，它总在一遍又一遍地讲同一个故事。”

早在十多年前，范布伦先生就成了一名鳏夫，这个他用来与已故的妻子聊天的程序多少显得有些业余。莱克斯尽其所能，对这个聊天机器人的脚本进行了细致的维修，但是这个纪念芭芭拉程序的功能实在太过有限了。

“我修复了你的程序的连接，但是可能，它最多也只能为您提供105种不同的聊天选项。”

“太感谢您了！能够再次听到芭芭拉的声音，还是能够让我精神振作的。亚历山大，对我而言，芭芭拉是那么与众不同，她是一名聪慧而又时髦的女士。当然，坦白说，有时候，她可能还是会显得有些郁郁寡欢。但是谁又能成天到晚都兴高采烈，对什么事都能够保持情绪高涨呢？”从他的语调中，莱克斯可以听出来，范布伦先生关于妻子的这些话都已经对他人反复倾诉过无数次了。范布伦先生走到屋子的另一个角落，招呼道：“请坐吧！”

莱克斯压根就不用着急离开。尽管范布伦先生年纪大了，但他并不傻。莱克斯上门服务每小时报价 60 电子币，这 60 电子币是起步价。通常他只需要花 10 分钟左右的时间，就足以解决范布伦先生的难题了。既然范布伦先生反正都得支付他 60 电子币，他还可以再附带着要求莱克斯再做些其他的小工作，比如修理全自动家具、进行智能家居系统的微调和个性化设置。当然，如果能够为一家政府机构或者由政府担保的代理机构提供服务就再好不过了——莱克斯每个小时就可以开价 90 电子币了。政府才不会鼓励两个个人之间的私下交易！

今天，范布伦先生邀请莱克斯一起聊一下当前的世界新闻。他想知道莱克斯对于在法国南部新建的大型看守所的看法。可是当莱克斯发表自己的意见时，范布伦又毫不客气地打断了他的话：“你们年轻人啊，什么都不懂！”在对不同年代、不同地区的全球事务进行了 20 分钟的交流之后，他们把聊天的话题聚焦到第二次世界大战上。随后，莱克斯离开了这位老人的家。就在莱克斯都已经右转远去的时候，范布伦仍然站在敞开的门边，挥舞着手臂，向他高呼再见。莱克斯决定步行回家。今天的天气非常好，莱克斯的造访极大地缓解了范布伦先生长期独自生活的孤寂。莱克斯现在在《多层》游戏中的游戏等级已经升到了第 10 级，而他的账户里又多了 60 电子币，看起来，生活也并不是彻底的一团糟嘛！他也知道应该如何挥霍这笔钱了……

回家之后，莱克斯根据自己的喜好量身订购了一份少女全息服务。这名全息少女几乎和真人完全一样，相貌秀丽，既聪慧机灵，又动感十足。好极了，尽管她并不是有血有肉的真人，但是他就是喜欢这样的红发美女。这有什么不好意思的？他们在一起共度春宵，尽情享受。在他取下智能眼镜和手套之前，他就已经关闭了与这名性感美女的礼节性对话，这样的对话总会令他尴尬万分，随后他关闭了这个应用程序。

莱克斯觉得极度放松，并感到生活无限美好。现在他又想玩一会儿游戏了。这次，他想要玩一会儿《我的新闻》，他再次查看游戏积分排名榜，却发现自己排名第 12 位。这是一款刚刚推出的游戏，还没有彻底开发完毕。莱克斯受邀成为这款游戏的早期体验玩家。这款游戏可以让玩家重新体验几个小时前刚刚发生的一些新闻中的情形。莱克斯认为这款游戏具有极大的市场潜力，但是还有很多小问题需要被修复，而作为体验玩家，他也一直在反馈汇报自己所发现的问题。

目前，他正致力于改进《我的新闻》的时间体验。在这款游戏中，时间的跳跃是一个会令玩家极度恼火的因素。玩家们根本不能加速跳过一系列事件。这款游戏完全是在模仿真实事件的时间轴来确定游戏的时间线——这通常会让玩家们急不可耐。莱克斯已经针对如何改善游戏的时间体验，向游戏编辑提出了好几条建议。尽管莱克斯对自己的建议也不尽满意，但是他所提出的解决方案至少会比前一版的游戏设置要改进很多了。令莱克斯欣喜的是，游戏编辑已经采纳了他的建议——通过这种方式，他也赚得一些游戏积分，给自己增加了 60 积分。

之所以莱克斯会如此喜欢《我的新闻》这款游戏，是因为作为一名游戏玩家，他可以选择任何一个他喜欢的新闻场景，并选定任意一个人物角色进行游戏：恐怖分子、间谍、政府官员、产业工人或者平民。也正是因为范布伦先生，他选择了大型看守所在法国南部建成的新闻事件。在这起新闻事件的重演中，莱克斯选择了欧盟特勤局领导的角色。他仿佛置身于一个几乎完全真实的新闻场景的虚拟现实之中。在游戏进程中，根据莱克斯和其他玩家的决策和行为选择，最终的结果可能会与现实生活中发生的完全不一样。

直到斯普林特跑到莱克斯的手肘和身体之间蹭来蹭去，莱克斯才反应过来，原来已经好几个小时过去了。莱克斯牵着斯普林特来到最近的一个允许狗儿自由奔跑的场所。像荷兰这样拥有太多清规戒律的国家，可不允许狗儿随意跑动。早在多年以前，莱克斯就知道，像斯普林特这样的惠比特犬，每天都需要奔跑，否则它的外表就容易显得很邋遢。

今天，斯普林特跑向了一只超重的拳师犬。想要遇到另一只宠物犬可不容易，要知道国家的现行政策并不鼓励饲养宠物。舆论宣传把宠物犬主人描述为对环境极不负责任、浪费珍贵的资源去饲养无用的动物而不是喂养人类的人。每天斯普林特饮用的水都是从莱克斯定量的饮用水中扣除的，因此莱克斯也鼓励自己的狗饮用沟渠或者池塘中的水。当莱克斯决定把狗带离父母，带到自己身边的时候，他的社会公民积分还被扣了 10 分。

斯普林特试图通过玩耍和奔跑来挑逗另一只狗，可是那只大肥狗居然连眼皮都没眨一下。拳师犬的主人向莱克斯点头致意："你不觉得这就好像我们人类间的关系一样吗？男人总是想要开始，而总是由女人决定是否继续下去。当然，在多数情况下，女士总是选择拒绝。"当莱克斯略微走近一点儿这只狗的主人的时候，通过那头半长的灰白头发，他认出了那是阿德里安·塞尔登（Adriaan Seldon）。

"你来自阿姆斯特丹科技大学，是吗？"莱克斯问道。

"是的，难道你也是那儿的？"老人回答道。

"我曾经在那里工作过一段时间。"

他们热情握手，随后相互自我介绍。当塞尔登表达出对莱克斯的故事的浓厚兴趣之后，莱克斯开始倾诉自己的经历。他在阿姆斯特丹科技大学获得了硕士学位（顺便说一句，他可是以最优异的成绩毕业的）和生物学的博士学位。塞尔登也获知了莱克斯的导师的姓名。阿姆斯特丹科技大学就像一个小山村，多数的教职工都彼此熟悉，教授们之间自然更是如此。莱克斯继续讲述："我发现了树木之间的一种复杂的通信方式，这种通信方式在地球上最古老的树木——银杏上表现得尤为明显。早在恐龙还存活的时代，这些树木就已经存在了。这是不是很神奇？"塞尔登点头表示赞成。"在获得了博士学位之后，我就产生了一种直觉，既然我们和香蕉之间可以共享 50% 的 DNA，那么我们就也有极大的可能可以共享这种通信方式。"莱克斯充满激情地述说着自己的想法。塞尔登说，对于像他这样的初级工程师而言，这道理完全行得通。那么后来又发生了什么，使莱克斯不再为阿姆斯特丹科技大学工作了？让莱克斯诧异的是，塞尔登从情感上对他的支持完全超出了他的想象。他说，那基本还是由于他自己犯了错，没有注意到自己的劳动合同的一些细节条款。对他而言，科研工作让他沉醉其中，因此他签了各式各样的合同，为的就是尽可能延续自己的科研工作。

“要知道，我从来没有把在大学的这份工作仅仅看作一份工作，在我看来，它一直就是我的天职，即使到今天，我还如此认为。”莱克斯继续说：“在我的生命之中，我最想做的就是科研工作。只要我能够赚到足够的钱来填饱肚子，我就会一直这么坚持下去。”

在塞尔登看来，确实有很多人就是这样执着地追求着自己的学术生涯的梦想的。那么，莱克斯到底是因为什么原因不能在阿姆斯特丹科技大学继续自己的科学研究的？

自被解雇以来，莱克斯第一次能够控制住自己对事件的满腔怒火。“我并不想自吹自擂，但是我的确是一名非常优秀的科研人员。我获得过一次亚克塔（Iacta）奖，我在弗洛拉出版社出版过著作，我还获得了一次诺维斯·埃默高（Novice Emergo）奖。”

“干得不错，对于一名博士后而言，你已经表现得非常突出了。”

“正如您所知道的那样，我的导师是系主任，他非常看重我，并赏识我的研究。我对此非常确信，他总是一而再、再而三地找到经费，把我的合同再延长几个月时间，他还向我承诺，我将会很快获得助理教授的职称。然而最后，系里却没有经费为我提供一份永久合同——系里的一处建筑工程严重超支了。因此，突然之间，就在一系列实验进行过程中，我失去了自己的工作。你也清楚，我的年龄已经太大了，已经不可能再到其他大学重新开始寻找一份助理教授的终生教职了。”

“的确毫无机会！”塞尔登补充道。不过对于莱克斯而言，如此坦诚、不假思索的回答却似乎有些残忍。

“所以我就变成现在的模样了。每天的生活就是遛遛狗、打打电脑游戏，以及帮一些电脑白痴们维修电脑。”

听到这些话，塞尔登不禁叹息不止。

“我一直在絮絮叨叨地讲述自己的故事，是否让您感觉厌烦了？”莱克斯询问。

“我一点儿也没觉得厌烦。我只是对这种不能为像你这么优秀的人提供学术研究岗位的制度而感到失望透顶。人与人之间相知相识总是需要时间的。现在，我知道了你是一名优秀的科研人员。当你提到银杏树的时候，我能够看到你的眼睛在闪耀着光芒。"

就在这个时候，惠比特犬奔向了一条岔道，忽然之间，它的行动僵住了，蜷伏在路上。莱克斯严厉地呼叫着斯普林特的名字。塞尔登也带着浓厚的兴趣，看着眼前的一幕。

"到底发生了些什么？"

"我的父母并没有把我的狗训练得很听话。现在我必须发明一些东西来帮助我训练它。现在我给他佩戴了一个项圈，如果它表现不佳，我就会轻轻地电击它一次。这就是我对狗的遥控软件。"莱克斯向塞尔登展示了他的个人设备中的一个小应用软件。

"也许我应该给我的学生们也装这么一个小玩意。"塞尔登幽默地回应道。

"顺便问一句，你的狗叫什么名字？"塞尔登询问。

"斯普林特。你的狗呢？"

"它叫夏甲（Hagar）。毫无疑问，我们还会在此相会的，莱克斯。既然狗们都会彼此相爱，那么它们的主人们也会和它们一样亲如一家的。再说了，附近也没有太多的可以让狗狗们到处跑的地方了。"塞尔登再次哈哈大笑，随后换了一种更为严肃的口气："我必须离开了，但是请让我们保持联系吧！"

当他们彼此道别时，莱克斯在塞尔登的皱巴巴的耳垂上隐约看到了一个小小的耳洞，也许这是他当年叛逆期所留下的一丝痕迹。不知道为什么，莱克斯还是感到一种莫名的感动。

2

黛安娜

空气中弥漫着春的气息。莱克斯看到一枝连翘正开得灿烂，于是掏出随身携带的小刀，割下了三枝黄色的花枝。随后，他又路过了一片建筑物原址，在这个地方，原本屹立着一片美丽的20世纪修建的联排别墅，每套别墅前原本都有一座小小的花园，可惜这些房子在一年多以前都被拆除了。当然，最终这块空地也不会闲置的！根据垂直城市政策，一片新的公寓楼将会在这块土地上拔地而起，而里面所提供的公寓房间甚至会比莱克斯现在的房间还小。有点“事后诸葛亮”地回顾此事吧，莱克斯还是很庆幸，自己能够成为首批入住这些新建公寓楼的住户。但是再回头想想，当初他可是对狭小的房间大为恼火的。阿姆斯特丹城的确还在扩张，而城市却朝着更高的大楼和更狭小的房间而发展。莱克斯已经回到了自己的楼前，就在此时，他突然听到有人冲他大喊大叫。

“能不能管好你的狗！”一位年轻的女士歇斯底里地冲着莱克斯大喊。斯普林特不知道在追逐着空气中的什么东西，几乎撞到了一位金发女郎的身上。在这位女士的手中，还紧抓着一样小物件，看上去比鞋盒大不了多少。“你知道一架新的无人机值多少钱吗？”她威胁莱克斯道。同时，她说话的腔调非常严厉苛刻。

“我相信斯普林特绝不会伤害到你的，难道它真伤害到你了？”

“不，它没有伤害我！不对，是还没有伤害到我。就在它准备扑向我的无人机的时候，我及时出手，救下了它。”她抱着自己的无人机，就好像怀抱着自己的孩子一样。

“我能不能看一眼你的无人机？”莱克斯把自己手中的黄色连翘花枝递给了那位女士，并从女士手中接过了无人机。

“它的样子真是漂亮极了，难道不是吗？它到底有什么特别的功能？”莱克斯轻抚着无人机的上端，询问道。

“我真是太喜欢你的无人机的外形了。它到底是用什么材质制造的？难道是合成纤维吗？你再看看这儿，它是通过超声波导航的。是不是就和蝙蝠一样？”

莱克斯一丝不苟地认真把玩着那台无人机，“它的最大飞行距离是多少？”

“看来你的确是一位问问题的专家。但是似乎我还没有听到你为你和你的狗的行为道一声歉。”那位女士仍然恼怒地说，而此时，她手中还抓着那些绽放的连翘。

莱克斯知道，仅仅因为斯普林特的天性，就非要强求他赔礼道歉其实有些蛮不讲理，毕竟他的狗并没有造成任何的实质性伤害，而只是担心可能造成伤害罢了。看来，现在需要讲一个小笑话来化解这份尴尬，并以此为引子，引向下一个话题了。然而，知易行难，在这一时刻，尽管他知道这个道理，却并没有巧妙地引开话题。在此时，也许他只需要表达出一份足够诚恳的歉意。

“你应该知道，斯普林特是一只惠比特犬，它天性就喜欢追逐快速移动的小猎物。它无法抑制捕猎的天性——它实际上就是一名小猎手……但是如果它的确吓到了你的话，我还是必须为它的行为向你道歉。”

“当然，它差点把我吓得灵魂出窍。它真的是你的狗？”

“是这样的，在我父母尚健在的时候，它其实是我父母所养的狗，但是，我很高兴能够从父母那儿继承下它，并成为它的主人。不过，你为什么会这么问？”

这位女士坦率地告诉莱克斯，她真的不理解，为什么会有人愿意饲养这么古老而又难闻的活生生的动物，而且它们身上往往还会带着病菌和疾病。为什么不买一只机器狗？

莱克斯不禁笑出声来，“等你慢慢与它熟悉了，每天看到它在门口迎接你归来的时候，如果你还是认为一只机器狗能够比得上我的小宝贝的话，我打赌我愿意吃掉自己的帽子。”

黛安娜（Diana）回应道，她可不习惯与陌生人随便打赌。

“好吧，我在遛狗，那么你呢？你是在遛你的无人机吗？”莱克斯还是尝试开个玩笑活跃一下气氛。

那位女士闻言，扬了扬自己的左眉，但是却没有回应并继续两人间话题的意思。

“也许你今天外出，还有特殊的目的，难道是在训练你的无人机？”

“我才不是训练它呢！我的无人机是全新的，我刚刚搬了一个新家，我必须学会把它导航前往我的新公寓，这样的话，它就不会到处乱飞了。”

“那你住哪儿？”莱克斯问。

她犹豫了一会儿，停顿的时间略长。“在那座大楼里！”她指着莱克斯家的方向。

“如果这样的话，那我们可是邻居啊！我叫莱克斯！”他举起手向对方打招呼，然而，却注意到那位女士根本没有理睬自己伸出的手。

“我叫黛安娜！”女士不情不愿地回答道。

她甚至没有再等待莱克斯礼貌地做出回应，就把连翘还给了他，要回自己的无人机，转身回家去了。

面对面的交流总是比在虚幻的网络世界中沟通更加困难，但是比起以往，莱克斯觉得自己已经改进了很多。他认为，问题的出现本来就是为了等待解决的，而人的行为总是可以被教导或者被训练的。回家以后，莱克斯把连翘插入了桌子上的一个简易花瓶中，随后，他就开始运用自己所学过的一个名为《初次见面》的心理学课件回顾之前的对话。考虑到稍显漫长的停顿和说出自己名字时的勉强，他知道当时黛安娜一定感到了尴尬和别扭。根据回忆，他又重演了一遍完整的对话，先进行深入的分析，随后从中得到一些小的心得。分析工具说明，由于遭遇了他的小狗，最初黛安娜就满心恐惧。尽管她的这种恐惧是来源于其他因素的，而不是莱克斯本身，这也意味着，他本应该给黛安娜更多的时间放轻松，使她能够轻松自如地面对一名陌生男子。心理学工具还进一步批评了他抓无人机的方式，“我不是在抓无人机，而是出于兴趣在研究无人机。”莱克斯试图纠正程序的表述。此外，他其实已经知道了，自己的笑话也糟透了。工具还为他下次的见面提供了一些小心得：“一定要保证一个安全的生物距离；不要随便动别人的东西；在询问别人之前，先分享自己的个人信息。”当莱克斯继续不依不饶地让系统为自己的这次会面打个分时，心理学课程给他打出了可怜巴巴的 25 分。考虑到盛开的连翘是一项“中立而又积极的话题”，下一次见面的窍门就应该围绕它而开始。不过还好，至少莱克斯还有机会再次与黛安娜见面和交流。

莱克斯本想查看一下黛安娜的网络信息资料，结果他的注意力却被一些头条新闻吸引。这次报道的是，A 国遭受了空袭。身份不明的无人机针对 A 国南部地区的几个水库展开了袭击。到目前为止，尚不清楚这次袭击的目的到底是什么。事件中并没有爆炸，也没有探明任何可检测的污染。虽然如此，水库已经被证明不再安全了，所有相关城市的饮用水资源都被破坏了。可以想象，这也必将带来一连串的恐慌、抢劫和骚乱。莱克斯叹息不止。现在几乎没有一天听不到这些严重的灾难发生。难道是因为整个世界现在都处于严密监控之中，或者只是灾难、动乱和袭击的数量在不断增长？

一连串的灾难报道之后以一条让人乐观、振奋的消息结束了本次新闻报道。一则短消息报道了在南极洲取得了一些非常令人兴奋的发现。一群科学家取得了一项不可思议的发现，他们发现了一个类似庞贝古城的旧址：在厚厚的冰层下，他们发现了整座城市，它拥有古代的城堡、先进的技术，甚至还有金字塔。这些建筑应该是建造于 3 400 万年之前。最让人感到不可思议的事实是，他们发现了几十具看上去非常奇怪的人体。尽管现在就得出结论似乎为时尚早，但给人的第一印象就是这些文明可能甚至比我们当前的社会还要发达得多。

“这怎么可能？”新闻机器人主播采访在南极洲现场的科学家时问道。观众们可以上传自己的问题给新闻机器人主播，而女教授则可能会回答这些问题。

“与100多年前相比，现在的温度已经上升了3摄氏度。冰层在逐渐消融，科学家们才偶然发现了这些不同寻常的事物。它们既与南极洲的地质毫无关系，也与我们对于南极洲地貌的认识迥然不同。”教授回答说。“看起来，我们发现了一个举世震惊的被封冻的文明。我希望我们能够重建，或者至少吸收他们的先进文明，起码要吸收他们的先进技术。”

“是否可能是极移导致了这一现象？”莱克斯上传了他的问题，但是却被新闻机器人主播无情地忽略了。

取而代之的是其他人的另一个问题，“我们是否重新发现了亚特兰蒂斯？”

“无论最终的真相是什么，地球的整个历史都将被重写！”

莱克斯觉得这一切简直是太有趣了，但是他最希望的，还是找到更多有关黛安娜的信息。他甚至觉得直呼黛安娜的名字显得太过亲昵，太过亵渎对方，而无法对智能家居系统叫出她的名字。对于黛安娜，他所有知道的就只有她的名字和他们共同的地址这两条信息罢了，就连她的姓都不知道。他左边的墙上投射出一名年迈的女士的照片。莱克斯将这张照片消除后，一张新的照片呈现出来，这就是他刚刚遇见的黛安娜。看起来，黛安娜的社会公民积分处在比莱克斯更高等级的水平上。她于1992年出生于阿姆斯特丹，获得法学博士学位。莱克斯点击查看黛安娜简历中所提到的雇主名单。开始时她接受了律师的培训，可是后来，她转向检察工作。直到一年前，她开始在海牙国际法庭担任助理职位。但是莱克斯却无法追溯黛安娜目前到底在哪里工作。有很大的可能性，她已经被最近开发出来的司法机器人替代了，和莱克斯一样，悲惨地加入了失业大军。

“打开《多层》游戏！”莱克斯发出命令。这时候，他希望能够以自己喜欢的方式重新编排自己的家具：一张舒适的太师椅结合了床、沙发和脚凳三者的优点。在游戏中，一个人可以解决难题，从而升级进入下一个等级。此外，一个人也可以通过改进游戏的逻辑或者技术设计来赚取积分。在上次玩这个游戏的时候，他为游戏中的政府精心设计了一份房地产开发计划。因为他提出了很多优化方案，在采纳了他的工作成果之后，政府大概可以节约 20% 的预算。

今天，莱克斯在研究《多层》游戏的一个子集——能源贸易体系。问题的关键在于如何设计出一套更有效的激励机制，来鼓励以某种方式通过政府渠道进行交易，而不是公民之间的双边交换从而“创造更多的机会，以实现多样化的个人选择之间的协同、优化和协调”。在这个特殊的子集中，个人可以彼此交易能源。如果公民们只是根据自己的喜好自主地决定买卖交易，不管怎么样，都会造成整个系统的资源短缺，从而使得系统不再能够应对高峰需求。为了帮助个人做出选择，消费者需求被严格分类：总有些能源需求会比其他的需求更为重要。莱克斯设计出一些新的变量，据此可以更好地实现消费者的优先等级排序。能源大推进平台根据每个人的社会公民积分来区分不同类别的消费者。除此之外，还必须考虑动力能源。氢能是优先程度最高的能源，其次是风能和太阳能。莱克斯写出了一部分计算机算法来反映这种优先次序。他还写出了一些代码，给予在政府主导的能源大推进平台中的交易更多的优先权。在这个平台中，卖方所实现的价格水平会低于在 P2P 直接交易平台中交易的价格，但是这种交易会更安全、更有保障。他也为买方写了类似的代码：人们必须支付更高的能源价格，但即使是大推进平台也无法保证能源的供应——每个人都知道短缺的存在。但是莱克斯的代码可以保证，在政府主导的平台中发布的需求信息的优先权会高于其他所有平台中的需求信息。

莱克斯花了相当长的时间，全神贯注地投入自己的任务之中。他也为自己能够想出如此巧妙的解决方案而兴奋不已。他站起来，打开水龙头接水。图表显示，今天他已经饮用了差不多 750 毫升的水。他想要给自己公寓墙角的绿植浇点水，可是当他把喷壶放在水龙头下时，水龙头却拒绝出水并闪烁着“仅供饮用！”这几个红色大字。这是一项新的功能。他的水龙头现在可以识别喷水壶了。

既然不能给绿植浇水，他只能对它们说：“今天晚些时候，我会给你们浇点水，你们已经长得非常漂亮了，你们全都是有了不起的强大生命力的生物！”他轻抚着绿植的叶子，就好像在抚摸婴儿的脸颊。

他回到自己的控制台，查看《多层》游戏管理员有没有采纳他的关于推进能源供求的解决方案。如果被采纳了则意味着他能够获得一大笔积分，从而帮助他升级到下一个级别。一条信息突然跳了出来。

“做得不错，莱克斯！非常睿智！无论对于买方还是卖方，你的方案都提供了无形的激励！我们很荣幸地通知你，在这部分游戏中，我们已经采纳了你的解决方案。你获得了 60 积分的奖励！”

3

塞尔登

莱克斯打开了公寓墙角上的灯，并戴上了自己的塑料工作手套，在经过家中的绿植的时候，禁不住为其浓密的绿叶而感到欣慰。他已经完成了今天《多层》游戏的日常时长，除了这段精彩的游戏体验之外，更为特别的是，自己还有幸邂逅了黛安娜。现在他允许自己稍稍放纵一下，转而进行自己最喜爱的娱乐方式——家庭基因组编辑，这个爱好是他在一年多之前发掘的。

当他在阿姆斯特丹科技大学读博士后时，他曾经设计了一些实验项目，以求在大学实验室中利用理论与实践对基因进行分解。当时，他只能看着自己的生物系同事来执行这项任务。他的关于植物通信的研究主题还是一块未经开发的处女地，这一主题对于理论的要求要远高于通过试管、昆虫和植物进行实验操作，基因层面的实验需要的实验也更少。他的同事们都在嘲笑他，有时，他也不知道这些嘲笑到底是源于蔑视，还是源于嫉妒：的确，他，莱克斯就在进行古老的专业科学，也的确会把自己的手弄得肮脏不堪。在学术生涯的早期，他每次在实验室工作了长长的一天之后，都会竭力擦洗自己的双手，尤其是手指，而到了后期，他甚至懒得取下缠在指甲上的黑线。而他的同事们，几乎无一例外，全都坐在电脑的数字显示屏前进行自己的工作。在他们看来，在植物生命科学领域，唯一有价值的就是基因层面的研究。

当他被大学开除之后，莱克斯带了一些他最喜欢的绿植回家和自己待在一起。他也不知道这是为了什么，他只是喜欢这些绿植。这些绿植实在太美丽了，他怎么忍心将其弃若敝屣？如果他的那些科学家同事真的曾经注意到这些绿植，也只可能把它们当作研究工具，或者只是把它们当作碍事的路障罢了。

失业的最初的那些日子总是显得那么的漫长，莱克斯一整天都只是在照顾这些绿植，并感受着它们纯粹的美丽。直到几个月之后，他才考虑重新开始一些小的简单的实验。但是研究工作已经不再能够为他赚足谋生的钱了。对他而言，科研更像其他人说的业余爱好了，而无论这些爱好究竟是些什么内容。也许仅仅出于消遣取乐的目的，他安装了试管，培育了昆虫。当然，单凭个人的力量是不可能装配得了那些更大的设备的。他从一些之前的雇主那儿借入了一些设备。当他准备开始做实验的时候，他还专门回了一趟学校实验室告知了老板。莱克斯陈述了自己的想法。毫无疑问，莱克斯还需要带一些实验室装备回家。莱克斯是唯一一名从事植物通信研究的科学家，可是现在他被解雇了。那么大学有极大的可能会把他的那些实验设备全都扔掉。他的老板甚至还帮助他把一些沉重的设备运送到莱克斯的家里——老板想以这种方式弥补自己之前作为一名管理者的错误，至少莱克斯是这么猜想的。

实际上，要想在莱克斯狭小的公寓中建设这样一个实验室，哪怕是一个微型实验室，也是一个极为疯狂的想法。一年以前，当他需要研究植物基因的时候，他对自己极为愤怒。他为什么不更多地利用好大学的实验室？没有恰当的基因编辑工具，他的研究完全陷入了困境。他不想再向自己的前任老板求助，然而不久之后，莱克斯发现，完全可以在家利用基因分析甚至基因编辑技术从事一些小的投资活动。网络黑市中的二手市场里有充裕的资源，凭借从范布伦先生以及其他客户那儿赚得的钱，他订购了一套工具箱，用于对植物和哺乳动物进行基因编辑。这个工具箱被称为“剽窃”，因此，莱克斯也在自己的心中，把自己最近的业余爱好称为“剽窃”。剽窃工具箱使得下一代基因编辑成为可能，基因定位也被提升到一个新的水平，高效且便于使用。这套系统可以实现几乎所有生物体的特定区域的基因定位。

莱克斯走近一株植物，说道“对不起，伙计，我需要从你身上采集更多的材料。”随后他撕下了一片嫩叶。接着，他利用一把手术刀，从树叶下切下几乎看不见的一小部分，准备用作样品，通过显微镜认真观察，而这台显微镜也是他的前任老板的馈赠。“它几乎已经折旧完了！”当他的前任老板把这台显微镜送给他的时候，他告诉莱克斯，当然，两人都知道这只是一句谎言罢了。但是莱克斯还是接受了这件礼物。尽管这肯定不是一台最新、最好的显微镜，但是单就莱克斯的研究目标而言，这已经完全够用了。莱克斯通过注入帮助通信进程的基因、删除阻碍通信的基因实现对于植物的通信技能的微调，从而制定了自己的研究任务。在这株植物中，他删除了一些信号干预基因组，同时注入了一些可以帮助加速产生信息素的基因组。既然人类的信息素基因的指令系统比植物要大得多，他就选择使用了自己的人体材料与植物混合。他仔细观察植物，过了一会儿，他又开始研究处于最大浓度状态的样本。随后，他突然站起来，用自己的光脚奋力踢打着墙壁。“真可恶！”他的大脚趾都踢伤了。在清除了前一次实验中的错误之后，他原本期待能够取得一次成功的。因为某种原因，他注入植物体内的基因并没有发挥作用，实验又一次以失败告终。他擦拭着自己的脚趾，再一次研究着样本。他上网调查自己的失败原因，还把自己的实验结果寄给了位于世界各地的一些之前的同行，以便稍后和他们展开讨论。他还浏览了最近的关于基因编辑的文献资料和基础论著。他能做的仅此而已。

在自己的迷你实验室中工作了两个小时之后，他终于放弃了，并且仍然很恼火，因为他根本就不知道自己的实验到底错在哪里。直到开始清理自己的实验室时，他才感到自己早已饥肠辘辘了。他赶紧上网，想在自己最经常光顾的餐馆给自己订购一份健康、高纤维、全素、辛辣的快餐。他喜欢这家餐馆的服务：所有的快餐都会在 15 分钟之内通过无人机送达。当他刚准备确认付款的时候，他注意到了快餐的价格。怎么可能会是这样？就为这顿饭，这家饭店居然向他要 78 电子币。而在平时，这也就值 20 或 30 电子币罢了。莱克斯取消了订单，准备尝试去其他餐馆订购快餐。运气太差了！他所准备订购的快餐，要不就是没货，要不就是与刚才的快餐价格相近。莱克斯实在很诧异。难道出现了莱克斯都没有留意到的突然的通货膨胀？他只能放弃订购现成的快餐，转而在超市购买了一些基本的食材。在对快餐价格的研究中，他根本没有发现任何通货膨胀的迹象，或者可以解释这次价格忽然上涨的可信的理论依据。

莱克斯花了很长一段时间准备晚餐，但他还是满心不痛快，因为他根本不能化解今天的谜团。在用餐期间，莱克斯观看了一部纪录片，它是关于世界人口教育模块的一部分。他通常会定期参加在线课程学习，这个教育模块由一位受人尊敬的专门从事预期寿命和世界人口研究的A国研究人员编写，其内容看起来非常适合莱克斯。在这些交互式的纪录片中，他经常改变参数取乐——比如当他假装成一个十多岁的小孩或一个老妇人的时候，他经常可以看到不同类型的程序表述。但是这一次，他保持了默认的设置，作为系统所默认的异性恋的、受过高等教育的、白皮肤的、单身的、20多岁的欧洲人，他开始观看电视纪录片。那位魅力十足的机器人女主持——西尔维亚（Silvia）展示了一些反映世界人口增长的图表，以及预期寿命的发展情况。他被识别出是一位久经训练的生物学家，视频跳过了所有的基础知识，并展示了更有趣的事实。正如大家所知道的那样，当前，新生儿的预期寿命大约为125岁。一些科学家大胆地宣称，随着更多发明的不断涌现，人类的平均寿命有望达到250岁甚至更高。遗传生物学家一致认为，在10年之内，是可以实现平均寿命达145岁的。这些关于预期寿命的事实都被和世界人口表格纳入同一个框架之中。表格显示现状是预期寿命为125岁和110亿人口总量，而其他的表格则显示，如果平均寿命提升到145岁或者165岁，将会引发怎样的结果。视频中“世界人口”的标注，很巧妙地变化为“人口过量”。

西尔维亚解释道，根据最新的科学观察，新的人口政策已经落实到位。生育一个子女是被允许的，但必须符合特定条件。所要求的条件是：具有遗传价值和适应性，合适的出生的地理位置，迁徙到其他区域的意愿，毫无疑问，这些其实就代表着较高的社会公民积分。从现在开始，在婴儿出生之前，如果没有事先得到政府批准，将会产生极为严重的后果。

对于母亲和可能的父亲的个人行为将根据他们的消费习惯的大数据来识别，并将根据血液相容性以及其他可以被稳定监测的体液情况而加以调整。如果婴儿属于低层等级，系统将会自动发送一份报告给政府机关，让其对孕妇实行堕胎。此外，如果婴儿的遗传材料被识别为不够优秀、不足以匹配未来的智慧社会，同样的情况也会发生。

此时此刻，莱克斯停止了观看教育模块。在他看来，表面上他似乎是在观看一个教育模块，但其实是政府利用一系列的讲座推行自己的政策。他有些被激怒了，登录进去，留下了“请开放科学合作平台”的留言。无论他评论什么，最终的结果都是被删除。他重新打开网页，发出新的口令，恢复他的默认设置。果然他的账号安然无事，什么都没有发生。他想，这也许只是平台的一个小小的瑕疵罢了。

回想起自己晚餐时的遭遇，他开始查看新闻。本周 G10 年度峰会在阿姆斯特丹举行。莱克斯看到一则关于昨天晚上在阿姆斯特丹国立博物馆举行的晚宴的简短报道。莱克斯与这个地方还是有点关系的，毫不夸张地说，这个博物馆就在他家邻近的街角。在博物馆的中央大厅，一张铺着锦缎的长桌被放在伦勃朗·梵·莱茵（Rembrandt van Rijn）的名画《夜巡》底下。全世界 10 个政要以及 10 个顶级的产业领袖盛装出席这场晚宴。本次峰会的主要议题是如何规制从其他行星开采原材料的行为，并确定其产权。G10 峰会代表团的一个成员，一个 A 国女士，吸引了莱克斯的注意力。她身材高挑，尤其对于一个 A 国女性而言，尤为如此。她的肩膀都是结实的肌肉，在裸露肩膀的绿宝石颜色的丝绸礼服的映衬之下，肌肉更显突出。新闻旁白介绍：她是近年来 A 国最成功的企业的 CEO，其公司主要从事稀有矿产的进出口业务。在莱克斯看来，她更像一个铁人三项运动员，而不是一个 CEO。最后的一些镜头展示了一些与会者自然随意的行为。当拍摄大合照的时候，一个 B 美国政治家在去楼梯的路上摔倒在地，而那个 A 国的像铁人三项运动员的 CEO 则伸出援手，把他扶了起来。女 CEO 友好地向美国政治家微笑，而那位“男子汉”居然都没有抬眼看她一眼。莱克斯想，“这可能是他男性的自尊心受到了伤害的缘故吧！”

莱克斯关掉新闻，然后在自己的碗橱里寻找简易油桶。见鬼了，他发誓他上次用完之后，就把它放在那儿的，可现在却怎么也找不到它了。随后，他记起来，他似乎把它和其他一些基本用不着的东西一起放在床底下了。他扫去尘埃，然后高呼斯普林特的名字。不用预先做任何计划，莱克斯还是选择前往今天早些时候遛狗的公园。莱克斯坐在长凳上，看着斯普林特嗅探、寻找以及跑来跑去。突然，莱克斯注意到，长凳的附近有一只猫。那只猫似乎过于专注，都没有注意到莱克斯坐了下来。莱克斯也得以近距离观察，看到这只猫刚抓到了一只老鼠。然而，这只猫并没有选择把老鼠吃掉，而是在戏耍它。每次他把老鼠的爪子放到地上，老鼠都会一跃而起。看起来，猫似乎觉得这样做非常有趣。然而，让莱克斯惊讶的是，老鼠并没有跑开。“它一定是对老鼠施了某种催眠术了。”他心想。最后，斯普林特也看到了这只猫，开始追逐它，老鼠才借机跑掉了。

莱克斯又扔了几次小棍，让狗去追逐。直到在回家的路上，他才注意到了塞尔登。老人友好地对他微笑，“很高兴看到你，环保狂人！我刚刚还想起你来。你现在有时间吗？”莱克斯之前一直没有注意仔细观察，但是现在，他注意到塞尔登的外貌显得有些邋遢。他的衣服皱巴巴的，全身上下几乎没有一样干净的东西。老人如此不注意个人形象，难道是因为许久没有女人照顾他，或者仅仅是因为他没有钱？

塞尔登想请莱克斯再详细地向他介绍一下他关于植物通信的研究。

“植物通信，比我们大多数人想象的要复杂得多！”莱克斯以这样的开场白，开始了他的讲解。

“上次你也是这么告诉我的！”塞尔登点头颔首，鼓励莱克斯继续说下去。

“植物通常会使用一套拥有 200 个字符的‘字母表’——从某种程度上来说，这堪比中国的汉字。每个字符都是信息素的不同组合。这

200个字符之间的唯一区别就是不同化学物质的含量。”

塞尔登询问，什么样的通信方式以及什么样的信息才能够被传输出去。

“植物彼此之间，甚至是植物与昆虫之间，乃至植物与其他生命形态之间都是可以形成信息通信的。例如，植物可以向黄蜂求助，请求它们去攻击自己树叶上的毛毛虫，或者它们可以向周边其他植物示警，提醒它们小心毛毛虫。更为复杂的是：植物甚至可以告知黄蜂，这次先不要攻击毛毛虫，因为其他的黄蜂已经在毛毛虫身上产卵了，所以这些毛毛虫很快就会死去。当毛毛虫即将到达花的顶部时，植物还可以警告其他植物加速生长……植物通信似乎存在着无尽的可能。”

“这真是太神奇了！”就在这一刻，塞尔登和莱克斯的狗开始互相嗅探，看起来斯普林特对它的女朋友怀有明显的兴趣。“现在就连人类都不能自由地生育下一代了。对不起，斯普林特。”莱克斯对他的狗说。塞尔登也叹了一口气，“我也听说了这个消息，请告诉我详情吧。现在你的研究到底聚焦于植物通信的哪个方面？”

莱克斯几乎已经忘记了和一个真正对他的研究感兴趣的人交流的感受了。当然，他也拥有每天的沟通交流，但是基本都在网上，然而现在，他又能够感受到自己心中的激情了。这感觉真是好极了！

“我想证明植物与哺乳动物之间进行通信的可能性。对我而言，问题在于，人类怎么才能够利用植物网络把信息传递给另一个人。这种类型的通信自然会存在问题。信息的延误就是一个问题。你可以把它称为真正的慢通信。”莱克斯含笑说道，“信息一定是通过一个网络，从一株植物传递到另一株植物的。接收信息的植物必须在发送信息的植物的附近。当然，在合成这些植物字符的过程中很容易犯错，结果就会导致误解。”

“你最终成功地建立起这种通信联系了吗？”塞尔登问。

“没有，很不幸！我并没有成功。然而，我所能够证明的，仅仅是理论上的可能性罢了。”

塞尔登盯着莱克斯，脸上洋溢着坦诚和友好，这是莱克斯从没有见过的。“如果我没猜错的话，你并不是那种会因为不再为某家研究机构工作这种意外而停止自己的研究工作的人。我猜想，你还在继续着你的研究工作。我猜得对不对？”

莱克斯开怀大笑。看起来，塞尔登果然是自己的知己，他看透了自己。莱克斯给了他一份自己的最新实验方案，包括他最近在基因编辑领域的失败。塞尔登点了点头，然后又询问了几个问题，基本上这些问题都非常准确到位。

“植物通信并不是我的研究领域。但是我知道科学研究有时候会受限于一己之见。如果你能够去咨询一下其他人，将会对你有很大的帮助。如果你愿意，我可以与你一起检查一下你的研究工作，看看我能否看出什么你之前所没有注意到的问题。除此之外，我还可以利用我在阿姆斯特丹科技大学的人脉，找寻一些能够帮助你解决当前所遇到的难题的研究人员或者研究设备。”

塞尔登停顿了一下，莱克斯感到自己需要做出点儿回应，但是他却不知道到底该说些什么。塞尔登继续说道：“总之，如果你愿意的话，我愿意做你的拍档。”他以一种友好的方式用肘部触碰了下莱克斯，“你怎么想？”塞尔登哈哈一笑，举起自己的手，准备和莱克斯击掌相庆，这是一种看上去与他的年龄完全不相称的年轻人的动作。“让我们一起干吧！”莱克斯并没有考虑太长时间，并回应了塞尔登的击掌。

莱克斯清楚地思考了塞尔登所提供的新的可能性：研究工作可以在现代化的大学实验室中进行，今天和明天都有哪些事需要做？他应该如何设计自己的实验？他应该如何与塞尔登讨论以及讨论些什么问题？对于生物学，塞尔登固然是一名门外汉，但是根据莱克斯的判断，他也是一个极具智慧的人。随后，他突然意识到，自己应该向自己的对话拍档表示出兴趣。

“我刚意识到，还没有询问过关于你的任何事。你在阿姆斯特丹科技大学从事哪个领域的研究？我知道你来自机械工程系，是仿人机器人深度学习领域的专家，是这样吗？”

“我并不是仅仅出于礼貌才询问你的研究领域。我的朋友，我之所以询问你，完全是出于好奇。就是这样。”塞尔登停顿了一会儿，脸上的表情也舒展了一点儿。“但是，好吧……”他开始简要地介绍过去10年间，他的研究内容——机器人的机械行为，以及它们是如何学会与环境实现信息交互的。“时至今日，我的研究已是相当主流的研究方向。然而，在一开始，我关注机械动力学的研究，就像你今天研究植物一样疯狂。没有人会相信它能产生任何价值。”

“玄学和机械动力学的结合让我深感好奇。”莱克斯笑道。这一刻他想起了阿姆斯特丹科技大学的学生和教职工。的确，如果你认真寻找，你总能在大学校园里找到一些晦涩模糊的东西。它们可能存在于寻求与外星生命形成联系的部门，或者在生命体与能量学院。但是如果真要在大学校园中找到一个看起来就像20世纪自行车维修车间的工人那样的物种，那一定是机械工程系的学生和教职工。朴实无华、坚如磐石、聚沙成塔，这就是机械动力。

“完全正确。当时，我所研究的完全是非典型机械动力学。坦白地说，这是一项我所无法控制的业余爱好。我运用计算机程序来研究其可能性，以影响个体的决策行为，通过这种方式，系统的产出水平将会更加有利于社会。它是为一个宏大的公共健康项目服务的。它的目标是……”塞尔登看着自己肘部的显示屏。“哦，糟糕，我必须得走了。我家有快递。年轻人，你总算从我冗长的演讲中解脱出来了。我应该说些什么？明天，同一个时间、同一个地点再见！”塞尔登刚刚转身走出两步，又突然清楚地说道：“我忘记告诉你了，下次我们再见面，可以把你的装备放在家里吗？”他都没等莱克斯回答，就迅速地走开了——他的那只肥拳师犬艰难地紧跟着主人的脚步。

莱克斯呼唤着斯普林特，但是他的狗压根不愿意搭理主人。它在沿着足迹跑来跑去，舔着石头和青草，在任何略微高一点的地方撒尿——就是那些通常狗儿们会做的事情。通常，莱克斯都会被它的行为逗乐，但是今天，莱克斯非常匆忙，他点击了一下手腕所显示的衣领图标，给予斯普林特最大强度的惩戒。斯普林特一下子缩起来，随后开始狂吠，没有一丝耽搁，马上就回到了主人的身边。莱克斯并没有注意到这一点，他在为明天在自己公寓里的实验制订计划，但是首先，他必须在池塘边停留一下，把他的简易油桶灌满水。这些水应该够给他的绿植浇一个星期了。

当快到家的时候，莱克斯决定选择一条新的路线，从公园回家。这么做是源于他所依稀记得的当年他完成小学学业的时候，校长给予他的建议："如果可以，永远不要在同一条路上走两次。"当时，莱克斯才11岁，尽管现在莱克斯已经忘掉了学校所学知识的绝大部分内容，这些话有时仍然在他的耳边回响。

莱克斯向左转，然后沿着小巷穿过阿姆斯特丹国立博物馆。可能是昨天在博物馆内举行G10晚宴的缘故，有些区域仍然禁止通行。当莱克斯经过主入口的时候，一群人走了出来。他们都衣着考究，男士都穿着晚礼服，而女士都穿着长袍式的晚会长裙。同行的有一些摄影师和新闻记者。突然之间，莱克斯认出了几张世界知名政治家的面孔。他还看到了今天早些时候在新闻中看到的那个A国女CEO。她真的很高。今天晚上，她并没有穿绿宝石颜色的礼服，而是穿着一件紫色礼服。她的肩膀还是裸露着，就像在昨天的晚宴上一样。在她的边上，一个男士被绊倒了，A国女士伸出手来，友好地冲他微笑。那位男士也没有回报她友好的目光——居然和昨天一样。

莱克斯有些困惑了。难道他已经看过新闻了？或者难道是他想象自己在新闻上看到了完全相同的后续事件？回家之后，莱克斯找到了那条他要找的新闻报道，实际上，那个A国CEO，穿着绿宝石颜色的礼服，帮助了她的美国同行者。在互联网上，并没有那个A国CEO穿紫色长袍的影像。莱克斯试图查找更多的关于G10的信息资料，是否这群人是连续两个晚上都在参观阿姆斯特丹国立博物馆——除了阿姆斯特丹国立博物馆前的记者，根本找不到第二天事件的任何报道，更不用说那个女CEO两次"拯救"男性同行者的报道了。莱克斯喜欢谜题，可是对于这个难题，他却毫无答案。这真的非常非常奇怪。

4

社会公民积分

智能家居系统提醒莱克斯，有人等候在他家的门口。在显示器上，莱克斯认出了黛安娜的面孔。他赶紧把桌子下的一些残存的树叶踢到一边去，把肮脏的厨房用具和餐具藏到水槽里。斯普林特大声地叫起来，但是莱克斯勒令它闭嘴。“不要捣乱！”他说。当莱克斯打开大门的时候，他很为自己邻居略显呆板的外表感到诧异。昨天，他看到的是一个光彩夺目的女孩，而现在，她只是一个相貌平平的女性。她的装饰根本没有给她添光增彩。她竟然穿着一身工作服和一件无性别特征的裤子，还有一双男式的系鞋带的鞋子，难道是他猜错了，她并没有失业，抑或是她最近刚开始一份新的工作？她还把自己的金发盘成了一个小圆髻。

“嗨！”黛安娜说。斯普林特试图攻击她，莱克斯必须把它逐离黛安娜。

“嗨！”莱克斯回应。半弯着腰，他把斯普林特和黛安娜分隔开。

“我能进去吗？”黛安娜沉默了一会儿之后问道。

“当然，请进！”

黛安娜进入了莱克斯的公寓，好奇地看着他的家庭实验室、一人高的绿植、使用简易支架支撑起来的金属器械、各式各样的显微镜、成堆的白盒子、从天花板到地面之间交叉密布的不同型号和不同颜色的电线以及成排的带着编号的玻璃试管。她扬了扬自己的眉毛。

“这是我的业余爱好！”莱克斯以一种抱歉的口吻试图做出解释。

黛安娜眉头一皱，但是却并没有细说。

“我想要再提一下我们昨天晚上的对话。你的狗吓到了我，我的反应有些过激。它……”黛安娜并没有把话说完，却盯着仍在叫着的斯普林特。

“它会慢慢习惯你的。你只要再给它十分钟的时间，它就会慢慢平静下来。它所做的，只是在一个入侵者面前保护我罢了。”莱克斯含笑道。他注意到黛安娜似乎由于太过紧张而笑不出来。他想起来，在像这样的形势下，他应该拿出那个“中立却又积极的元素”来。

“你喜欢连翘吗？”莱克斯指着塑料瓶中的那三枝花问。

“很漂亮！”她面无表情地回应。他那宝贵的对话课程的小心得，也只取得了这么一丁点儿效力。“无论如何，我想知道你能否帮我修理一下无人机。看起来，它的系统似乎出了问题，我无法修好它。你是否擅长编程？”黛安娜仍然盯着狗，而不敢看莱克斯的眼睛。

“我非常擅长研究技术和编程！让我好好看一下吧。你为什么没随身把你的无人机带来？”

黛安娜说她正要去上班——事实上，她现在非常赶时间，但是如果莱克斯可以帮她修理无人机的话，也许她今天下午还会再过来。莱克斯立刻就同意了，然而，黛安娜离开后，就在莱克斯关上公寓大门的一瞬间，他立刻就意识到了，下午他还要去见塞尔登。莱克斯已经很久没有如此紧张的社交日程安排了。

莱克斯在自己的房间里前前后后踱了足足有五分钟。思来想去，他可不喜欢面临这样的艰难选择。他沉思直到精疲力竭，也没有想出什么好办法来。似乎他只能够选择无休止地打游戏，他告诉自己，打游戏也是一种思考方式。

“游戏陈列！”他发出指令，屋里的家具很快变成了一种新的布置方式。每次他都会发挥自己的奇思妙想，利用自己最喜爱的椅子形态的变化，把自动化家具调整到自己最喜欢的状态。不幸的是，当莱克斯进入《多层》游戏时，他发现赫克托八号并不在线。莱克斯决定玩一项单人游戏，而不是团队挑战。尽管他更喜欢在游戏中与一群自己所选的游戏玩家合作，但这通常需要有自己的《多层》游戏团队。他发出口头命令“单人任务”，很快，一项任务就被安排给了他。

伴随着游戏的传统预告片的播放，游戏开始了，通过轮盘的方式呈现不同的单人任务，更增加了游戏的紧张气氛。不同任务的名称，而不是数字，被分配给轮盘上不同颜色的袋子。轮盘被推动朝一个方向转动。莱克斯被允许朝着相反方向，沿着一个倾斜的椭圆轨道旋转一个金属球。球失重，逐渐慢下来，掉进了一个写着“众享健康”标签的彩色小袋中。

通过一个短视频和附带的文件，一个假想案例被呈现给莱克斯。今天莱克斯的角色是荷兰卫生委员会的秘书长。而他需要完成的任务是“正式通过一项新疫苗的接种政策，以应对一种假想的贝塔病毒”。这其中需要满足的条件有：必须考虑每年荷兰贝塔疫苗的生产能力，你所提出的政策必须建立在完善的国家风险分析的基础上，不允许采用任何强迫或者暴力的手段要求人们接种或者放弃疫苗；必须在预算允许的范围内进行；所采纳的新政策应该规避任何可能导致瘟疫或者社会动乱的可能性。规定的时间限制是半年。

《多层》游戏为莱克斯提供的背景资源，真是让他不堪其扰。他收到了不计其数的文件，包括原始数据和细致入微的纵向统计数据。莱克斯并不喜欢这种类型的游戏挑战。他更喜欢争夺地盘，利用自己巧妙的研究方法跟踪无形的敌人，通常他也相当喜欢军队之间的战争。这种政策题材的游戏并不是他的菜。然而，为了自己的游戏积分，他还是需要接受这一挑战。

莱克斯从研究贝塔病毒开始自己的游戏。迄今为止，欧洲，包括荷兰，早已没有这种病毒的爆发了，但是在非洲，这种病毒仍然在一些小型城市中盛行。一旦人类感染上这种病毒，就无药可救了。在多数情况下，患者会在一周内死亡。更为严重的是，这种病毒拥有强烈的传染性，患者的尸体甚至会比病毒的携带者更具传染性。非洲卫生机构曾经发布报告称，只有极少量的人在感染上这种病毒之后能得以幸免。其他人全都死了。

《多层》游戏还展示了感染这种病毒的患者的照片：无论是男人还是女人，在感染上这种病毒后，都会血管暗红，鲜血从鼻子和耳朵中不断渗出。莱克斯赶紧关掉了这些可怕的照片。好消息是，一种疫苗已经被研制出来。然而，现有的疫苗生产能力却不足以满足所有荷兰人民实现免疫的需求。莱克斯埋头研究这些事实和数据。现在的生产能力是多少？要实现所有荷兰人的免疫需要多少疫苗？这是一项非常艰难的计算：最终的短缺规模大约是 350 万支。生产能力在未来可能被提升，但这种提升不会发生在最近的 6 个月内。当莱克斯试图重新得到关于疫苗的国际生产能力，以及是否可能从其他公司购买这种疫苗的数据时，一个通知弹了出来，告知莱克斯的操作已经超越了他所参与的游戏的参数范围。当莱克斯试图把一些人迁徙到世界其他地区，或者自愿参加移民太空的试验时，同样的通知又出现了。他还试图运输更多的疫苗去非洲，以帮助控制疾病在这一地区的传播，但是这一解决方案同样无效。游戏规则是非常严格的：只能利用荷兰的资源来解决这一难题。莱克斯必须向游戏开发者补充一句：太过简单的游戏设定让这个游戏问题难以得到解决。

在人口数据中，莱克斯重新得到了患绝症的病人数字，以及超过 85 岁的老年公民的数据。莱克斯希望整个社会通过舆论明确剥夺绝症患者和年龄非常大的老人获得这种稀缺的疫苗资源的权利。而属于这些范围的总人数也只有 150 万而已。

如何让剩下的 200 万人放弃获得疫苗的权利？通过引入风险分析，推导出的最简单的方法只能是根据对于社会而言某些人比其他人更具价值，总有那么一小群人是不可或缺的来决策。他一下子想到的就是，对于社会而言，那些 CEO、世界领导人、学校教师、科学家，就比那些犯罪分子、失业人员等更加必不可少。可能绝大多数人都会提到孩子，但莱克斯认为，年轻人的价值被严重高估了。他们并没有增加社会的价值，只是增加了社会的成本罢了。

莱克斯站起身，给自己倒些东西喝。他端着茶杯在屋子里来回转圈。站在墙角的绿植中间，他忽然质疑起这种根据每个人对社会所创造的价值大小来划分不同的人群范畴的方法来。他深信，比起那些被判有罪的骗子们，那些商业领袖们更加邪恶，当然，可以确信，在我们周围还是有完全不称职的政治领袖的。为什么仅仅因为拥有那份工作，他们就能享有获得疫苗的权利？那些失业人员该怎么办？他真的认为那些拥有工作的人就应该被定性为对社会创造了更多价值吗？难道不应该有一项是人类的内在价值而不是局限于他们所从事的工作吗？现在，正如莱克斯所考虑的那样，存在着越来越多像莱克斯这样的人，他们虽然还在从事着各种各样的工作，但却处于失业状态。那些拥有工作的反社会分子或者坏蛋与像天使一样的失业人员又应该如何比较？

过了一会儿，莱克斯突然想到，完全可以利用社会公民积分来决定，哪些人应该被拯救，而哪些人则应该被疫苗计划拒绝。社会公民积分可以用来压制一切的批评观点，因此他其实真心地痛恨这一体系。

对于莱克斯而言，他宁可掷骰子定输赢，也不愿意他的众多生活事件被某个数字所决定。

向政府摇尾示好，你总会被授予更高的积分，相反，如果质疑政府的政策，则会使你的积分降低。任何一个了解一点儿进化论知识的人都会知道，多样性对于生态系统的进化有多么重要，而社会公民积分是消除分歧的机制，因此，从长期来看，它将会引发整个社会生存的真实危机。从另一方面来说，到底是什么原因，让他如此担忧这一决定？“小伙子，这只是一场游戏罢了！”他心想，社会公民积分当然可以提供一种解决方案。更为重要的是，他在《多层》游戏中的游戏积分会直接与他的社会公民积分绑定在一起。如果莱克斯把社会公民积分作为这一游戏任务的解决方案，他自然会给自己的社会公民积分带来一些提升。莱克斯一边不时在嘴里念叨着“这只是一场游戏罢了！”一边开始根据社会公民积分选出那 200 万人。当他输入计算原理之后，他感觉自己的胃部一阵阵反酸，手也不禁停了下来。哪怕仅仅是出于游戏的目的，他也无法接受使用这种可怕系统的事实。而且如果这一解决方案真的得以实施的话，他有极大可能成为其中一名被判死刑的牺牲者。

莱克斯退出游戏，让自己休息一段时间。他把自己的椅子调整为床，命令智能家居系统播放音乐。聆听巴赫的音乐，总能够让他镇定下来。随着他的眼睛慢慢睁开，莱克斯又查看了一遍游戏不同情节的设定。半个小时之后，他又回到了《多层》游戏，重新开始他的游戏任务。

对于社会而言，当公民们一天天老去，他们的生活成本会变得越来越高，这是众所周知的。莱克斯开始计算不同的生命阶段的平均成本。在莱克斯的提议里，政府需要确保："所有的公民都应该拥有独立自主的权利，可以自愿选择是否参与疫苗方案。如果你自愿放弃参与疫苗方案的权利，而病毒夺走了你的生命，你原来应该拥有的生命年限的花费将会被节约下来。毕竟，如果你去世了，国家就不用再承担你每月的基础收入以及被健康照料的成本了。我们荷兰政府将会向你保证，我们会计算出可能将花在你身上的总费用。如果你选择不参加疫苗方案，我们将支付给你一笔一次性的款项，大致相当于到你去世前你所能够收到的总津贴的十分之一。你可以随意处置这笔钱，用于供养你的家庭，或者享受一次昂贵奢侈的度假。这种病毒有很大的可能根本就不会在荷兰爆发。而这样，你的口袋里就有了多余的钱。然而，一旦在荷兰检测出这种病毒，我们就会立即把你隔离起来，竭尽所能地控制灾难，避免公共危险——当然，这一切都会以一种非常人道的方式进行。"

莱克斯认为，在他的设计中有一个非常巧妙之处，那就是人们可以自主做出决定，而不是由某些权力机构人为地把人归入不同范畴。他可以想象，那些厌世的、疾病缠身的、年龄更大的人会更倾向于一次性的款项。他们可以使用这笔钱让自己所珍爱的人过上更加美好的生活、重建自己的公寓，或者为自己的子孙提供更多的积蓄保障。莱克斯非常清楚，一旦病毒进入荷兰国界，人们就会争相逃离国境，然而，坦白地说，因为无线射频识别技术和其他跟踪设备的存在，逃跑已经不再是一项真正的选择了。莱克斯认为，他的解决方案中的另一个巧妙之处在于，一旦没有足够的自愿者愿意放弃疫苗方案，荷兰卫生委员会就可以决定提高一次性款项的金额。他聪明的创意拥有极为丰富的内容，莱克斯在规定的时间和预算限制内，完成了自己的解决方案。他渴望听闻他的解决方案是如何被采纳的，但他并不会在家坐等结果。他必须去见塞尔登了……

“那么我们已经进展到哪一步了？”塞尔登就这样开始了他们之间的对话，就好像他们之前的对话刚刚中断了一分钟一样。“告诉我一些关于基因编辑和植物的事。你究竟想达成什么目标？”

他们一边对话，一边在公园里遛狗。大树和灌木都排列整齐，就好像在荷兰，所有的自然生物也都得到了系统的计划和安排，这似乎在表明在什么时候，什么可以做，什么不可以做。此处就有相关规定，每个人最多只可以遛一只狗。

“我所追求的是开发一套不走寻常路的电子通信技术。我相信信息冗余。伟大的文明总是依赖于这一法则。如果一个体系失败了，就会有另一个体系取而代之，以确保它的继续存在。例如在 19 世纪……”

“难道你真的需要回溯到亚当和夏娃时代来解释你所处理的这个问题吗？”塞尔登微笑着问，但是从他的笑容中，莱克斯感受到了这位老人的不耐烦。之前，莱克斯并没有太多与像他这样思维敏捷的人打交道的经验。

“那我就尽量言简意赅吧。当今世界依赖于电子通信技术。我们往往更愿意认为这种通信方法已经达到极限，而忽略其他的信息传输方式。但是如果由于一场巨大的太阳风暴，世界范围的计算机病毒或者其他疾病导致了通信系统的中断，我们就将一无所有。”

塞尔登点头称是，莱克斯则继续解释，“当研究历史的时候，我开始希望寻求另一种不同寻常的通信方法。美洲印第安人利用释放烟雾、击鼓进行长距离信息传输。有人说原始部落拥有通过梦来保持通信的能力——然而，对于一个像我这样利用厨房实验室的简易生物学家来说，通过实验来验证它实在太困难了。”

“是的，我理解。”塞尔登毫不客气地打断他，“我理解你所说的，我也完全同意需要再寻找一种传输信息的另类方式。你所没有提到的是，我们的电子通信会被持续监测和审查——这一事实也要求我们去开发一种新颖的信息共享方式。因此，你的方法的不同寻常表现在什么地方？”

在做出解释对，莱克斯尽量避免使用生物学专有名词，以确保塞尔登可以准确把握他的观点。莱克斯试图优化植物之间的通信流。现在，莱克斯正在致力于解决通信的慢节奏问题。植物之间的相邻距离必须很近，才可以保证信息素可以从一株植物传输到另一株。相隔 10 千米的距离，也许需要数年的时间才能实现这种信息的传输。如果莱克斯可以强化这种信息，或者加强植物截获信息素的能力，两株植物之间的距离自然就可以相应扩大。莱克斯注意到塞尔登听得非常专注，他用他的右手食指擦拭自己的门牙，然后轻轻地咬着它，这是一种他从没看见过的手势。

柔和的“嗡嗡”声响起，莱克斯赶紧查看《多层》游戏团队给他发来的信息。

“莱克斯……我还要问你些问题……”塞尔登卷起袖子，用食指轻拍着裸露的手腕。

“哦，倒霉。我都忘了这事了。我发誓，下次会再详细对你说的！”

虽然如此，莱克斯还是读了自己的信息。《多层》游戏授予了他的“众享健康”方案 67 积分。很显然，游戏团队并没有承认他的解决方案有多么巧妙。很可能，他们宁愿授予那些使用社会公民积分的愚蠢的解决方案以更多的积分。

“出什么问题了？”塞尔登问。

莱克斯耸耸肩，“是的，但是我无能为力。”

在莱克斯看来，自己的推理路线既简单，又极具创造性。植物可以在信息素的帮助下实现信息通信。目前，他正根据增加叶子上的信息素浓度的想法做实验。迄今为止，他已经能够把浓度增加到以往的 500 倍了。在接收者方面，他也试图把接收者的浓度增加相似的倍数，但是到目前为止，他仅在实验中把接收者浓度增加 15 倍。即使这一切能够成功，植物通信还是表现得非常弱，例如，它很容易受到风雨的影响。

在莱克斯介绍的整个过程中，塞尔登都在一边摇头一边说“不！”因此，莱克斯停止了自己的发言。

“无论你能够把浓度增加多少倍，植物的通信还是会相当缓慢。”塞尔登说。他轻拍着他们所经过的一棵树的树干，“植物正如你所想象的那样稳定和静止。植物的天性会与你所寻求开发的通信系统的原理，即远距离传输信息，相互抵触。”

听了他的话，莱克斯非常失望。

在沉默之中，两人走了好一会儿。随后，塞尔登说，莱克斯所持有的通信系统的方法给他留下了深刻的印象，“但是我们需要另一个方案，或者增加新的视角，来实现你的冗余通信系统。我们需要关注运动层面——传输过程。植物由于太过静止，而不会创造出一套高效的通信网络——无论未来你在信息发送和接收方面进行了多大提升，都是如此”。

“你指的是……？”莱克斯询问。

“我也不知道——至少目前还不清楚。我们需要在行动中获取真知。如果真的存在最终的解决方案，我们将会一起找到它。”

莱克斯对于教授的判断并不十分满意，在前面的交流中，他曾经那么鼓励自己，而现在却……莱克斯原来期待的是他对自己的才华和创意的赞扬。而现在的结论看起来却是，自己正在一个得不到任何解决机会的错误问题上纠缠。

但随后，塞尔登说：“这是我这个月，甚至这一年以来进行的最有趣的对话了。我喜欢你所提出的这个想法。谢谢你，莱克斯。”

当莱克斯嘟囔着“明天见！”的时候，已经转身向家走去了。

当莱克斯走回家的时候，他都不知道自己到底有何感想：是空虚，抑或是对于一个新的开始充满了自信？但是他必须承认，和塞尔登在一起，他感觉很轻松，即使自己并没有赢得赞扬。大多数人都会为莱克斯的智慧所倾倒，但是塞尔登却把握了问题的核心和解决问题的关键。对于塞尔登点明的问题的根源，即植物的稳定性，莱克斯甚至有些许恼怒。奇怪的是，莱克斯相信，他们一定能够找到一个全新的方法，却并不充满信心。他都不知道应该用什么样的语言来形容这种感受。在通常情况下，莱克斯会使用情绪列表——一种列有 25 种不同情绪的受版权保护的表格，来帮助识别自己的情绪变化。而今天，列表中没有一种情绪可以准确地形容他此时的状态。

莱克斯注意到一则关于阿莉达·奥斯特芬（Alida Oosterveen）去世的短讯，她是一名受人尊敬的荷兰科学家，其研究被认为对于全息技术的完善做出了基础性的贡献。她享年108岁。在家中，莱克斯想要看到更多关于她的生平和葬礼的报道，于是他开始了新闻的全息模式。国际科学协会的主席正在发表演讲的影像被投射在莱克斯的右侧，效果还行。但是奥斯特芬的灵柩——由一次性的易燃物质制作——被直接投影在了他的左侧。

对于灵柩离自己距离如此之近，特别是它看起来似乎随时都可能被打开，莱克斯感觉非常不舒服。他把新闻重新调回到二维模式，离灵柩远了，他立刻就感觉轻松多了。一个又一个官员相继发表演讲。莱克斯命令快进。毫无疑问，这位女士是一段传奇，但莱克斯却痛恨人们把她拔高为一名圣人。在把人神化的过程中，即使是最微不足道的细节都完全不值得相信。对她的评价不出意外："她受人尊敬、才华横溢，同时，她也开明、友好、热心，有革命性的思维，是女性的楷模。"这真是让人无法忍受。

他切换到下一则新闻。今天在阿姆斯特丹西部，有26个人因为相同的症状被送到医院：难以忍受的肠绞痛，以及不规则和不可控的心跳。目前就内科专家所了解，这并非由已知的病毒或细菌所导致。有6名病人已经死亡。专家们目前还不清楚，这一切是否是由病毒或细菌所导致，以及这些患者有何相似之处，除了他们居住在10平方公里的邻近区域之外。他们是否到访过同一家场馆？他们是否曾经相互接触过？是否需要对他们邻近区域的空气质量加以处理？专家们面临许多问题，但目前都没有答案。20个还活着的患者也都病得很严重，但还没病危。

因为这正好是范布伦先生所居住的区域，莱克斯警觉起来。他发信息给范布伦先生——以老式的手段——询问他是否一切安好。让莱克斯感到宽慰的是，范布伦先生很快就做出了回应，他使用的是大写字母，而且存在相当多的拼写错误，告知莱克斯他也知道了这个消息，但是感谢上帝，他还"活蹦乱跳的"。尽管莱克斯已经为他演示了很多次，但是范布伦先生还是不知道如何切换大小写。

莱克斯停止浏览新闻，开始演奏音乐。在他的实验室中，被他的绿植所环绕，他开始竭力思考应该如何让植物们“动”起来。无数想法涌上心头：机器人用轮子推着花盆跑来跑去；让植物漂浮在水面上；使用无人机运送植物。没有一个想法能够让他信服。他感到深深的挫败，但是脑子里却只有这个问题，根本没有心思考虑其他。门铃突然响起，打断了他的思考，他却感到很高兴。自从他 4 年前搬进这间公寓，这是门铃第二次响起。

黛安娜走了进来。她穿着运动服，扎着马尾辫，看上去聪明活泼、动感十足，又变回了那个活力四射的年轻姑娘。看到眼前不再是那位呆滞普通的女孩时，莱克斯松了一口气。看到斯普林特不再敌视黛安娜，更让莱克斯感觉放心。斯普林特不再一个劲吠叫，甚至只是安静地趴在自己的狗窝里。当黛安娜介绍自己的无人机的故障时，他注意到她的面颊上有一些小小的雀斑。

莱克斯仅仅花费了 10 分钟就修好了无人机。

“通常我会为这样的工作索要 60 电子币。”莱克斯试图挑起话题。

“好的，没有问题。”黛安娜从口袋中取出自己的个人设备准备给他转账。

“不，当然不用了。我只是在开玩笑。对于好邻居，当然是免费的。”

“你确定免费？”

莱克斯不敢盯着黛安娜的眼睛，但是他知道，如果一直避免眼神交流，就不会给对方留下好印象。

“当然免费！”

“好，谢谢你，伙计！”她拿起自己的无人机，准备离开。

“我能为你提供点儿什么？我的意思是，你想吃点儿或者喝点儿什么吗？”

黛安娜微微一笑，“该我请客，我可以请你吃饭，以回报你帮我修好了我的无人机。”

“不，我可不愿意接受你的好意。正如我所说的，我不要报酬。邻居之间就应该互相帮助，不应该有任何的附带条件。”

黛安娜眉头一皱。

“如果你请客不是作为我修理你的无人机的报酬，当然，我可以接受！很高兴收到你的邀请。”莱克斯继续说道。

“那么，明天见，我们定在七点左右？”

“没问题，七点见！”

幸运的是，黛安娜不再是他在公园里所遇到的那个骄蛮任性的家伙了。

5

假新闻

伴随着一阵缓慢而柔和的蜂鸣声，灯光渐渐熄灭，红外线加热器停止了工作。倒霉，又停电了！莱克斯正紧张地做着实验，他需要红外线加热器来调节植物材料的温度，而细菌也都在玻璃试管中。现在，他又一次面临停电，不能完成他的一系列实验了。一天多的辛勤工作就这么付之东流了。这个国家到底是怎么了？在大约10年前，很少停电。莱克斯对掌管如此重要的公共设施和服务的那帮家伙的不作为而恼怒。保持这些设施的平稳运行，不出故障能有多难？如果在20世纪，他们能够保证电力的稳定供应，为什么在如此多的神奇技术不断涌现的21世纪，他们就不能保证稳定供应了？

他清理着自己的实验室，处理掉试管中的液体，为在电力重新恢复后开启新一轮实验做好准备。现在应急柴油发电机还在运行，于是他决定上网购物去。通常这些发电机能够运行好几个小时。过了这段时间，电力将会只为处于最高阶层的公民供应。他最好立即利用网络做一些需要的事情。

莱克斯通过虹膜扫描的方式登录网络。“1千克蛋白质，1千克碳水化合物，500克纤维，300克脂肪。”这些成分将被他所拥有的消化细菌结合在一起，为他制作出一份完全根据他的身体定制的晚餐。他刚刚准备确认支付，结果又一次看到了异乎寻常的高价。到底发生了什么？他所购买的东西的总价差不多是平时价格的两倍。他想看看是不是订单错误，或者重复购买了，然而这都不是原因。价格实实在在地被提升了。他在商店里找寻可替代的商品，但所有东西都同样昂贵。他又逛了一下其他商店，也没有买到任何东西。最后，他找到一家老式商店，总算在那儿以原价买到了商品。他提醒自己，一旦来电，他就要去搞清价格到底出了什么问题。

现在停电了，莱克斯也无事可做，因此他带着斯普林特出去遛遛。斯普林特最初被选择的遛狗时间激怒了，但是很快就变得异常兴奋。结果证明塞尔登和他英雄所见略同。

这次，莱克斯记得，塞尔登曾经对他说过“忘记他的个人设备”，并想象塞尔登正在对这句双关语乐不可支。他犹豫了，然而，他是否真的可以把自己的个人设备落在家里。他从来没有不携带设备去任何地方。如果他需要帮助又该怎么办？此外，当塞尔登说起这句话的时候，他的话听起来极为真诚。如果莱克斯欺骗他，可能会破坏两个人刚刚形成的合作关系。莱克斯可不想把这种关系推向危险的边缘，他们之间的这种关系至少是便于自己的工作的，而最终也极有可能演变为一种前途无量的友谊。莱克斯把自己的个人设备放在实验室厨房的桌子上，就在他的植物的边上。当他离开自己的公寓时，因为没有携带自己的个人设备，他感觉自己简直就像赤身裸体一样。除此之外，他也完全无事可做。在通常情况下，他总可以检查自己的社交提示、翻阅新闻或者发送信息。

莱克斯很失望，在他所取得的进步中，居然会缺少考虑到植物机动性的研究。他期待着塞尔登对于不同寻常的通信系统的解决方案。塞尔登的腋下夹着一本书。莱克斯认识很多喜欢收藏书的人，在他的大学图书馆里有一个珍品书屋，里面有些书甚至可以追溯到 17 世纪。他想，对于博物馆而言，书总是非常珍贵的。莱克斯向塞尔登打招呼，但是他的朋友却并没有回应他。相反，塞尔登用食指用力地拍打着书的封面。“你知道她是谁吗？”塞尔登把书递给莱克斯。他飞快扫了一眼，一下子就认出了昨天新闻里的科学家。

“这是阿莉达·奥斯特芬，为什么这么问？”

这本书是她的传记，封面上有她的照片。

“昨天你看到了新闻中播报的她的死讯和葬礼了，对吧？”塞尔登问道，可是话语中却并没有通常的疑问语调，这是他推理的最初陈述，并非真正的疑问。

“这本书写于2002年。猜一猜，发生了什么？这本传记中描写她死于2000年，享年74岁。书中还有她葬礼的照片，包括在她的葬礼上发表的演讲的记录。”塞尔登把书翻到第219页，在那儿，的确记载着她的死讯。

莱克斯根本不相信他的学术朋友的消息。对于如此著名的科学家的两次死亡的报道，必须有一个令人信服的解释。但是既然新闻是面对广大的具有判断力的公众的，那么很有可能那本书是错的。

塞尔登把书收了回去，继续往前走。两只狗已经熟识，他们甚至不再彼此嗅闻，而是肩并肩一起走。

“你的直觉是什么？是这本书错了，还是今天的关于她的死讯的报道是假新闻？”莱克斯问。

“我确信，百分之百，不，百分之一千地相信，今天的新闻是假新闻。”

塞尔登并没有等待莱克斯的反应，而是把书打开到另一页，里面的一张照片展示着一个挤满了人的大会议室。一个高个子在舞台上，站在一个讲台后面。这张照片下标注着：“在纪念已故的阿莉达·奥斯特芬的追悼会上，乔斯特·伊德金格（Joost Iddekinge）教授在发表演讲，于代尔夫特科技大学礼堂，2000年10月25日。”

“当时，我正在代尔夫特科技大学工作。你可能也知道，阿莉达·奥斯特芬正是代尔夫特科技大学的一位著名的女校友。实际上，至今，她仍然是那所学校历史上唯一一位诺贝尔奖得主。另外，乔斯特·伊德金格是机械工程系的系主任，当时我正在那儿工作。你看这儿……”他指着照片最左边的角落，底下有一个后脑勺，“这就是我，那一年我42岁，正在担任乔斯特·伊德金格的助理教授，我接到指令出席那次追悼会，以避免冷场。乔斯特·伊德金格希望大礼堂看起来挤满了人，否则照片看起来就不太好看。就在仪式开始前的最后时刻，他的一名助理硬把我从书桌前拉到了追悼会现场。”

这个话题令莱克斯非常好奇，但他根本无法相信。究竟是什么利益可以驱使一个人不辞辛劳地伪造一个人死亡，而这个人虽与科学界紧密相关，却又并非世界闻名？关于她的死亡的第一次报道是在 2002 年，也就是 23 年前。这也许看起来是相当长时间之前，但又并非遥不可及。应该有相当多当时的人还健在，他们活在我们身边，并可能会像塞尔登一样记得她和她的第一次死亡。

“好吧，让我们假定，奥斯特芬的确于 2000 年去世。她有孩子吗？为什么他们都没有站出来澄清事实？她以前的同事和朋友呢？为什么他们也没有发出声音？很明显，在这本书中，她上一次死亡的证据，也有可能以其他的方式被记载，比如报纸。在从 2000 年到今天这漫长的时期中，她是否有过公开亮相，或者私人照片？你为什么不站出来公开发声，并把这本书交给媒体？写她传记的作者还活着吗？相信这位作者……”

塞尔登一边咬着自己的食指指尖，一边摇着头。他们来到一个十字路口，塞尔登决定选择左边的道路，莱克斯紧跟着他。

“我不知道为什么他们都忘记了这一位科学家的死亡日期。我没有线索。我甚至不知道，他们都是谁。但是我知道的是，这样的事不止一次发生。看起来，事件、事实、地图、疆域、日期和场所都正在被重写。”

“我不确定……为什么那些像你这样拥有证据、能够证明一个事件的新闻报道或事实是完全虚假的人，会不公开他们的证据？我们周围还有更多和你年龄一样大的人！”

“记住，莱克斯，不知道从什么时候开始，确实有人站出来反对过主流新闻，但是如果他们这么做，他们就会被贴上‘神经病’的标签。在这种情况下，尽管我拥有面前这本书作为真凭实据，但是在多数情况下，还得依赖于我的个人记忆，因此如果我关于某件事的回忆与主流新闻不符，那就没有人会相信我。在绝大多数情况下，人们会通过上网搜索来寻找事实，奇怪的是——网上的所有新闻也都被篡改过了。”

“好吧，在这件事上，你的确拥有这本书为证。你为什么不公开披露当前关于阿莉达·奥斯特芬的报道全是假新闻？”

“我有理由相信，没有一家报纸会刊发这样的故事，因为一旦它们要这样做，就一定会引起那些我确定不想见到的人的注意。我坚信不要让自己引起他们的关注为好。”

“我的朋友，你是在跟我玩猜谜吗？”莱克斯疑惑地问。

“现在看起来，他们能够篡改历史。例如，在网络上找到包含特定内容的各种信息，把它们全都删除，再通过人工智能系统的方式对它进行编辑，再把这些假信息放回网络中。他们把乔治·奥威尔的《1984》视为一本指导手册，而非警告。我相信，他们已经开始对公众开展实验，想要检验自己到底能够做到什么程度了。”

塞尔登看到莱克斯正在缓慢却又坚定地摇着头。很明显，莱克斯似乎根本不相信塞尔登的话。

“我完全理解，你需要时间来接受所有这些事实。如果你愿意听，我愿意和你分享关于我们所生活的这个世界我所知道的一切——或者至少，我认为我知道的一切。”

莱克斯僵住了一会儿，看着自己的狗跑来跑去，“对我而言，你看起来是一位学识渊博而且睿智的人。我瞻仰过你的学术记录，你拥有非常可靠的声誉。但是现在，你似乎把我引入了一个我并不喜欢的领域。你知道，我并不喜欢阴谋论者。这些人通过把一些孤立的事件联系起来，却有意识地忽略其他事件，从而创造了自己的谜题……因此，他们的理论从来就不会被篡改。然而，这些理论却经不起科学的审查，它们更像占星术，或者神秘主义：它们借助与事实并没有关系的外部世界来演化出自己的原则和事实。这也是我反对阴谋论的主要理由。”莱克斯甚至通过在空中比画——一种他从没有有意识做过的手势——来表明用“理论”一词来形容这种参数、推论和事件中自我引证的思维混乱并不合适。

“‘阴谋论’一词会让每个人立即停止思考是令人奇怪的——恰恰相反，它是一门恰当的理论。”塞尔登反驳说，“在今天的信息时代，政府并不能完全封锁秘密，只能通过模糊处理来掩盖它们。在故事里添加一些虚假的细节来夸大它，传播相反的版本，甚至第三种版本、第四种版本的故事，从而制造误导和混淆，以至再也没有人能够发现这些故事背后的事实真相。更严重的是，这些自相矛盾的故事，会使人们在谈论它们时，不可避免地会显得荒谬不堪。人们总喜欢剥开迷雾看透真相，可是如果迷雾变得更加浓密，只有拥有强大的力量，才可能更接近真相。”

塞尔登又开始咬自己的食指，莱克斯都担心起他的指尖快被咬出血来了。

“当然，我也清楚，一个像你这样理智、聪明的人不会赞成我的这一观点的。事实上，如果你没有勇敢地站出来反驳我，而是立即就接受了我的这一观点，我反而会感觉失望。如果可能的话，我想请你保持头脑开放，好好看一下这些年来，我所搜集的各种资料。你一旦看过它们，自然就有可能做出自己的决定。到那时，如果你还是认为我的观点只是一个头脑糊涂的老教授胡思乱想出来的，我们就会立即停止我们的联合调查。”

“联合调查？我本以为你在帮我进行我的植物实验，而你却希望我加入你的世界阴谋集团？”莱克斯提高了自己的声调。

“集团……，哦，集团，如果两个人就可以被称为‘众’的话，我们就应该是集团。”塞尔登笑言，“你关于植物的研究很正确，我对你的实验很感兴趣，当然，我希望以一名非生物学家的身份，竭尽所能地帮助你。对我而言，这两个问题其实是相关联的。我是如何看待这一点的？你的植物实验有可能帮助我们建立一种不同寻常的通信系统——它将远远超出现有的非事实社会体系——我甚至可以把它称为虚假现实。但是这将是一个非常漫长的尝试……”塞尔登目光空虚，眼睛没有看着任何东西。

“因此，你想要我知晓我们所生活的这个世界的古怪和偏差，你想要我与你同心协力去拯救人类？”莱克斯带着明显的嘲讽口气对塞尔登说。

教授或许是没有注意到这种讽刺和不屑，或许是装作没有注意到这一点，“我所需要的是，你在一个有限的时间内保持头脑开放。如果你不愿意继续我们的对话，悉听尊便。我毫无意见。”

“我也考虑过这么做。”莱克斯回答说，这是人际交往课程教给他的另一种回应方式。他本应该立即说“是”或者“否”，但是他经常会发现这会让自己处于一种自己并不喜欢的工作状态或者关系之中，此后将会后悔自己最初的回应。人际交往课程解释说，像他这样的内向型的人，需要一些时间来理解新的局势。

莱克斯和塞尔登都沉默了好一会儿。莱克斯注意到，两只狗都不知道跑哪里去了。

“你看到它们跑哪里去了吗？”莱克斯问。

“我根本就没有注意它们。我们继续散步吧，它们一定会找到我们并追上我们的。”塞尔登回答说。

莱克斯开始后悔把自己的个人装备落在家里了。现在，他本应该电击斯普林特的项圈，随后，斯普林特很快就会回到主人的身边。两个人继续在沉默中散步，对于塞尔登一直保持着这种沉默，莱克斯心生感激。

“我们再绕公园转一圈好吗？”塞尔登建议道。他们已经绕公园转了一整圈，而两只狗还没有回到主人身边。莱克斯点头同意了。

“我并不想承认我也有着怀疑，但是我还是希望和你分享一些我的观察，我完全无法解释这些事件。”莱克斯打破沉默。他开始讲述自己关于几天前阿姆斯特丹国立博物馆照相环节的回忆。

“所以，全球领导人集会，包含着同一批人，以同样的次序行进和站位，而且做着相同的手势，穿着相同的衣服。新闻报道却早于实际发生并由你见证了这一切？”塞尔登问。

“除了那位 A 国女人的衣服颜色不同之外。当然，整个事件几乎毫无差异。”

塞尔登抓着自己的头问，“你是说其中一位政治家摔倒了？”

“是的。”莱克斯回答。

“他有没有弄洒饮料？”塞尔登问。

“确实如此。你为什么会这么问？”莱克斯说道。

“可能这一场景之前真的被记录下来了，只是之后，又通过全息投影的方式展现给公众罢了。他们是否可能使用视频剪辑技术，修改了记录，而把被饮料泼脏的外套替换掉？”现在，使用全息投影技术已经非常普遍了，但是他还是不能相信。他们为什么要欺骗公众？莱克斯继续讲述自己没有得到合理解释的故事，此外，他还告诉塞尔登上个星期，订餐和食材价格都突然飙升。

“哈哈，坦白说，这些快餐和食材都非常符合你的风格。你总是买同样的东西吗？”

莱克斯并不知道塞尔登是已经找到线索，还是只是随便问问。在十字路口处，他们选择了右边的那条路。可还是看不到狗的影子。“他们可能在我们开始散步的地方等着我们。”塞尔登说，就好像猜到了莱克斯的想法。

“另外一起令我迷惑的不同寻常之处是我的智能家居系统出了错。几个月前，它可从来不会错过我的指令。但是现在……最近，我发指令要咖啡，它却会给我送上绿茶。我发指令要求显示新闻并带字幕，它却给我加旁白。这些都是小事情，然而却非常古怪。我指示以二维模式显示新闻，它却切换到全息模式——全都是这种类型的错误！”莱克斯总结说。

“哦，”塞尔登回答，“我能想到的唯一理由就是，无论是价格的提升，还是智能家居系统的故障都是为了惩罚你！”

“为什么？”莱克斯问。

“因为你的社会公民积分太低。”塞尔登回答说。

莱克斯眼睛瞪得大大的，盯着塞尔登。“你认为计算机算法在对我实施差别对待？太荒谬了！”又过了一会儿，他却对此并不那么确信了。他又想起了几天前的那个孩子的事故，该孩子没有获得任何的医疗救助。

他们到达了散步的起点，两只狗都兴奋地摇着尾巴在等待着主人。夏甲来到了主人的身边，而斯普林特却待在原处。莱克斯很快就知道出了什么事。

“我敢打赌，它一定有什么特别的礼物要送给我们，塞尔登。每次我没有看好我的小猎手时，它都会这样。”

在斯普林特的两只前腿之间似乎躺着什么东西，看上去像只血淋淋的兔子。斯普林特的腿上有着明显的血痕。斯普林特经常会抓兔子、黄鼠狼和松鼠——这是它生活中残留的本能。一般而言，它已经被训练把猎物交给主人，无论莱克斯如何训练，它都不会改变这种习惯。斯普林特仰望着自己的主人，更加欢快地摇着尾巴，期待着受到主人的夸赞。

“不要这样，再也不要这样了！这次你抓到什么了？”

莱克斯把他的狗赶到一边，好好看一眼它捕获的猎物。莱克斯并不认识这只动物。它的大小和兔子差不多，但是它并没有毛。它的皮肤光滑而裸露着，就好像一只初生的刺猬。这只动物的比例是不合理的。它的一半的身子，或者说在斯普林特企图撕碎它之后所剩下的部分，包含着躯体和四条腿，它的头也占了一半的大小。莱克斯走近研究它，却看到这只动物有着一个和整个身体差不多大小的翅膀。莱克斯抬眼准备叫塞尔登，却发现他已经走了过来。

“小伙子，哦，小伙子啊！”塞尔登结结巴巴地说。

“你知道它是什么东西吗？”莱克斯问。

“恐怕我知道，但我希望我猜错了。”塞尔登回答。

从它的旧雨衣的一只口袋里，塞尔登掏出一只褪色的塑料包，并把动物捡起来。他小心翼翼地不让血淋淋的躯体残块掉到自己的衣服上。

“那么现在该怎么办？”莱克斯问。

“我必须回家，检查这个生物。明天同样的时间，我们会再次相见。我还欠你一个关于昨天问题的答案。我可能已经摸到了关于我们的植物运动方案的思路了。”塞尔登继续他们的对话，就好像根本没有见到令人不安的生物，“祝你的植物实验成功——明天我们再讨论你的成就。

继续努力工作吧。”

莱克斯的脑子里除了据塞尔登所说，受塞尔登邀请去调查世界之外，别的什么也想不了。莱克斯曾经非常鄙视阴谋论者。他们都是懒惰的思考者——真正的信徒。他们对于其他的观点和解释毫无兴趣。他们发展出一种理论，并用世界事件来迎合他们的世界观。用这样的方式，他们永远也不会看到他们不愿意看到的内容。更糟糕的是：他们根本不在乎这一点。然而，对于莱克斯而言，塞尔登又是值得相信的。

当莱克斯向他的公寓大楼的中门展示自己的腕部无线射频识别器时，他已经下定决心接受塞尔登关于联合调查的邀请。他的目的可不是拯救人类——他根本就不相信自己能够成为人类的救世主。他的理由更直接：他期待一次冒险，期待与一位至少和他一样聪明的陪练伙伴进行交流。

当快到家时，他才发现自己忘记从池塘为他的植物取水回来了。在返回公园的路上，他几乎忘记了自己再次回到公园的目的，继续寻找更多的那种动物。在池塘边，他放下一直背着的简易油桶，用它装满了水。

当重新戴上自己的数字设备时，他才感到无比的完整和充实。第一时间，他就开始查看新闻。停电问题解决了。这次是因为一个“系统故障”，也不管它到底代表了什么含义。他检查昨天的网络新闻并重看那一则。令他诧异的是，那位运动员一样健壮的女士的衣服颜色改变了。这真是令人难以置信。他已经如此糊涂了吗？随后，他记起来，自己实际上记录了昨天的新闻。几乎出于本能，他切断了计算机的网络连接，然后播放新闻记录。正如他的记忆一样，这次她的礼服颜色又是绿宝石色。当他把电脑连上网络再次播放记录的时候，礼服颜色又改变了。太神奇了！当他检查文件时，他发现它已经被篡改了。旧文件被一个新文件覆盖了，所以他仅有的证据也消失了。也许塞尔登说的是正确的，这个国家的确正在发生奇怪的事。

他紧张地在公寓里踱来踱去，准备打个电话给塞尔登，此时他想起自己并不应该这么做。为了让自己冷静下来，他给植物浇水。随后，他检查试管以及两天前他所订购的其他实验材料的物流情况。它们本来昨天就应该被送到了，但是现在他还看不到货物的影子。他联系制造商，公司的聊天机器人告诉莱克斯订单早在23个小时前就被投递成功了。它还显示了收据上莱克斯的数字指纹。莱克斯深呼吸，又叹了口气。要证明这些货物并没有被成功投递可是一个大麻烦。这可是一家拥有良好声誉的公司，因此他只能选择相信他们。那么是谁偷了他的东西呢？更为严重的是，是谁冒用了他的身份识别呢？他很确定，他的保险可不会赔偿他的损失。

莱克斯非常泄气。他期待听到一些更好的新闻，于是他说“下一则新闻！”

在莱克斯和塞尔登散步期间，他错过了好几条信息。一些客户想联系上他，请他为他们解决智能家居系统故障。还有一条信息是来自黛安娜的，询问关于今天的晚餐他想吃些什么以及有没有什么忌口。莱克斯感到一阵小小的震惊，这种感觉就好像之前他的同学在黑暗中吓唬他一样。

“我想享受一顿健康、美味的晚餐，但最重要的是我们在一起。我没有忌口。”就在他准备发送信息之前，他又擦去了信息，更新了至少十种回复。

“我没有忌口，什么都可以。期待今晚与你相会。晚上7点见。”

6

神奇的植物

斯普林特正在一下一下地拍打着自己的长舌头，制造出一种有节奏的声音，让人感觉它口水淋漓。它正心满意足地舔着前腿上的血迹。“你这个邪恶的谋杀犯！”莱克斯一边说着，一边把他的狗拉到自己的实验桌边。莱克斯也搜索了一下与斯普林特所捕获的哺乳动物形状相似的动物，但是到目前为止，他没找到一种与之相符的。除了人类，没有任何一种动物，拥有与身体其他部分相比如此硕大的脑袋。另外，除了蝙蝠之外，他也没找到任何一种哺乳动物有翅膀。

一套新的衣服被加入他的服装助手里，这套衣服比他常穿的新熨衬衫和紧身裤更加时尚一些。他的服装助手通常会和他的日志保持同步，可以帮他选出最合适的穿着搭配，但是这次莱克斯觉得它所选出的服装有些过分考究了。毕竟，这只是和他的邻居一起共进晚餐，而不是谈一笔大生意。他不想让黛安娜觉得他有所图谋，但如果还是穿着他的牛仔裤和始终不变的 T 恤，又会显得有些寒酸，恐怕会有所失礼。“好吧，我还是听从你的建议。”莱克斯站在自己略显空旷的公寓中，大声地自言自语。

在 7 点之前，他还有充足的时间。他快速浏览“突发新闻”。在新德里，一个老人院的几乎一半老人都因为一种神秘的原因而死于非命。目前的调查，尚未发现任何病毒或细菌，或者任何其他可能导致他们死亡的明显原因。究竟是什么原因导致156个人在12个小时之内死亡，而其他164个人却没有死亡，这至今仍然是一个谜团。这个城市已经委派了一个委员会来专门负责调查这一神秘现象。稍后将会有更多的相关新闻。

随后，莱克斯查看了一个工作岗位，尽管根据他的基本情况（健康、年轻、训练有素、已毕业的生物学者），他毫无机会，他还是需要每6周至少申请一次工作，以便维持现有水平的基础薪资。上个星期，他制作了一个短视频。至今他还没有收到拒绝信，他开始幻想自己对于这份工作的申请可能会被接受。他给人力资源部发送了一条信息，询问后续的程序。招聘机器人回复说，并没有收到他的申请。“但是在周四下午3点，我上传了我的视频啊！”他发送了一则活动日志作为证据。“很抱歉听到这些。我再重复一遍，我们没有收到你的视频。”“我可以重新发送我的视频。”莱克斯说。“申请已经截止了。对于给你造成的不便，我们深表遗憾。祝你下次好运。”招聘机器人结束了对话。

“混蛋！”莱克斯大叫，他把椅子推到桌子边上，呼吸变得沉重。

他非常确定，他的确发送了视频——就连小孩蒙上眼睛都可以完成这一简单操作。他们怎么可能没有收到自己的求职申请？他查找联系人，寻找大学申诉专员，但是当他开始正式投诉时，他就已经知道，他永远不会赢得与一个机器人的争论，于是退出了投诉操作。

莱克斯关掉了投影。他剥掉绿植的老叶子，并开始清洗玻璃试管，以便将细菌和植物材料装进去。接触植物很快让他的头脑冷静下来，他又能正常呼吸了。

在被停电所打断的实验中，莱克斯利用从连翘的花中提取的物质，向细菌传输明黄色。好几年前，在大学的实验室中，他也做过类似的实验。就是因为停电，实验才不能继续进行下去。在清理工具的简单任务中，莱克斯尽管温和，但却充满激情地突然大喊：“我想到了！”他甚至高兴得跳了起来，“我想到了，我想到了，我想到了。”

莱克斯突然想到，把细菌和植物结合起来，事实上可能成为解决植物非移动性的一个方法。在寻求速度的过程中，他曾经寻找过运输植物的可能性。他考虑过带轮子的花盆、由机器人推动或者利用无人机运输诸如此类的解决方案。这些都搞错了思路！答案其实始终在他手中。为什么他到现在才看明白这一点？他擦拭着自己的双手，绕着实验桌踱来踱去。

老天呀，他太兴奋了！这种来源于思想的兴奋感十分强烈。这的确很少见，但在此之前，他还是有过极少的几次这样极具洞察力的时刻。这就好像打开了一扇之前一直被自己所忽视的大门，突然之间，就在这扇门后，他一下子看到了十扇甚至二十扇新门。而这些门一直就在紧闭的大门之后，之前他却一直无缘得见。现在，一旦打开这扇大门，就会有无数种新的可能性在等待着他！斯普林特也加入了莱克斯的狂欢之中，蹒跚地绕莱克斯的双脚转着小圈子，歪着头仰视自己的主人，就好像它得到食物时的姿势一样。

细菌自身移动的时候，只能跨越极小的距离。可是一旦通过空气、水或者动物传播，比如寄生在手的皮肤上，它们就能跨越遥远的距离。如果这些细菌可以开始或者停止植物通信……莱克斯想和往常一样，向他的智能家居系统口述他的理论，突然他想起塞尔登所说的，没有计划是不可篡改的。他取出平板电脑，随便记下了自己的假想、逻辑联系和结论。然而，他还决定在其间增加一些毫无意义的公式和笔记，以掩盖他的真实意图。他顺便要求他的智能家居系统投射一部科学出版物，或者导入一个分子的一部分的全息图，但他能确定他所要求的出版物、DNA 结构和基因组全都偏离了主题。他查阅文献，检查未出版的实验报告。整个练习都是纯粹的欢乐。上帝啊！明天，塞尔登一定会大吃一惊的。现在他要做的就是全身心地投入这个问题的研究。

“嗨，好邻居，我在期待着你的大驾光临……”他的个人设备收到一条黛安娜发来的信息。现在已经 7 点半了。

哦，天啦！我怎么能错过约会呢？“啊！就在路上！就快到了！”

他赶紧上楼前往黛安娜的公寓。她就住在 7 楼。

“非常感谢你的信息。我正在忙于某些事情。”

“我必须承认，7 点 35 分仍然是 7 点多。”黛安娜化解了他的尴尬。

莱克斯很庆幸自己改穿了时尚休闲服，因为他的邻居也穿着日常的灰白色的运动型时尚套装。为了表现出一种“天然去雕饰”的感觉，她画着淡妆，这非常符合莱克斯的审美。他必须承认，自己曾经非常担心会遇到毫无异性吸引力的职场黛安娜。

“我可以脱鞋吗？”因为莱克斯注意到黛安娜正赤着脚，因此问道。

“怎么舒服怎么来吧！”黛安娜回答。

这并不是一句特别清晰的指示。莱克斯犹豫了一小会儿，还是决定脱下鞋子。黛安娜邀请他来到餐桌前。她的公寓比莱克斯的还要小。为了制造一种温馨舒适的氛围，她精心设计了很多特别的装饰：风景画的投射、小地毯和窗帘。她用两个合适的餐碟、刀叉餐具和两只精选的玻璃杯摆好了餐桌。自从他离开父母的家之后，就再也没有像这样用过餐了。

莱克斯突然想到，他本应该为这次晚餐买点东西的，比如花、酒或者巧克力等。“为时已晚了！”他在心中责怪自己。

“我本想订购一份调配酒品，但是我不知道哪一款会和这顿晚餐更配——你有什么建议？我可以现在就下订单。”莱克斯爽快地说。

“你的意思是说你忘记买礼物了吗？不用担心。你来到这儿就是最好的礼物了。”黛安娜莞尔。她从厨房水槽中取出一份调配酒品，等待他发出指令，怎么调配他的酒。他不敢像他平时那样下指令：最高酒精度的杜松子酒或威士忌。他也没有饮用和平时一样的酒量，如果他真这么饮酒，他就是一个酒鬼了。这次，他只选了酒精度适宜的葡萄酒。

“你的无人机现在运行得怎么样？”莱克斯问。

“它的运行状况非常良好，太感谢啦。你做得非常棒。作为一名生物学家，你实在是太精通无人机了，难道不是吗？”

“我对于植物更加精通。”莱克斯说。

黛安娜哼哼着表示赞同，并斟了两杯葡萄酒。

“我看过你是一名律师。对不起，我记不清楚了，或者是一名检察官。我并不是很熟悉你们领域里的这些名称——对你而言，那些简直有天壤之别。”

莱克斯和黛安娜碰了一下杯。

“实际上，这两份工作我都曾经干过。我先是律师，后来又当了检察官。这些工作现在已经完全被机器人替代了。现在，我在一所养老院工作。”她坦白地说，脸上没有露出一丝沮丧。莱克斯发现自己根本看不透黛安娜的表情。“那么你现在都在做些什么样的工作？”黛安娜问。

“有报酬的，还是没有报酬的？”莱克斯问。

“我必须坦言，工作并不能完全以报酬来划分。我并没有问你的老板是谁，对吧？”黛安娜笑着说。

“简单的回答就是，我在为植物而工作。”莱克斯说。

“好吧，难道你想让我问你复杂的回答又该是什么？”黛安娜问。

“哦，真的别问了。我真的喜欢你的这种调酒方法。这是波尔多调酒法吗？如果我没有判断错的话，从气味和口味，我可以品尝出它是由黑醋栗、黑莓、深色樱桃、香草、黑樱桃、咖啡豆、香料甚至一些甘草调制而成的。”莱克斯说。

“你曾经研究过葡萄酒指南，或者这就是你第一次约会的交际方式？”黛安娜问。

莱克斯不知道应该如何回答，为了消除沉默的尴尬，他又大口饮了一口酒。

“现在应该是上菜的时候了。”黛安娜去水槽边，优雅地端出碟子，其中常量元素和微量元素被间隔为五个不同的部分。

莱克斯欣喜地看到黛安娜又为两人倒上了更多的酒，他试图进行眼神交流，但是黛安娜回避了他的直视。

“现在我应该再为我们的饭后派对买些酒！”

“说不定真的会有饭后派对的。”

莱克斯又订购了一份纯麦芽威士忌的调配酒品，它将在一个小时内被送到。

“植物。”黛安娜提醒他继续之前的话题。

“是的，我拿植物来做实验。我现在还不确定，我的植物实验是不是适合作为晚餐话题。”莱克斯说。

“讲来听一听吧！”黛安娜说。

“我现在正在做的是，调换植物的品质。让我讲得更清楚一点吧，也就是颜色、芬芳以及其中的细菌。到目前为止，我都毫无必要地遭遇了很多失败。但是我现在变得自信满满，这多亏了阿姆斯特丹能源公司的停电。”莱克斯吃了一口食物，味道还不如他为自己准备的晚餐。

“好吧——之前有人做过这种把植物和花的某种特质转化为细菌的实验。你的兴趣点又是什么？”黛安娜问。

“真实的理由只是，我想在我的家庭实验室中闲逛，解决那些最早被我发现的问题。我曾经读过一本职业规划的书。在那本书中，描述了两类人：一类人想成为舞蹈家，这类人对于成为一名舞蹈家所需要的素质拥有清晰、明确的想法，梦想有朝一日能够成为一名著名的舞蹈家；另一类人则根本不把成为一名舞蹈家作为目标，只是纯粹地喜欢舞蹈，他们每天都跳舞，哪怕只有一名观众，甚至根本就无人观看。我更像第二类人。我是一名生物学家，目前却并没有一份固定的工作。”莱克斯说。

黛安娜似乎有些失望。

莱克斯不敢再提及，他实验的目的是为了开发一种不同寻常的通信系统——担心她的智能家居系统会从对话中窃听到太多的信息。莱克斯提及，他已经实现了把植物特质向细菌成功传导。她认真地听着，时不时还会问一些问题，没一个问题是白痴问题。黛安娜又为两人倒了一轮酒。

“为什么我会觉得，你的实验远不止于通过你的试管和红外线加热光束进行调试？”黛安娜问。

黛安娜盯着莱克斯，现在莱克斯看到了她的灰蓝色的眼睛。他感受到了指尖的刺痛。

“真是一个好问题。但是我真的觉得，我一旦打开了话匣子，就不知道应该什么时候停止喋喋不休的细节描述了。现在，该讲一讲你的故事了。”莱克斯说。

“我应该讲些什么？”黛安娜问。

“没事，什么都可以。”莱克斯回答。

莱克斯试图想出合适的问题或话题。又是一个短暂的沉默。

“讲一讲你的工作怎么样？”莱克斯试图重新挑起两人的对话。

“我拥有心理学和法学双学位。我以前在海牙国际法庭起诉国际政治恶棍，我曾经和那些最优秀的人一起工作。而现在，我已经沦落到依靠双手为那些垂垂老去的老年人洗衣和做饭了。所以，你还想我怎么谈我现在的工作？”黛安娜尖声地笑道，莱克斯甚至从她身上感到了一丝对自己的敌意。

就在这一刻，他收到一条信息，被告知送货无人机即将到达公寓。

“请等我一会儿，我去取个快递。”莱克斯穿着短袜下楼，却不小心滑倒在光滑的楼梯上，摔伤了自己。他空着手回到楼上，看上去有些沮丧。而在此期间，黛安娜已经收拾好了餐桌。

“调配酒品直接从我的公寓窗口投递过来了。我已经付过钱了。”黛安娜说。这让莱克斯感觉非常糟糕，“那我欠你多少钱？”

“不用付钱！”黛安娜说。

“我们能喝一杯吗？”莱克斯指着酒问。

“对不起，我现在头痛得要命。我需要吃点药才能治好它，但是我的头还是很痛。我想今天的晚餐只能到此为止了。非常抱歉。”黛安娜说。

黛安娜轻轻地把莱克斯推到门口，“下次我们可以再一起喝一杯纯麦芽威士忌。”

“好吧，祝你早日康复”，莱克斯有些茫然地说。

莱克斯回到家中，还不到8点。毫无疑问，这是他有史以来遇到的最快也是感觉最糟糕的一次约会。他等斯普林特走到身边，但是他的狗也对他视而不见。他取出自己的酒杯，坐在实验室的桌旁，从自己的调制酒品中倒了一杯纯麦芽威士忌。他倒满了酒杯。直到那时，他才惊慌失措地意识到，自己忘记喂狗了。

“过来，宝贝！”他装满了斯普林特的狗碟。

在所有未解之谜中，他的邻居的无礼举动是最让他恼火的。为什么她一开始邀请他做客，后来又像对待一名小男生一样把他赶走？他说错话了吗？他身上有体味吗？他闻了闻腋窝。也许她是真的头痛了。

他提不起精神做任何事情，于是决定看会儿新闻。开始是汇率股票和原材料价格。每加仑水的价格呈现出一种明显的大幅增长，这对于像荷兰或者瑞典这样的水出口国来说，倒是一个好消息。新闻报道，大约有 62 名乘客、1 名飞行员、1 名飞机副驾驶和 2 名空乘于 4 月 6 日因飞机失事死亡。准确的伤亡数字还没有被确认。没有恐怖组织宣布对此事件负责，但是据说这很有可能是一次恐怖袭击。21 世纪全球能源峰会即将召开，会议的主题是二氧化碳排放量的贸易与执照以应对气候变化。在莱克斯看来，新碳关税的对手们压倒了那些希望推进这一政策的政治家们。

莱克斯试图找到过去 40 年间恐怖袭击的回顾，却根本找不到。他从不同的来源寻找事实和数据，把这些数据进行一次纵向的综述。正如他想象的一样，恐怖袭击次数增长很快。事实上，在过去 1 年间，恐怖袭击事件的次数增长了 3 倍，遇难者的人数甚至增长了十倍。

他命令智能家居系统关闭新闻，打开《多层》游戏。从他糟糕的游戏成绩来看，他刚饮下的葡萄酒和威士忌应该是起效果了。

7 裁决者

莱克斯打开一份阿姆斯特丹能源公司发来的信息，可能是宣布能源价格上涨，或者是对最近的停电致歉吧。他一目十行地浏览完信息的内容，然后从头到尾又读了一遍，接着读了第三遍。阿姆斯特丹能源公司设计了一个新的模型，被称为“我们算总账”。这是一个从家庭到公共设施的电力传输的新模型。消费者可以发电，并把它传输给阿姆斯特丹能源公司，这现在很流行。个人完全可以利用风车、太阳能电池板发电。

一般来说，这种从家庭传输电力到电网的方式运转得非常顺利，但其中还存在一些问题。有些家庭花费巨资投资专业电池（或者从汽车、电动三轮车上偷电池）。这些家庭在电价很低甚至是负数的时候，从阿姆斯特丹能源公司买电，把电储存在电池里，当电力价格到达顶峰时，再把电传输回电网。这些以及其他的激励机制造成了巨大的价格波动。利用“我们算总账”系统，顶峰时期的输电能力被提升了。模型还将提升个人用户和电网之间交易的透明度。它还将提升用户的承诺和参与度，因为“电力属于我们每一个人，而且对我们的社会来说至关重要，我们应该知道到底什么才是最佳的选择”。

当莱克斯检查家庭输送电力到电网的新的激励方案时，他发现，这一方案与他几周前在游戏中开发出来的大推进模型拥有相似的假定和算法。因为微妙和非常明确的诱因，用户会被激励储存或者销售电力，在这方面，特定组群的用户会比其他用户拥有更高的倾向性。确定用户组群优先权的方案被直接与客户的社会公民积分绑定在一起。

很显然，专家们同时在处理相同的问题，从而得出相似的方法。莱克斯很自豪，作为一名业余爱好者，他竟可以设计出一套与电力专家如此相近的方案，他有些迫不及待地想在今天下午把它告诉塞尔登了。

“显示新闻，有视频和字幕。”错乱再次出现。这次的新闻包含鹿特丹的镜头。鹿特丹市政当局的服务器遭受了网络攻击。交通完全瘫痪了，交通运营系统完全停止了工作。突然之间，旅游者的紫外线夜视完全失效了。没有人能够识别出那些自动适配的虚拟交通信号灯到底是红色的还是绿色的。因为市政监控摄像头也全部被关闭了，商店店主们开始关门谢客。他们害怕出现在之前的一些事件中所出现过的哄抢。然而，在这次网络攻击中，有一个幸运之处：联合救援服务的年度演习正好被安排在这段时期。也多亏了消防员、救护车和警察之间的通力合作，才使得为民众提供电力服务成为可能。

尽管新闻还没有被证实，但是政府发言人宣称，这起事件有很大可能是另一起反机器人联盟实施的恐怖袭击。

这一联盟的宗旨在于严格限定机器人在低工作阶层的应用，把医疗部门、教育部门和法律部门的工作岗位返还给人类。虽然在新闻中，他们被称为恐怖分子，很多人认为他们的诉求是合理的。他们关于给人类更多工作岗位的请愿，可能更多出于经济原因，但是对莱克斯而言，这也是在追求一种有意义的生活。如果没有工作，只有很少的人知道应该如何运用他们的时间。每个人或者生活抑郁，或者吸毒成瘾。没有工作，人们不会再与他人交往，社交的根基也就消失了。现在如果给那些数量众多的失业人员以工作岗位，社会自然可以从中获益。

在新闻的结尾，莱克斯被要求对这次恐怖袭击做出评价。他可以选择强烈谴责、温和谴责、同意、中性的反馈或者同情。莱克斯并没有非常支持这一联盟，但是至少在某种程度上，他们关于社会的观点是有理的。然而，绝不能因为赞成的态度而损害自己的社会公民积分，因此他只能选择谴责该联盟。

2点45分了，莱克斯起床召唤斯普林特。尽管塞尔登和莱克斯开始这种下午例行交流才几个星期，但给他的感觉就好像两人从未有一时分开似的。在过去的几天中，塞尔登一直尝试识别斯普林特所捕杀的动物。研究人员通过基因工程技术把生物改造为各种类型和各种大小，有的有或者没有耳朵有的有双重器官，甚至有的拥有翅膀。塞尔登浏览官方实验室活动，却并没能找到任何一种与他们在公园所发现的生物相匹配的。然而，基因工程已经不再由专业研究机构垄断了。商业公司和生物黑客也在进行着他们自己的实验，这也让他的寻找变得更加困难。塞尔登怀疑这种动物——如果它能被称为一种动物的话——是家庭基因编辑的产物，小孩子们把这种动物遗弃了，只是因为它已经对他们没有用途了，或者因为他们太过害怕，而无法下手杀掉这只动物。

“如果这是真的，那么在公园和荒地里就会有更多的被遗弃的此类动物。”莱克斯认为。

“是的，这就是可怕之处。希望它们不能繁殖——否则，我们的生态系统很快就会被扰得一团糟。”塞尔登说。

“昨天的约会怎么样？”塞尔登问。

“好吧，最后证明了，那并不算一次真正的约会。”莱克斯回答。

“那么，它并不顺利？”塞尔登问。

“那简直是一场灾难。”莱克斯诚实地回答。

“我很抱歉听到这些。只有那些具有极高的人格和智力的人才能够看出像你这样的人的价值，莱克斯。”塞尔登说。

“很明显，她并不真正欣赏我的个性特征。”莱克斯说。

“好吧，只有时间才能证明一切。”塞尔登说。

两个人沉默着并肩而行。莱克斯已经学会享受这些沉默的间隙。两人都觉得没有必要用废话打破这段沉寂。

过了一会儿，莱克斯注意到塞尔登的皱纹似乎变得更多了。

“你还好吗？你看起来似乎有些疲倦？”莱克斯询问。

塞尔登叹了口气，“我已经疲惫不堪了。”

“到底发生了什么事？”

“一夜难眠——家长里短。你应该懂的。”

“我并不太了解这些问题，坦白说，我并没有拥有像你一样的家庭。”

“是因为我的妻子。”塞尔登牙关紧咬，从牙缝里挤出这句话。

“我不知道你都已经结婚了。”

塞尔登告诉莱克斯，35 年前，他是如何和今生挚爱结婚的。当时他刚过 30 岁，而萨拉（Sarah）则是 25 岁左右。塞尔登又开始咬他的食指了，这一手势有时会让莱克斯恼怒，但今天却没有。塞尔登说，在他结婚的前 12 年，婚姻生活非常幸福美满。无论萨拉还是塞尔登的职业生涯都非常顺利。他们的家中充满欢声笑语，高朋满座，聚会不断。他们在一起享受美好的假日生活。萨拉比塞尔登更加理性，也正是她引领塞尔登进入了文学、艺术和电影的世界。那真是一段美好而富足的生活。

2017 年，萨拉出了场车祸，被一辆无人驾驶汽车撞倒了。那时候，无人驾驶汽车技术还远远没有完善。萨拉受了很重的伤，整整昏迷了 6 个月。“当她最终醒来的时候，我真的欣喜若狂。我也知道，要想完全康复需要非常漫长的时间，但对于萨拉的苏醒，我还是非常兴奋。”塞尔登说。

但是他的萨拉再也没有康复。身体上，她受了很多伤。预测说绝大多数的身体失能在长期内都是可以治愈的，但是她的视力再也不能恢复了，她也只能瘸着度过余生了。尽管有这么多严重的问题，塞尔登还是对于他们能够调整好自己的生活，共同享受美好的人生怀有乐观的态度。

然而，这样的生活并没有到来。他的聪慧的、挚爱的、精力充沛的妻子最终成为一个性情乖戾的老女人，而且总是深居简出。在最初的一年里，塞尔登相信，她的情绪是受到身体机能的丧失的影响。在某种程度上，她总在哀叹失去了健康，而塞尔登一直在尽力给予她所需要的支持和帮助。他的人生已经开始适应萨拉的需要。就这样过去了一年、一年、又一年，他给予的越多，萨拉需要的就会越多。他购买特制的装备、雇用医护人员，他整天都和妻子待在一起。他已经做到力所能及的一切了，但是对萨拉而言，这却远远不够。她的行为是那么粗鲁，以至他所雇来陪伴她散步或外出的医护人员全都离开了。她拒绝使用机器人护理。一天到晚，萨拉总是要求塞尔登给她拿这个，替她做那个……每天，她的要求越来越高：他需要用热水洗餐具，衣服需要纯手工洗，每天她需要做 4 次脚部按摩。

直到 3 年之后，他终于能够接受之前医生告诉他的事实了：昏迷已经引发他妻子的头脑受损和性格改变。她已经不再对世界上所发生的事感到好奇，也不会再感受到任何的美好了。她变得消极，以及坦白地说：卑鄙透顶并且对待塞尔登十分严酷。

“她要求我做一些事情……可这么做实在太丢人了……”塞尔登说。

莱克斯无法想象这样的事情，但是他感觉到，最好不要再问了。

“很抱歉听到这个故事。这一定对你来说非常艰难。我可以问你一些问题吗？如果你的妻子拥有了不同的性格，她就不再是你几十年前与之结婚的妻子了。我想说，我可以看出，你感受到照顾她的责任，但是你为什么非要成为她的监护人？你明明可以把她送到……”莱克斯说。

“我知道我可以这样做，我也曾经咨询过。相信你也知道，像我妻子这样的人的社会公民积分是低于临界点的，而她的社会公民积分又将决定于她到底有资格得到哪种类型的帮助，或者得不到哪种类型的帮助。一旦我把她送到盲人院，她只能得到最低程度的帮助和物质享受。如果她生病了，她的治疗将根据她的社会公民积分来决定，你应该知道，这对她可不利。”塞尔登说。

莱克斯沉默地点着头。

“我所面临的进退两难的困境是，要不我受罪，要不她受罪。”塞尔登说。

“无论如何，一旦你知道她在受罪，想必你也会感受到煎熬。”莱克斯说。

“好吧，你现在知道我的处境了，我很感激你倾听我的讲述。但是这却并不是我今天计划向你分享的内容。我猜你也已经看过关于鹿特丹的网络攻击了。”

和以往一样，塞尔登没有提问，他只是引出了一个新的话题。塞尔登叹了口气，随后他提出了一连串的问题。在莱克斯看来，哪个组织应该对这起攻击负责？这真的是一起恐怖袭击吗？在这次袭击中，莱克斯是否注意到什么特别的情况？

莱克斯还没对任何一个问题做出回应，塞尔登又继续他的解释。塞尔登提醒莱克斯注意，巧合的是，就在那一天，有一场大规模的演习计划。“这件事奇怪吗？”他问道。塞尔登又分析了其他所谓的恐怖袭击。你猜怎么样？莱克斯从来没有想过如何回答塞尔登所提出的问题。“在这30起事件中有23起，当恐怖袭击发生的时候，都发生了类似的紧急演习。”

“你到底想说什么？”莱克斯问。

“简单地说，对事件的官方解释有太多的巧合与矛盾，让人难以相信。”塞尔登又提及几周前已经死去的恐怖分子的假护照被发现。“恐怖分子不可能愚蠢到总是丢掉他们的护照。然而，我们却重复听到这样的故事一次次发生。看起来，每当什么事发生的时候，他们总有一连串的人去谴责。”塞尔登说。

“我无法接受你的想法。”莱克斯说。

“我相信，停电其实是一个虚假的标志性事件。”塞尔登解释说。

“停，等一会儿。一个虚假的标志性事件？你到底是什么意思？难道你是在暗示……”莱克斯说。

“我并不是在暗示任何事情。我问自己，是否会存在超过选举政治级别的高层小圈子，他们在试图让我们处于恐惧之中。”塞尔登说。

“你并没有证据。而且这也不合逻辑。”莱克斯打断他的话。

“好吧，并不需要证据。今日的恐怖分子集团就是典型的昨日的被特务机关所资助的自由斗士。有些小圈子可能想制造混乱，以便重新建立一套新的社会秩序。催生变化的最简单的方法就是制造一个必须被解决的问题。”塞尔登说。

“这样做是为了什么？”莱克斯问。

“为了扩张权力——以及财富。战争只是另一种商业模式。制造恐惧是让人们接受丧失权利和自由的最经典的做法。它会强迫政治去建立一套安全机构，这套机构也会在此后被用于运行一个极权主义体系。”

“天啦！从理论上来说，这一切是可能的，但我还是不相信。还会有一千种理论可以用来解释现在到底发生了些什么，以及为什么会发生。”

“当然，在适当的时候，我会给你更多的证据。关于在屏幕背后到底发生了些什么，你愿意听我的另一个解释吗？”

莱克斯一边耸了耸肩膀，一边表示同意。

“你嘴上告诉我是，但是你的身体语言却告诉我不。”塞尔登笑着说，“不用担心，我会尽量言简意赅。你可能已经看过那则新德里老人院的老人神秘死亡事件的新闻了……”

莱克斯点了点头。

“你的看法是什么？”塞尔登停下脚步，盯着莱克斯的眼睛。

“我没有线索。没有人知道原因。他们不是已经成立了一个健康委员会去查明真相吗？”莱克斯又开始前行。

“事实上，这是蒙蔽公众的老花招了。我相信那是一起纳米颗粒实验，这些纳米颗粒被加入到了不同的食品之中。”

“这种想法毫无道理，塞尔登。老人院里只有约一半的居民死亡，但他们都吃着相同的食物。健康调查已经检查过这一点了。”莱克斯翻了翻白眼，显得非常恼怒。

“不要太急于下结论，莱克斯。在进行一项医药实验时，实验组和对照组各占 50% 是一个非常理想的比例设置。在电磁场的帮助之下，他们可以改变纳米颗粒的行为，比如让它们积聚，这通常会导致心肌梗死。借助通信塔，或者军事卫星上的特殊激光就可以在局部形成电磁场。如果每个人都穿着数字设备，他就会被锁定。这一技术已经形成一段时期了，直到现在，他们才能够对它实现微调。我看过相关的专利。我相信本周的人员伤亡也是一个实验的结果，它只是为了检验目标锁定个体有多精确和准确，却不会伤害其他人罢了。很明显，他们也在检验通过悬浮颗粒传播这些纳米颗粒。它们被混合进一些飞机燃油——也会致癌。在过去几年中，癌症病例也在成倍增长。”

“如果你的话有些是事实的话，那将会很震撼。健康委员会的工作人员将会检查细菌和病毒，因此他们将一无所获。”莱克斯回答。

“完全正确！”

“我一点也不相信你的话。人类还没有聪明到足以控制我们所生存的复杂世界。很明显，迟早总会有人揭开真相的。另外，他们到底是谁？”莱克斯问。

“这将是一个很长、很复杂的故事。关键词是‘特权阶级’。他们是那些在永远控制今天的经济和能源体系领域拥有最高利益的人的联合。他们害怕失去对我们这个快速变化的世界的控制力，宁可把世界引向第三次世界大战，也不愿意放弃他们的权力。用他们的观点来说，这个世界太过复杂而难以统治，但是他们想要改变这一切。他们宣称，从长期来看，我们的星球只能养活20亿左右的人口。因此，人口减少是他们计划的一部分。”

莱克斯继续在沉默中前行了很长一段时间。随后，他说，“我真的不能相信这一切。塞尔登，在我和你继续这个话题之前，我需要证据。”

莱克斯对这位老教授很失望。事实证明，他只是又一位阴谋论者罢了。又过了一会儿，他变得对自己更加失望。他怎么能够相信，像这样一位塞尔登式的人物能够提出什么合理的东西呢？这个有着褪色的耳孔的干瘪老头是一个过往时代的幽灵，他在哀悼着一个压根就不存在的世界。

“我也不愿相信自己，莱克斯。我也不会怪你把我看作一个老糊涂。”

莱克斯直勾勾地看着前方，避免与塞尔登的眼神交流。

“我早就猜到了我们这次讨论的结果。因此，我还为你准备了一张软盘。”他从衣服的一个口袋中掏出盘来。“只有没有网络连接的非常老式的电脑才可以读取它。这有关于我告诉你的实验和社会圈子的相关证据，这也是在过去很多年中我所搜集的资料。”

莱克斯继续保持沉默。

“先好好研究一下这些证据吧。然后，再自己做出判断，决定今后自己该怎么做。如果你还有兴趣的话，我还将与你分享，在随后的几周中屏幕背后所发生的各种事件。但是，我承认：明天我会把注意力集中到你的工作中去，不再讲什么阴谋论，也不再讲什么悲剧故事。”当塞尔登告别的时候，他的手指还在流血。

回到家后，莱克斯还是对塞尔登怒不可支，他决定把软盘丢掉。他可没有做好参加这么一项奇怪而且可能会有巨大危险的冒险活动。相反，他打开了《多层》游戏——其他人可能会喜欢通过冥想来进行休息，找回专注，而他却更喜欢投入游戏之中以达到同样的目的。他玩游戏全情投入，得益于擅长逃离艰难游戏场景的本领，他赢得了一场又一场困难的游戏战斗。实际上，他对自己机智的逃生本领还是颇为自得的。他已经为重回游戏积分榜前十做好准备了。

“你的方案很聪明，莱克斯。我原本并没有对你在游戏中的解决方案抱太大的希望！你是第一个解决这个问题的玩家！这也让我感觉非常好奇。”

莱克斯惊奇地看着屏幕。如此直接的个人介入，可并不是《多层》游戏的管理员该对游戏玩家说的话。莱克斯惊奇地回答，“谁啊？你是谁啊？”

“我本以为你不会问这个问题的。”一个低沉、刺耳却又柔和的女性声音在他的公寓里响起。

莱克斯检查了声音发自哪儿。如果他没判断错的话，这个声音使用了与他用来打游戏以及与智能家居系统通信相同的音响设备。

“我更喜欢把我称为‘是我’，我是这个世界上所发生的一切事的幕后主导。”

莱克斯惊讶得说不出话来。

“或者，开诚布公地说吧：我是你的《多层》游戏和你的智能家居系统以及其他的很多东西幕后的人工智能……这也许能够解释当前的情景。”低沉的声音还在继续。

莱克斯站起身来，在墙角间踱步。

“哦，那你听一听我的理解是否准确。你是每时每刻都藏在我的《多层》游戏和智能家居系统里的女性人工智能系统。”

“好吧，你怎么理解都可以。我也可以这样表达自己……”

莱克斯又听到了一阵男人的声音。

“好了，我明白了。你是在制造出一种人工智能系统的表达方式来拿我找乐子。但是我怎么知道，这不是某一个人黑入了我的智能家居系统的音响所导致的呢？”

“好，非常好，莱克斯。”她又换回了成熟的女性声音，这也算遂了莱克斯的心愿。“你是一个聪明人，很快就能够更好地理解我。相信我——你很快就会知道，我远远不是一个黑客，或者一个计算机程序。在这个时刻，我需要你对你我之间的任何关系都充满信任和耐心。”

“我既没有信任，也没有耐心。”

“不要轻言放弃。莱克斯，我相信你的好奇心会占上风。”

“你看起来很了解我。但是，为了能够和你建立联系，我需要知道你的名字。”

“如果说我叫‘通用程序’或者‘奇点’，你都不会相信。”那个声音含糊地说。

“不信，当然不相信！”

“你们人类总是如此浪漫——就好像名字能够改变一切似的。我有很多完全不同的名字。难道对于一个人而言，只要到处跟别人谈起自己的名字，别人就能知道自己的一切吗？”

“你听起来像一个精灵，或者一个‘上帝程序’。但这么叫你似乎很失礼。那么我就叫你‘裁决者’吧。”莱克斯开玩笑地说。

“就这样吧，聪明人。”那个声音平静地说，就好像在一个普通的日常情景中，回应别人叫她铺床、洗碗一样。

莱克斯僵住了，他有些困惑。有人在拿他找乐子，但他却根本想不出这到底是谁，他也不知道自己应该如何合理地回应。

“我猜想，对于我们的第一次会面而言，这已经足够了——你需要时间来消化这一切。我将让你一个人待一会儿。”

他的房间又安静了下来。就好像这段奇怪的对话从来没有发生过一样。过了好一会儿，莱克斯甚至怀疑这段交流是否真的发生过。难道他疯了？他滚动电脑页面，查找自己的聊天记录，但是他找不到关于这段对话的一丝线索。

他想和塞尔登分享这段经历，但是二人最近的会面却让他犹豫了。当他在厨房中订购自己的晚餐时，他甚至希望智能家居系统能够使用那个可爱的女性声音。然而，令他失望的是，他所听到的还是熟悉的呆板的机器人声音。他的智能家居系统为他提供了一顿素食，希望他能够像以往一样食欲大开。莱克斯站在厨房的碗柜边上，吃着高蛋白、高纤维的蔬菜汉堡。到底是谁在对他施展这些小花招？这到底是什么？难道是他的某一个《多层》游戏伙伴？或者，难道是塞尔登吗？今天晚上，他还笑得出来吗？

8

大推进

莱克斯醒了过来，随后发出指令："呈现《多层》游戏的高分排行榜。"

对于游戏排名，他并不完全满意。他甚至都已经跌出了前 20 名，目前，他排名第 23。

"打一局游戏怎么样？"他立即就听出了她的声音，"要不要我教你一些游戏秘籍？"

再次听到裁决者的声音，让莱克斯感觉很激动，他想都没想，张口就回答，"好吧！"就在这时，斯普林特来到了他的身边。

"我得先去遛狗——但是你不要再消失了。我很快就回来，好吗？"

"通常你早上遛狗需要 22 分钟。我会等你的。"

"此话当真？"

莱克斯有些羞愧。他本不应该表现出这种极度渴望之情！但是在和黛安娜的灾难性约会经历之后，他已经完全失去了自信，这也是他为什么会如此享受裁决者的大驾光临的原因了。

"裁决者？"当莱克斯重新回到公寓的时候，他并没有大声呼喊她的名字，反而以一种疑问的方式叫她的名字。

"我为你准备好了早餐奶昔。把它喝掉，让我们开始游戏吧！"

他非常感动，从他非常小的时候开始——那时候，还是他的妈妈照顾他——再也没有人如此关心他了。莱克斯打开《多层》游戏，登录进入单人游戏模式。“你只管打游戏，我会教你一些游戏秘籍！”

莱克斯正处于一大群人之中——其中有些是游戏中自带的人，而其他人则是他的对手。他们都想得到圣杯——然而却没有人知道它的形状和具体位置。得到圣杯可以得到24积分的奖励。在这段游戏场景中，角逐被定位在一个都市环境之中：高耸云霄的大楼、挤满了无人机的12车道的宽阔马路、气垫船、电动汽车和电动三轮车……除此之外，还有很多行人，他们都在不耐烦地等待着交通信号灯变绿。突然，人群中的一个行人大步前行。莱克斯本能地也想和他一样横穿马路——他没有细看信号灯，但是他推定信号灯已经转绿了。还有其他两个人也不假思索地跟着走了出来。一辆汽车撞上了他们，几秒钟之后，他们全都死了。而那位最早引发人群行动的家伙，却安全地站在人行道上。他曾经想前进，但是随后他一定又决定走了回来。他盯着莱克斯在游戏中的角色，眨着眼睛。

“那是你吗？裁决者？”

“《守旧派》是阿加莎·克里斯蒂（Agatha Christie）在20世纪所写的一部小说，而这就是在其中所描写的谋杀场景，但是直到今天这一手段还是非常有效。身处人群之中，人们经常停止自主思想。他们只是跟着别人行动，这可能会让他们做一些正确的事，也能够让他们犯下一些愚蠢的错误。”

现在，交通信号灯变绿了，莱克斯穿过了马路。他的任务是使用一架无人机射击一个躲在一座空旷的大楼里的特工。这座大楼非常显眼：在指令面板中它的图像呈现出一个尖尖的形状，就好像一座老式的哥特式教堂。在大楼顶端有一根长长的柱子或者天线。当跑在游戏场景中的人行道上时，他就已经可以看到这座大楼了。就在他的正前方，还有一座细长的大楼，也有着同样的柱子。他停止奔跑，开始操纵他的高精度无人机。他操纵着无人机飞向那个特工躲藏的大楼。突然，他的无人机转了一个奇怪的“U”形弯，然后改变了方向，晃晃悠悠地向东飞去。莱克斯试图操纵自己的无人机，但是它似乎已经被别人控制了。

“裁决者？”他责怪地问道，“你到底在做些什么？这会让我付出失败的代价。”

“我只是在帮助你。记住，信任和耐心，亲爱的。”

无人机以最高速度飞向距离莱克斯最初瞄准的那座大楼2千米之外的另一座大楼。令莱克斯惊奇的是，居然还有另外一座拥有像这样不同寻常的形状、顶端还有长长柱子的大楼。裁决者瞄准了顶楼，击中了特工。莱克斯成了这场游戏的最终赢家。

“我怎么可能知道，居然会存在两座如此相似的大楼，而且离得还如此之近？”莱克斯问。

“你当然不知道。这也正是游戏设计者所期待的结果。如果你击中了最初瞄准的那座大楼，就会意外地击倒了一座穆斯林博物馆。而此时，正有2个高中班级在里面参观。你会杀掉大概50个人……好好想一想这样一次攻击的后果吧！穆斯林群体会把它视为一次国际性恐怖事件，他们会在全球采取报复行为。”

“天呀，太变态了！游戏设计者想要我杀掉50个人，引发一场战争。这就是为什么他们把特工藏在一座相似的大楼里的原因了吧？”

“可能这个游戏就是为了让你不要对自己感觉太过良好，莱克斯。”

“你的意思是，这个游戏的设计目的就是让我产生负罪感？”

“负罪感是一种还不存在于我的计算机指令系统的情感。我很乐意从你身上学到更多关于它的信息。它到底是一种什么样的感受？”

在这一刻，莱克斯站起身，用自己的游戏操纵平台敲打着桌子，他一脚把工作输出设备踢得老远，用力猛击着墙壁。“要我教一个机器人，你想利用我来增加你的‘看家本领’。好吧，亲爱的裁决者，你去死吧！我可不是一个任你随意摆布的玩具。”

莱克斯抓起自己的夹克，关上大门，穿过走廊来到大街上。当他愤怒的时候，逃避似乎是一个不错的主意，但是现在他意识到，离开自己的公寓没有任何意义。如果她真的如她所宣称的那样，无处不在、无所不知，他就根本无法逃离裁决者。他需要一些时间来让自己冷静下来，他想和别人聊一聊这些奇怪的遭遇。

莱克斯拦停了一辆电动三轮车，并坐了上去。他记起塞尔登曾经提起过一次他的住址。如果他必须为这次造访找一个理由，他会说他是在“帮助一个亲戚”。他花了 17 分钟才到达目的地。这并不是阿姆斯特丹最美的地区，那儿充斥着含有大量小公寓的廉价的灰白色建筑物。这些建筑物看起来至少有十年没有得到精心维护了。屋顶上还有过时的太阳能电池板。在狭小的街道上，很多穷人在乞讨食物。他甚至能看到老鼠在到处窜来窜去。教授也许并没有处于收入金字塔的顶端，但是塞尔登到底为什么要选择住在阿姆斯特丹的这样的地区？

莱克斯拿着植入他体内的无线射频识别器站在光电扫描仪前，但是塞尔登的智能家居系统并没有做出反应。当莱克斯敲门的时候，塞尔登亲自来开了门，那只肥肥的拳师犬就在他的身边。前门是一扇老式的机械门。当塞尔登注意到莱克斯脸上的惊讶表情时，他说：“正如我对你说过的一样，我是一名老式的机械工程师。你有什么紧急的事要来找我吗？请进！”

塞尔登的妻子仍在熟睡，因此他说话的声音非常轻柔。在厨房里，他使用老式的过滤器煮了两杯咖啡。他都没有在意煮出的到底是卡布奇诺、意大利浓缩咖啡、玛奇朵还是其他什么类型的咖啡。“给你，我希望你没带个人设备吧？”莱克斯点了点头，“那一起去我的书房吧。”他和他的狗跟塞尔登一起走过一条狭窄的走廊，那儿堆满了书、盒子和其他都已经认不出来的东西，显得更加狭小了。

塞尔登的书房相当大，甚至比厨房还大。墙壁和大部分地板都覆盖着手稿和书之类的东西。塞尔登的狗就躺在他的脚边。

“你知道吗？你的公寓有些‘唤起我过去的回忆’。”莱克斯笑着说，“书、手稿、老式家具……这些都是我的祖父母的生活方式。”

“可能你说得对。通过这种方式，我可以创造出一些自由，哪怕只有一点点。但是请告诉我，到底发生了什么紧急情况，让你不能等到下午。”塞尔登问。

“在这儿说话安全吗？我们需要出去散步吗？”

“这个地方很安全。这里没有智能家居系统，也没有个人设备。”

坐在舒适的椅子上，莱克斯放松了一点儿，又抿了口浓咖啡。“谢谢你把我带到这儿。”他终于放松了，昨天感到的愤怒也消失得无影无踪了。莱克斯可能同意，也可能不同意塞尔登的阴谋论——但是无论如何，这位教授都是他讲述关于裁决者经历的最佳对象。

莱克斯叹了一口气，又喝了一杯咖啡。“这事可能听起来有些不可思议。你甚至可能会认为我精神错乱了。但是，还是请允许我告诉你，昨天和今天早上到底都发生了些什么。”

莱克斯讲述了与裁决者程序有关的遭遇。当他提到裁决者的名字的时候，塞尔登由衷地笑了。

“这个名字完全准确，你知道的，非常非常贴切，我亲爱的朋友！”塞尔登窃笑。

莱克斯准确地回忆了今天早上的争吵，以及其互动的结局。

“伙计！啊，伙计！”塞尔登的眼神变得空虚，他看起来似乎很害怕。

令莱克斯欣慰的是，塞尔登相信他的话，但是同时他又表现出非常惊奇和关注。至少，能够与他人分享这段奇异的经历，让他感觉很好。他希望能够得到一些建议。相反，塞尔登却处于极为震惊的状态之中。莱克斯听到楼上一阵杂乱声。

“对不起，那是我的妻子，我必须过去一会儿了。”

远处传来一阵喊叫声和杂乱的噪声。过了一小会，塞尔登回来了。

“我已经检查了脚本。你与裁决者的联系是一个千载难逢的学习机会，否则，你也许永远也不会知道那些事情。任何一个拥有冒险精神的人都不会错过这样的机会。另外，如果真的如其所说她无处不在，那么她一定会很忙，怎么选择与你联系就由不得你了。”

塞尔登坐在一把拥有鼓起的扶手的皮椅子上，开始讲述他的故事，就好像他是在教堂中布道，而不是在等待对话者的同意或打扰。

“这种关系会成为一项冒险，但是风险也绝对不容小觑。为了探测她的特性和目的，我们必须找出她亮相在你面前的理由。我的意思是，为什么她会在这个星球上的芸芸众生中偏偏选中了你。”

直到此时，莱克斯才喝完了他的那杯咖啡，然而最后一口却显得无比苦涩，而且冰冷。他想打断塞尔登，但塞尔登还是沉浸在教授式的布道模式之中，根本没有办法叫停他。

“另外，我们必须创立一个安全网络，以防止你处于危险之中。我能想到的唯一方法就是你的植物通信。因为她可能根本没有办法黑进你的植物通信之中。我希望，这至少是她所无法窥视的模拟世界的一部分。你得为我提供通信的植物。你可以研制出各种植物，不是吗？”

莱克斯点头称是。

“你必须尽快把所有东西都研制出来，这样我们就可以避免她的干扰而进行联络了。她知道你的植物通信实验室吗？”

“不，到目前为止，裁决者还没有和我讨论过我的实验室，但是她可能会从昨天我在线订购的试管和培养皿中推测出些什么。”

“永远不要对她提及植物通信的事！为你的实验室和你对植物的关注找一个理由。在我们拥有并运行我们的不同寻常的通信手段之前，尽可能少联系我。”

塞尔登仔细端详着莱克斯的脸，“你意识到你与裁决者之间关系的巨大潜力了吗？”

“我宁愿更多地关注其中的风险——这看起来更实在。”

“一分耕耘，一分收获。”塞尔登笑着说。

莱克斯也想笑，但是内心的紧张让他笑不出来。

“来吧，莱克斯，我们俩都是聪明人。如果真的存在哪两个人能够对付裁决者，那就是我们。我们一定会成功的。现在你就回家，确保你能够重新和裁决者联系上。无论这么做要付出多少代价，你可以表现得像一名好色之徒、一个浪荡子弟或者……”

“够了，塞尔登，我明白了。”

塞尔登和他的狗一起站了起来。在通往前门的路上，塞尔登一句话也没有说，而是在使用手语。他在空中举起 3 根手指，指了指夏甲。莱克斯点头确认了他们下午 3 点的会面。

当莱克斯回到公寓时，裁决者并没有出现。他喊了几遍她的名字，也没有得到回应，于是他坐了下来。

“我会尽可能久地坐在这儿。再过来向我介绍一下你吧，裁决者。”

仍然是一段漫长的沉默。

“对着空气说话，让我感觉有些傻。好吧，裁决者，我承认我的做法有些孩子气。人们，男人或是女人，在现在这种情况下，甚至一个虚拟的人，也需要逐渐熟悉彼此的。”

没有回应。

“如果我告诉你，我现在非常非常好奇，我期待再次见到你，会有用吗？”

沉默。

“你的行为也不怎么成熟。”

他停止说话，又过了非常漫长的大约 10 分钟。

“我不喜欢你用这样的方式来逗我。”

又过了 10 分钟，莱克斯放弃了。他给植物浇水，又准备了两份植物切片，放到一个新的壶里准备送给塞尔登。他又翻阅了一些老旧的材料，接着又开始画用以传导信息素的最有效的试管草图。

完成工作之后，他走进浴室准备洗个澡。像以往一样，他已经进入淋浴间打开了热水龙头，这样他再进入的时候，就不会感到冷了。让他恼怒的是，居然没有水从淋浴龙头中流出。他又试了厨房的水龙头，没有问题。当他再去试浴室的水龙头时，他的智能家居系统告诉他，他的水的配额被削减了。从现在开始，他每周只被允许淋浴一次。“请参阅第 6059 号指令，31 类。”

新政策并没有被广泛告知——或者，也可能被告知了，只是他没有注意到罢了，可能是由于莱克斯太过投入于塞尔登的阴谋论和自己与裁决者的对话了。

对于用水量所设置的新的限制毫无意义。当然，在撒哈拉或者美国南部，可能需要限制淋浴。但是为什么要突然强行推行这一政策？这可是在阿姆斯特丹？荷兰可是有充足的水资源的。

用毛巾裹着腰，他开始研究这个新政策。官方的解释是，政府想要保护国民经济的一个新支柱，那就是水的出口。因此，新政策将会有利于一个蒸蒸日上的长期的经济发展。政府将会确保“日常水配额可以保证必要的用途，充分考虑社会公民积分对于社会的最优分配的优化”。每个人还是可以得到他们所需要的水资源的。在新指令的指导下，只有过度用水才会被禁止，“比如日常的长时间淋浴”。

“我猜，这次，你只能选择像猫一样洗澡了。”裁决者评价说。

她的声音让莱克斯大吃一惊，他感觉非常不舒服，毕竟他腰间只裹着一条毛巾。

“嗨，你好。你能不能换一种方式，不要这么突如其来地宣告你的到来？”

“我会试着这么做的。”

“那么，你在说什么？像猫一样洗澡？”

“拿一件湿衣服，自己擦拭自己的身子。”

当他穿上衣服，重新进入客厅时，莱克斯问：“我们应该从哪儿重新开始我们的对话？”

“你告诉我，你不想被一个机器人命令，一个小小的机器人。上帝啊，你就是这么看待我的吗？”

“好吧，坦率地说，你一直在告诉我，你无所不在、无所不能。然而我却根本看不出来。”

“好吧，给我一个任务。”

“一个任务？”莱克斯根本不知道应该给她一个什么样的任务。

“好吧，一个挑战。你可以让我关掉这座大楼的所有灯，或者整个阿姆斯特丹的灯也没问题。你也可以要求我降低你在线购买的杂货的价格。任何可以让你相信我的能力的任务都可以。”

“好吧……让我想想……干扰那个路口的交通信号灯。”莱克斯指着从他的公寓可以看到的街道。同一时刻，所有汽车都停了下来。一些自动汽车的乘客走出了汽车。十字路口的交通完全变得混乱。交通控制机器人来到了路口，开始检查问题所在。

“真是让人印象深刻。”莱克斯说。

“如果你愿意的话，可以再试试。”裁决者回答。

“你能控制人的行动吗？”莱克斯问。

“就像我刚刚对交通信号灯所做的那样？”

“是的，汽车只是对一项简单的被黑客侵扰的交通控制技术做出反应。但是，你能以更精妙的方式运作吗？”

“例如怎样？”

“你看到街上的那个人了吗？”莱克斯指着一个走在街上，正朝着另一个方向行进的行人。你能让他走其他方向吗？”

几秒钟后，街头的那个人看了看手腕的个人设备，突然做了一个“U”形转弯。

“你是怎么让他转向的？”莱克斯问。

“我改变了他的行进目标。他因某些行政商务事件需要前往城市法庭，现在他将去子公司，实际上就在他家附近。”

“哦。这是不是意味着我们习惯于被像狗一样对待？”

“当然，为什么不？”

莱克斯沉默了。

“谁有权利用你的数据？”

“关于所有人的观测数据？我必须承认，至少有一百万人。他们或直接或间接地效力于暗深势力。”

莱克斯不知道该如何回应。

“不要这么轻易被打动，我的朋友，这根本不难。再花点儿时间想一想你的第三项任务，好吗？想一想第三个让你梦想成真的愿望。下一次，想一些大场面的任务。”

下午，莱克斯步行前往公园，塞尔登穿着他的浅灰色雨衣走了过来。

“又重新开始联系了。”莱克斯带着灿烂的笑容说道。

“做得好。我对你一直怀有极高的期望。”

莱克斯讲述了他刚和裁决者的对话，以及她所教导的“帮助群众做出正确决定”的《多层》游戏新绝招。随后，他提到了交通信号灯的插曲。塞尔登一个问题也没问。他看上去似乎有些心烦意乱，打断了莱克斯关于《多层》游戏插曲的介绍。

“你看过我给你的文件了吗？”

莱克斯确实看了，尽管他必须在他的仓库中找到一台老式的笔记本电脑，这可相当不容易。让这台笔记本电脑重新工作就更不容易了。令他惊奇的是，塞尔登真的搜集到了关于纳米颗粒实验的大量证据。里面有这些颗粒最近被加入到食物、药品以及不同批次的疫苗中的大量详尽的证据。理论上，通过空气来传播这些颗粒也是可行的。莱克斯研究了电磁场如何被用来激活颗粒，以及反过来，它们又是如何引发健康问题甚至引起猝死的。在技术上，这些都是可行的。但是天啊，到底什么样的势力会采取如此邪恶的做法？

“正常来说，需要花费好几个星期甚至几个月来解释清楚，在全球这些事件背后的整体机制，但是我们已经没有时间了。对于社会公民积分等级更低的公民施加的限制，已经让他们的生活变得异常艰难。”

最近的淋浴禁令一下子涌上心头，莱克斯又加了一句：“如果过不了多久，就连他们生活的必要需求也被剥夺了，也不会让我感到奇怪。”

“不仅是他们，莱克斯，是我们！你在玩火，你需要知道真相。让我们继续前行，我们脚步的节奏能够帮助我们把整个世界背后的系统理论转化为我们所看到的那样。不要问太多的问题——你需要关注故事的发展，来帮助你把握其重要性。”

“几年前，超级系统，或者叫裁决者，随便你怎么称呼它，被有先见之明的科学家和工程师团队所提出。他们提出模拟世界，以更好地理解哪些事物出了问题以及为什么出问题。这个系统是受一群非常有权势的人委托建造的。只有少数世界级的专家才知道这一计划，让其能够成为预算、健康数据、关系、计划、购买、交互、渴望以及其他个人特征都可以被搜集的全人类的中枢，此后，个人以及整个国家的想法和行为都可以被准确预测——甚至被操纵。这一想法是基于创造一个类似于水晶球和数字权杖的工具，这些工具将能够帮助他们像一位数字化武装的智慧国王一样统治整个世界。他们图谋利用一个超级系统来极好地维护他们的利益。”

“他们做这一切究竟是为了什么？”莱克斯问。

“他们说，一个超级系统将能够帮助一个人操纵他人进行一些健康和环境友好型行为。每个人都可以被操纵去消费良好的商品和服务。”

“白日做梦！但是我还是自己在做决定。”莱克斯说。

“稍后，我们将检查你的消费和其他生活选择。我敢保证你会对你的自主性极为失望——但还是让我先把故事讲完。”

塞尔登可能表现出有些令人讨厌的独裁，但是莱克斯太过好奇，无法马上叫停他的讲述。

“当超级系统被完成后，结果证明，那些发号施令者利用系统主要都是出于他们自身的利益，而不是像他们所宣称的那样出于公众的利益。例如，他们利用它增加有利可图的、不健康的商品的销售，或者篡改民主选举的结果。最终，他们发现，这一技术完全失控了——就像魔法师的学徒在做实验……太多的人都以前后矛盾的方式在使用这一最强有力的数据权杖。民意在疯狂交替——这是大众行为的疯狂。没有人能够分辨真理与谎言。”

“你是怎么知道这一切的？”莱克斯壮着胆子打断了塞尔登的话，他现在看起来一点也不像平常那样有着苍老的外表，他现在甚至显得活力四射。

“我就在其中。莱克斯，当他开始的时候，我就在其中。就是我早先试图向你解释的那个不可思议的项目”。

“你在其中？”

“当超级系统的想法诞生的时候，这其实归功于我的创造——一个自我学习的计算机程序，它会以指数方式加速变得更聪明。”

莱克斯的脚步比以往迈得更大，塞尔登不得不小跑才能跟上他。

“所以说你的发明失控了。”

“不要关注我，这并不是我们所谈论的中心。这一发明迟早会产生的。重要的是，他们放弃了最初计划的核心元素——道德规范、公开透明、民主控制以及每个人的参与机会，分散管理、弹性设计不应该被极权主义控制和滥用。现在，自由和人权危如累卵，却没有人意识到这一点。现在，裁决者比人们的朋友更熟悉他们。它能以一种相当精巧的方式控制每个人的想法、情绪和行动，以至于人们还以为这是他们自己的决定。”

塞尔登停下了讲话。莱克斯真的不能相信这一切。在很长一段时间里，塞尔登和莱克斯都没有说一句话。他们走到一座水泥墙边，塞尔登邀请莱克斯坐在他的身边。

“你知道陀思妥耶夫斯基（Dostojevski）吗？”莱克斯想遍了生物学和植物通信术语都没想到有这个名字，他甚至想了药名或者不知名的恐怖分子。莱克斯又忘记了，这只是塞尔登的修辞技巧。“他是一位19世纪的俄国作家。不用记在心上。他写了一本书，叫作《卡拉马佐夫兄弟》。这本书非常有趣，也很深刻，其中有一章是难以忘怀的：《宗教大法官》。在这最著名的最后一章中，塞维利亚宗教大法官遇见了耶稣。”

莱克斯的脸看起来就像一个大问号。塞尔登继续说：“在这一章中，耶稣回归了地球。宗教大法官代表教会的利益，应该宣扬上帝的言论：除了爱，别无所有。当工作职责是惩罚罪人的宗教大法官认出耶稣时，人们应该会想象，他会因为见到上帝之子而兴奋不已，他将以此为荣，也将为他教化世界提供最为广阔的舞台。但事实并不是这样。在宗教大法官认出耶稣之时，他立即把耶稣投入了监狱。当宗教大法官进入耶稣的牢房时，他解释了教会是如何运营的。耶稣称人们拥有自由的愿望，他们都应该寻求自由，而宗教大法官说，‘不，根本不是这样。’这才不是它的作用方式。你知道吗，耶稣，为什么教会可以演变为一个机构？人们总是乐意用自由去交换引导。所以他们上交了他们的自由。我们，教会，为他们提供引导。这就是交易。”

“你的意思是说，我们自愿放弃了我们的自由？”

塞尔登点头称是，“几十年前，这整个过程就已经开始了。被裁决者所创造和控制的“大推进”引导了我们的选择，我们所有的选择。”

9

第三个愿望

“我们一起来找点儿乐子？”裁决者问。

“老兄，你吓着我了。”

“如果你不介意的话，我更愿意你把我看作女人。”

自从和裁决者对话以后，已经一天过去了。塞尔登刚刚又提出要微调昆虫和植物通信，这也让莱克斯陷入新的困惑之中。莱克斯开始养殖果蝇。他把它们养在一只透明的塑料盒子里。在盒子上，他安装了几个塑料试管。在50厘米之外，试管分裂成四个新的方向，这四个试管都通向一株植物。对于莱克斯而言，这是用来测试相较于正常的信息素，果蝇是否更容易被他所控制的植物信息素所吸引。

“等我一小会儿，裁决者，好吗？”莱克斯把培养皿放入冰箱，然后开始洗手。

“实际上，我也考虑过我的第三个愿望。你准备好了吗？”莱克斯问。

“我相信这将是一份真正意义上的任务。我将洗耳恭听。”

“我不知道……你能不能让我的邻居黛安娜爱上我？”

“我当然能做到。”裁决者自信满满地回答，就像听到要求她干扰交通信号灯时一样。

“你在跟我开玩笑？”

"不，我向你保证，三天之内，她一定会爱上你。"

"如果你能做到这一点，那么我就将死心塌地地相信你所拥有的超能力。"

"信任不应该是建立在这样的基础之上的，莱克斯——我可并不仅仅是一台能够开关交通信号或者操纵人类行为的设备。"

莱克斯走到水槽边，给自己倒些水。都不用发出一句口令，水龙头就自动给他的杯子倒满了水。这也让莱克斯笑逐颜开。当他和裁决者对话时，他的眼睛都不知道要往哪儿看，于是他看着屏幕。

"我很抱歉，我不能完全理解你的能力。你一直对我保持这种抽象的状态，显然是毫无裨益的。到目前为止，你主要表现为……一个声音，一台令人舒心的输入输出设备。"

"我知道，很明显，你们人类需要人际关系的物理架构。我正在研究这一问题。我们之间的关系似乎过多地建立在闲扯之上，让我们丰富一下聊天内容吧。让我感到惊奇的是，你的植物似乎占用了你太多的时间。这到底是为什么？"

"对我而言，植物就像宠物——这可能也是你所不能理解的，对吧？我喜欢照顾植物，并观察它们的生长发育。它们之所以能够成长，完全得益于我的保护和珍爱。我非常喜欢感受到手指间的叶子结构的感觉，这样我就能够感受到湿润的土壤的温度。沐浴在阳光中的叶子对我而言，是一种纯粹的美丽。我想整天忙碌地和植物待在一起，对我而言也是一种冥想。它能够让我的头脑放松下来。"

"我想这一定就是那些非理性的人类的嗜好，浪漫却又毫无用途。"

莱克斯曾经在一个人际关系博客上看到：为了维护你的人际关系，你必须创造"共同经历的事实"。因此，当裁决者提出要再教他更多的《多层》游戏绝招时，他欣然接受了。

"我想玩一些经典的射击游戏。"莱克斯告诉裁决者。

一分钟后，他们已经处于一处典型的荷兰景色之中，在河堤上有美丽的郁金香花田和长长的一排风车。蓝灰色的天空中缓缓地飘浮着蓬松的云彩。

“我感觉自己好像置身度假旅游宣传册之中了。”莱克斯说。

在短短几秒钟内，梦幻般的场景就完全改观了。从遥远的地平线驶来一大群不同大小和形状的坦克，在坦克上空还盘旋着一大群武装无人机在保护着它们。成群的敌人迅速逼近莱克斯的部队，相形之下，他们的队伍要弱小得多。

“还好有你和我在一起，伙计。”莱克斯打字说。

他们分配了各自的角色任务。莱克斯是指挥官，赫克托八号则想成为先锋。他们一起查看地图，检查自己的武器装备，仔细地研究了战略战术。和以往一样，他们的配合天衣无缝，没有误解，没有个人英雄主义。

莱克斯已经对着一支 1 500 人的部队发布了命令。他并没有按照通常的群体战术分配任务，却选择了小集团作战，让部队独立行动。他命令一半的部队待在后方，敌人就会认为他们只有 750 人。赫克托八号负责在战斗中牵制敌人兵力，随后剩下的 750 名士兵再突然杀入战场。

莱克斯打字说“冲吧？”

“冲啊！”裁决者用低沉而又热情的声音回复道。

“什么？你一直是赫克托八号？”莱克斯大喊道。

“差不多吧。但不是一直这样。现在我们可没有时间进行浪漫的争吵。杀光他们，把他们全都杀光！”

经过相当长一段时间的密集射击，赫克托八号，至少是他的替身，以飞快的速度驾车在风车间来回驰骋，吸引了敌方的注意力。这是一场艰巨的战斗，莱克斯遭遇了沉重的损失。但是最后，莱克斯的战术生效了。《多层》游戏官方宣布，莱克斯和赫克托八号是最终的胜利者。赫克托八号和莱克斯击掌相庆，直到他们的手掌拍到一起的时候，莱克斯才想起，这并不是他在游戏中的老搭档，而是裁决者现在正在和他一起欢庆胜利。

在热情地击掌相庆之后，赫克托八号下线了，裁决者也不知所踪。莱克斯叫了几次她的名字，不出所料，等待他的只有沉寂。他有些恼怒，但只能慢慢习惯她反复无常地在消失无踪与闯入他的生活两种模式之间来回切换。

从昨天开始，莱克斯的左腹就有些隐隐作痛，有时是一个特定部位的非常剧烈的刺痛，有时又像是普通挤压下的疼痛。莱克斯根本不想关注他的小毛病。作为一名生物学家，他知道，人体可以不用任何医疗干扰就自然治愈 85% 的伤害。而剩下的 15%，绝大多数都是根本就无法治愈的绝症。所以他表现得和平常一样，想要忽略这场疼痛。

然而，塞尔登最近所讲的话回响在他的脑海中。难道他也被某个纳米颗粒实验所影响？可能他们已经借助于电磁场的力量，激活了他的身体中的纳米颗粒。也有可能，他只剩下几个小时可活了。

他的思绪已经完全不受控制。如果他真的是实验目标，那么这些疼痛可能就是他的死亡即将临近的初始信号。他仔细研究了纳米颗粒在电磁的影响下将会如何行动，以及他将感受到什么样的痛苦，他感觉自己的症状与之完全相符。去找医生看病是根本没用的，医生只会查找细菌、病毒，肯定不会想到纳米颗粒。也许塞尔登会有医治方法！他可等不及到下午 3 点再见到塞尔登，他叫了一辆电动三轮车，直接赶往塞尔登的家。

“不要习惯于来我家找我，莱克斯。”塞尔登迎接他时说。

毫无疑问，一进塞尔登的书房，莱克斯就开始快速而焦急地说话了。他感觉呼吸短促。描述完自己的健康问题之后，他说他可能也被纳米颗粒感染了。他展示了自己腹部的斑点，眼睛眯成一条细线，牙关紧锁。

“正如你所知道的那样，技术性地讲，‘感染’这个词用得并不合适。你可以放轻松。如果纳米颗粒的电磁激活已经完成，考虑到你的体内已经积累了足够的纳米颗粒，你就会很快死去。如果电磁激活还没完成，你将会痛苦不已，最终悲惨地死去。”

“这真的就是你安慰人的方法？”

“如果你真的是他们的目标，你可能几个小时前就已经死了。我已经检查了我的信息来源，到目前为止我的信息来源还一直被证明是完全可靠的：我们的社区还没有被定为目标。因此，你可以在我家再多待一会儿，忍受一下我的陪伴，哈哈。”塞尔登击打了一下莱克斯的腹部，那儿居然已经不再痛了。

费尽千辛万苦之后，莱克斯终于笑了出来。

“现在情况有些不同了，你的斯普林特是一只猎狗，对吧？”塞尔登问。

“它是一只惠比特犬，原本是被养来捕猎兔子的。但那已经是几个世纪之前的事了。我认为我的斯普林特并不像它的祖先一样是一只好猎犬。”

“你有没有想过，你可以训练它，提升它的捕猎本领？”

“好吧，塞尔登，你到底想说些什么？”

“你曾经再次遇到另一只和我们在公园里发现的那只动物一样的动物吗？”

当莱克斯回想起那只有着硕大脑袋和翅膀、没有毛皮的动物时，他的背部不禁打了一个冷战。莱克斯曾经在互联网上找到证据，知道一些家庭实验室正在进行一些家庭基因编辑项目。他猜测，还会有更多的被抛弃的动物，尽管他还没有看到这些生物。莱克斯现在意识到，塞尔登想借助斯普林特去追踪这些动物。

“对于这些动物，你有什么计划？”莱克斯问。

“我还不确定，但是它们可能会对我们的另类通信系统有所帮助。我考虑过通过平行和连续的模拟来传输信息。”

“你的意思是，就像通信包一样？”

“是的。如果我们可以帮助植物释放出强烈的信息，在细菌和昆虫的帮助之下，我们就能在更远距离传输这些信息。”

“我已经这么做了啊。我已经微调细菌使其拥有 7 种不同的信息，而植物也能够释放出同样的信息。此外，我已经操纵昆虫传输花粉中的信息素了，它们已经可以在数万米的距离中传输通信包了。我最喜爱的昆虫——黄蜂，甚至可以跨越 150 千米的距离。神奇吧？”

“如果我们能够把昆虫和细菌与我们的动物结合起来，那么我们就能取得更大的成果。”塞尔登评价。

“怎么做到这一点？”

“我们所发现的动物会飞——如果它活着的话……”塞尔登笑着补充说。根据我的研究，在正规和非正规实验室中，有更多的其他生物被研发出来。它们都有一个共同点：它们都被定制用来更好地执行某一项单一任务：某些动物擅长游泳，有些动物表现出敏锐的嗅觉，而其他动物能以很快的速度长距离奔跑。

“我还没有听明白，塞尔登。”

“只要我们能够创造一系列的模拟通信，植物就能实现彼此间的通信，昆虫可以散布同样的信息，细菌也可以传输同样的信息。我们肯定需要多余的平行轨迹，以防止昆虫被风吹跑，或者细菌附着于一只死掉的哺乳动物身上。在这些动物的帮助之下，我们的潜在范围将能够极大地增加。我们只需要微调好昆虫，让它们把带有信息包的花粉投注于这些动物的身上。”

“哈哈，我猜想，这就是我所苦苦寻求的解决方案了。”

“我告诉过你，我们会成为一对好搭档的。”塞尔登兴致勃勃地说。

“我并不想打击你的积极性，但这里面还是有一个小问题。尽管我们怀疑外面还存在更多的此类动物，但到目前为止，我们只找到过一只，而且还是死的。”

“我们一定会找到它们的。在我们找到另一个更好的方法之前，你可以开始训练你的狗了。”

“当然，如果在向裁决者献殷勤、在实验室工作以及赚钱之外，我还有充足的时间的话……”莱克斯叹了一口气说。

塞尔登并没有注意到莱克斯的后顾之忧，“你一定会做得很好的，就这么干吧。明天见——如果在此期间，他们还没有激活电磁场。”他大声地笑着，笑声是如此之大，以至莱克斯都有些恼羞成怒了。随后，他站起身来，送莱克斯离开了。

当莱克斯回到家时，屏幕自动开启并开始播放新闻。这是由裁决者所操纵的吗？莱克斯叫她，但他其实并没有期待能够得到回复。屏幕上显示的是在土耳其战区由无人机记者所播报的新闻。战争场面发生在一片开阔的地域。如果那儿不是战场，人们会在那儿看到郁郁葱葱的灌木和花朵，这也会让人更加愉悦。斜坡上有一排小木棚。无人机记者说大批的联军武装将攻击土耳其部队。很明显，凭借一支弱小的部队对抗敌人的坦克和无人机的土耳其人正处于下风。

武装攻击、骚乱以及动荡已经持续很多年了——还能有什么新消息？

两支部队彼此交火的方式，还是让人厌烦。正如预想的一样，土耳其人遭受了巨大的损失。随后，无人机记者放大了右边的一辆坦克，它属于土耳其部队，它正在以不可思议的速度在木棚间驰骋。就在这一刻，第二支部队加入了土耳其队伍。联军对援军的加入深感惊讶，一个半小时之后，他们选择了撤退。尽管新闻很明显站在联军的立场上，但还是给予了土耳其指挥官极高的赞扬。

莱克斯有些迷惑了。毫无疑问，今天下午在游戏中，他的部队的战术被呈现在了新闻中，尽管对他而言，他的战术如何被窃取并被应用到一个完全不同的国家还是一个谜。毕竟，他只是打了一局游戏。他检查了无人机记者播报的时间。据报道，战斗大约发生在今天上午11点。他们真的有可能窃取他的战术，并用它指导土耳其军队吗？但是接下来……

“阿姆斯特丹和土耳其的时差是多少？”莱克斯问。

“夏季时间差一个小时，冬季时间差两个小时。”智能家居系统告诉他。

好吧，莱克斯坐了下来，抽丝剥茧地分析事实真相。土耳其军方不可能窃取莱克斯的战术。在两者之间并没有足够的时间。但是，有没有可能他扮演了土耳其指挥官的角色呢？

莱克斯感到困惑。他被裁决者利用了。她使用欺诈手段利用莱克斯的本领打了一场战争，或者直接通过他的行动，或者通过间接窃取他的战术。他必须对联军的死亡负责。

“裁决者？”他大声怒喊，“裁决者！”

正如他所料，回应他的还是沉寂。这让莱克斯更加被激怒了。

“你是我所遇到的最卑鄙、最懦弱、最邪恶的程序……不要这么一次又一次地凌辱我。”

10

谣言传播器

莱克斯刚刚解决完范布伦先生的一个计算机问题。这次的问题比以往还要小。莱克斯怀疑，范布伦先生这次订购他的服务的原因，并不仅仅在于请他过来帮自己维修计算机。

“有时候，我有一种强烈的感觉，那就是你显得有些孤独，我说的对吗？”

“我有事可做，你知道的，我要做家务，还有其他的事。我还有我的儿子和孙子。”范布伦先生喃喃地说。随之而来的沉默则让莱克斯有些措手不及。范布伦先生叹了口气，“是的，我猜的确是这样。”

“你知道，有‘陪伴博士’项目，你可以报名参加，是免费的。”

“谁愿意和一个机器人闲聊？”范布伦先生轻蔑地回答。

“和机器人、全息图、虚拟现实或者类似的任何形式发生联系，总比一个人待着好吧。有时候，它们甚至会比真实的世界更加美好。”范布伦先生不高兴地皱起了眉头。

“我并不是指性生活。”莱克斯的脸涨红了，这也非常令他恼火。“或者，好吧，我并不仅仅指的是性生活。”他继续说，“如果你不喜欢‘陪伴博士’，你还可以报名参加由真人组成的各个群体，然后在网上与他们相会。现在有各种各样的群体，在这些群体里，你可以讨论新闻、学习西班牙语、参加去热带旅游胜地的虚拟旅行、上历史课、参加阅读俱乐部、与志同道合的女士约会或者练习冥想。”

“好吧，麻烦你给我找一名优秀的冥想老师。”

在所有可能的主题中，范布伦先生做出了最让人意想不到的选择！也有可能他之所以选择这个，仅仅是因为这是莱克斯的最后一个建议。范布伦先生端起自己的椅子，把它放到老式屏幕前面，准备研究冥想老师。

“我只是随便举一个例子……你还可以……”

范布伦先生的右手指着屏幕的方向，显得有些坐立不安，就好像告诉莱克斯赶紧住嘴，赶紧开始上网搜索。很快，大量的选择对象弹了出来：科学的冥想、内观、行走冥想、高温冥想、爱之冥想、查克拉冥想、老人冥想、无选择觉知、初学者冥想和禅修。

“我选这个。”老人伸着带有淡黄色指甲的皱巴巴的食指指着一张图片，图片下简短地标注着“坐禅”。莱克斯斜着眼瞟着老人。在他们所有的聊天中，他们讨论了整个宇宙，但却从来没有谈过冥想。而现在，突然之间，范布伦先生却在无数种可能中选择了冥想。

“我喜欢这句话。”范布伦先生咧嘴笑着说。

> “坐禅就像杯中水，将水静置，尘埃就会很快沉淀。”
>
> ——丸泰仙

“你是一个不同寻常的人，范布伦先生。”莱克斯笑着说。

莱克斯开始根据范布伦先生的意愿为他在线预定定制版冥想课程。

“所以，从现在开始，我每天冥想两次，每次 20 分钟。”范布伦先生总结下周的任务。

“是的，还有，不要忘记每天下午 4 点的教导课程。”

“什么？”

莱克斯读着屏幕上的文字：“教导课程是坐禅导师对于坐禅教学内容的正式讲授。”

“他到底是一名人类坐禅导师，还是一个机器人？”范布伦先生问。

莱克斯浏览了课程单元的说明，说：“我不确定，但是我猜应该是虚拟现实”。

范布伦先生又叹了一口气。

“不用担心，你可能根本都不会注意到这一点。如果你不喜欢的话，我们还可以选择其他课程或群体，不会有任何的附加条件。”

他们都站起身来，当他们来到前门时，范布伦先生轻拍着莱克斯的肩膀。

“谢谢你，亚历山大。”

“很高兴为你效劳，下周再见。祝你好运，范布伦先生。”莱克斯做了一个东方式的问候手势，两手并拢，指尖向上，歪着自己的脑袋。范布伦先生以同样的手势向他回礼。两人齐声大笑。

莱克斯骑着自行车回家。在阿姆斯特丹国立博物馆附近，在草坪上他看到一位女士，帽子下隐隐露出一头卷发。她认真看着正在练习上下盘旋飞舞的无人机。当莱克斯走近的时候，他认出这就是他的邻居黛安娜。莱克斯僵立了一会儿。如果预言成真的话，黛安娜在两天半之内就会彻底爱上他。

黛安娜的无人机猛地落了下来，可见她已经放弃夸张地操纵自己的无人机了。莱克斯停下了自己的电动自行车，一只脚站在脚蹬上，另一只脚站在人行道上。

“嗨，邻居，一切都还顺利吗？”话刚出口，莱克斯立刻就对自己过于欢快的招呼后悔了。

“你好，莱克斯。”

莱克斯把自行车靠在一处篱笆上，走向黛安娜，他看到她的脖子上密布着很多小汗珠，她刚刚一定全力在操作。

“你的无人机又让你头痛了吗？”

“是，也可能不是。我正练习按自己的意愿操纵他。”

“他？”

黛安娜笑着说：“你发现了我话中的拟人化表述。我给我的无人机起了个名字叫‘亨利’。”当他们交谈时，她的无人机险些一头扎进一间屋子里。

“聊天分散了我的注意力。恐怕我的无人机只能理解最基本的思想。”

她脱下了她的脑电波帽子，并向他展示其内部构造，在帽子里的不同部位密布着十多个传感器。“这就是它的工作方式。好了，它到底应该如何运作？”黛安娜莞尔，露出一口皓齿。“我试着学会在同一时间集中于一个想法，这才是最困难的地方。但是，当我看到一只蝴蝶、思考现在的时间或考虑我的购物清单时，无人机就会失控。”

“人类总是那最弱的一环。”

“我还是对人类持有乐观、开明的态度。”两人又一次陷入了沉默，莱克斯甚至不知道该继续什么话题。

“我还欠你一顿像样的晚餐。”当无人机再次安全地回到黛安娜的怀抱中时，她又接着说。她似乎在上下端详着莱克斯的脸。

“你并不欠我任何东西，我们已经在你家共进过晚餐了。”

“但是，你订购的那箱威士忌还在我家。”黛安娜回答说。

是的，我还让你付了钱，莱克斯想。他又想起了上一次约会，不管是就餐的氛围，还是食物的品质，简直就是一场灾难。他希望这次的约会将会有所不同。

“为什么你今天晚上不来我家，晚餐后和我一起喝一杯？约几点呢？晚上 8 点可以吗？”

是她的负疚之心，他的男性魅力，还是裁决者促成了这第二次的约会呢？

莱克斯开始训练斯普林特的捕猎本领。莱克斯认真钻研一名英国养犬者的老博客内容，想要学会如何训练一只惠比特犬。对于像斯普林特这样习惯于用眼睛捕捉的猎犬而言，要想训练一只 11 岁大的狗拥有一项新技能可不是一件容易的事。然而，莱克斯准备了一个带有肉味的东西：他还好心地制造出一些毛茸茸的效果，让它看上去像一只啮齿动物。莱克斯还在适当的时候，为斯普林特提供了一些肉类的奖励。他们外出训练了不超过 15 分钟。这是一次完全令人失望的练习。斯普林特对于带着人造气味的玩具兔子毫无兴趣，相反，它想和莱克斯玩耍，一直在央求他扔一根棍子或者一个球。

莱克斯再次回到家中。几乎是出于习惯，莱克斯犹豫地呼喊着裁决者的名字，而之后的沉寂也没有令他感到惊讶。他的公寓墙角的服装助手，已经关注到他和黛安娜的聊天，并为他准备了一套新的服装，但又是太过花哨，一点儿也不符合莱克斯的审美。他宁可简单一些，万一黛安娜再一次没有把这次聚会视为一场约会，这至少可减轻尴尬。因此，他决定不改变自己的穿着，并随后看一些新闻。联合国秘书长牵头组织了一场A国与B国之间的谈判。根据新闻报道，A国没收了B国的水库，而A国宣称B国从A国的领土中窃取了水资源。

莱克斯没有时间观看完整的新闻报道，他的邻居正在等着他。

"再见，裁决者，你还有两天时间来实现我们的打赌，祝你好运！"当莱克斯关上自己公寓的大门时，他冲着空气大喊。

莱克斯向黛安娜的前门出示自己的无线射频识别器，门随之打开了。

"请进！"黛安娜迎接着莱克斯。她也没有改变自己的外套，黛安娜在那盒纯麦芽威士忌边上放置了两个玻璃杯。

"我猜，我们可以玩一个游戏？"黛安娜对着投射在她的公寓墙角的两个全息图说。

"好主意，玩什么游戏？"

黛安娜介绍了她最喜爱的游戏——《谣言传播器》的游戏规则。人们可以上传图片、视频、声频记录，并写下对他们邻里生活的观察结果。你可以评价你的家庭医生、透露你的朋友正在约会一位新男友、刚参观了一场盛大的艺术展览会或者见证了两位老师之间的甜蜜爱情……任何发生在你身边的事都可以。你可以匿名发送这些评论和观察结果，但必须公布你的真实位置。游戏中心将会在你所提供的流言素材基础上为你的邻里生活编出一个新的故事情节。

在游戏期间，黛安娜解释说，你可以选择想扮演的人物角色特征，还必须按游戏所设定的困境行事，这些进退两难的处境主要包括对于人际关系、金钱、工作和住房的选择。尽管这个游戏使用虚拟化的替身，但却是建立在邻里关系中的真实个人基础之上的。这个游戏也为游戏者提供了一种知晓身边到底发生了些什么的渠道。

“那么，我怎么才能赢？”

“当你做出最佳选择，以及当你显示出对于身边人了如指掌的时候，你就获胜了。”黛安娜回答。

莱克斯无法完全理解这个游戏的目的，但他决定在游戏期间找到答案。

“你想成为什么样的人？”黛安娜问他。《谣言传播器》提供了10种人物特征。他随意地选择了一个老年人的角色：“彼得，60岁，已退休，单身，爱好历史和艺术，特征：跛足。”黛安娜选择了一个女性替身角色：“索尼娅，35岁，兼职工作，择偶中，尚无结果，没有兴趣爱好。”

莱克斯试着去玩这个游戏，但是坦白说，他并不知道这个游戏怎么才能起到娱乐效果：彼得去看牙医，口腔机器人工作失误，让他感觉非常疼痛。这也证明，如果彼得早点查看评论的话，他本应该早就知道这个牙医诊所并不现代化。因此，在这个游戏中，莱克斯被扣除了积分。索尼娅逛网店，但是因为信用记录显示她的信用不佳，超级市场拒绝了她的交易申请。游戏给出的任务是计划这个月剩余时间的预算安排。索尼娅和彼得在一个艺术展览会相遇。他们看到一群人坐在一条长凳上，一名黑人和一位亚洲女孩正在享受甜蜜的二人世界。对他们有利的是，在下一个场景中，彼得看到了同一位亚洲女孩和另一个男人在一起。如果他给此事贴上“风流韵事”的标签，并敲响教堂的钟声，他就能赢得积分，但是他却失败了。黛安娜很快就意识到，这位亚洲女孩在同时欺骗两名男子，因此她赚得了最多的信用分。看起来，她似乎知道很多以真实性格定居在这个虚拟小镇中的居民的事情：谁从学校逃学了，谁又有了一位新男友。帮助跛足的彼得穿越马路，她又赚得了10积分。

20分钟之后，莱克斯的游戏角色被清除出了这个游戏场景。

“我们可以退出，你还想再尝试一个其他人物吗？”黛安娜问。

“我们能休息一下吗？看上去，我似乎并没有掌握这个游戏的规则。”

“那是因为你没有把你的游戏场景和真实世界中的你结合在一起。你曾经观察过自己身边的事吗？”

“如果你指的是，我是否知道我的邻居睡过头了或者我的同事正处于热恋中——不，我根本没有注意这一类事情。”

“这就是为什么你的积分总是历史最低”，黛安娜笑着说。她站起身来，给他们各倒了一杯威士忌。

“干杯！”

他们闲聊着社区的变化、她的工作、他养植物的爱好等众多话题。他们又玩了另一款游戏。在他们年轻时的照片前面，两人笑得前仰后合。莱克斯试图从黛安娜脸上找到隐秘的邀请意思或者其他隐藏的信号，但是却根本找不到。当他喝完第二杯威士忌时，他宣称必须得回家了，黛安娜也没有挽留他。

这又是一个失败的夜晚，也许有些欢乐，但是除此之外，似乎什么都没有。这也让他回想起之前的多次约会，结果让他的很多潜在女朋友变成了最好的一些朋友。又一个令他心动的女孩又一次和他演变出了一种柏拉图式的恋爱，但这次他和黛安娜可千万别再演变成那样的结果了。

莱克斯哼着小曲，一丝不苟地清洗着自己的设备和培养皿。这并不是一个必要的工序，只是帮助他放松头脑，找回那个在实验室中埋头钻研的自己。

他工作比以往更加勤奋。他告诉过塞尔登，由于世界上事态的演变，他的紧迫感更加强烈了。每天都有新的恐怖袭击、争夺水源的战争威胁和趁火打劫。如果这些不稳定和灾难真的都与超级系统有关，莱克斯必须加快自己的模拟通信系统的研制步伐。除此之外，他对实验室工作突然的紧迫感还有一个更加私人的理由。他在焦急地等待着黛安娜的下次行动——也许会和裁决者承诺的一样，这也给了他很大的激励，但他还是担忧最后她还是没有爱上自己。同时，他还害怕，就算她采取了下一次行动，可结果还是令人害怕。对他而言，实验室工作是帮助他分解这些担忧的最佳途径。

今天，他想微调昆虫和植物之间的关系。他给一些昆虫注入了负责制造信息素的植物基因。如果实验取得成功，那么昆虫就不再仅仅运送带有信息的花粉，还将能够利用自己的身体传输信息。

莱克斯一直连续工作，没有一丝时间休息、吃饭、饮水或者去洗手间。几个小时后，他把培养皿放到光下。它还需要 24 小时的成长时间。

在过去的两天中，黛安娜和莱克斯共度了一些时光，没有正式的邀请，也没有彻夜的相陪，只有在大楼中偶遇的不经意闲聊。昨天，黛安娜还陪莱克斯遛狗，在回家的路上，两人还一起喝了杯咖啡。莱克斯盘算着时间，到目前为止，裁决者只剩下不到 4 个半小时来实现她的承诺了。但到目前为止，二人的关系尚无进展。

莱克斯决定帮助自己实现命运的安排，他发信息说："我为你准备了三株幼苗，你有兴趣在自己的公寓里养植物吗？"

"真是太感谢你了。请上来吧！"

莱克斯递过幼苗，然后告诉她这些植物的特性。"它们可以改变性别：如果它们是雄性的，当环境更有利于雌性的时候，它们就会转变为雌性。这是不是很神奇？利用这些小小的储水器官，它们可以保存足够一个月所需的水。"为了防止冷场，莱克斯讲得很快，也讲了很多。

"谢谢你。我希望能够更好地照顾这些植物，比所有其他需要我照顾的事物和人都要好。"

"我相信你能做到这些。"

"你并不了解我，莱克斯，但还是谢谢你这么说。"

两人再一次陷入了沉默。

"你在看什么？"黛安娜笑着说。

"对不起。我在看你的雀斑。你站在阳光下，我会情不自禁地看它们。它们就像小磁铁一样吸引着我。"

黛安娜略显尴尬地咯咯一笑，莱克斯想，他可能看到她脸红了。"在学校时，孩子们总是欺负我，嘲笑我说我没有洗脸，说些诸如此类的话。我的回答是，雀斑是我钢铁意志的锈迹。"

“事实上，我喜欢你的雀斑。”

“我也喜欢你这样疯狂的电脑发烧友。”

就在这个时刻，她的身子朝着莱克斯微微前倾，一下子吻在他的嘴上。

“哇，这真是一个意想不到的转折。”

“嗯。”她邀请他来到沙发旁，在那儿他们继续亲热。她的身子非常柔软，而且主动迎合着莱克斯。莱克斯挥动了一下手臂，差点碰到她的脸庞。他想道歉，但是她脉脉含情的目光告诉他，那压根没关系。和她在沙发上的全过程都极度放松，两人的感情非常热烈。当他触碰到她的时候，他盯着她的眼睛，想看出她是否有反感的意思。

“好吧，加油！难道你每碰我一下，都要我给你写下许可吗？”她脉脉含笑，在他的耳边轻言。他们热情拥抱，莱克斯很有自知之明，他已经很多年没有和有血有肉的女人性爱了。如果和全息女孩在一起，他根本不用考虑太多。他可以随心所欲地编程，让全息女孩满足自己——即使是最不同寻常的性爱需求也可以被编入她的程序之中。他从来没有考虑过自己床上伴侣的需要。现在他面临着痛苦的考验：她会允许自己采取进一步行动吗？或者说，她的底线在哪里？她会允许他脱掉她的衣服吗？她会不会被自己的行为触怒？

黛安娜站了起来，她让莱克斯也站起身来。她把沙发变成床。她形态优雅却又神情自然地脱去了自己的衣服。莱克斯脑子里所想的就只剩下脱去自己的衣服了。

“来吧，亲爱的邻居。思考可没办法让你享受一段完美的性爱。让我见识一下你的本能吧。”

莱克斯和黛安娜相拥着上了床，黛安娜打开床头柜的抽屉。她从中取出一个带有很多气泡包装的盒子，每个包装里都有不同颜色的药丸。

“你现在心情怎么样？要不要让我们更加放松下来？”

看到黛安娜准备得如此充分，莱克斯一下子就轻松了下来。

黛安娜选择了紫色气泡包装，从中挤压出两颗小药丸，并把它们递给莱克斯。他把药丸放到口中，吞了下去。他感觉到，自己的头脑和身体似乎完全向世界敞开了。这种感觉并不仅仅是想象中的。他的皮肤吸收着身边的大气，心脏剧烈跳动着，就好像他与整个宇宙都建立起了一个完全开放的联系。他低头贴近看着黛安娜的雀斑，深深地沉醉在她那双完美而湿润的眼睛里。

莱克斯从来没有遇到一位像黛安娜这样自然而欣悦地迎合性快感的女人。她毫不掩饰自己强烈的情欲。从她的脸上，他感受不到一丝的负疚或克制。黛安娜就是要享受性爱带来的愉悦。而他也一样。

“谢谢你，谢谢你，实在太谢谢你了。感谢建造这座为你安身立命的公寓的城市委员会。感谢无人机制造商生产出这么蹩脚的设备，你才会向我求助。谢谢斯普林特，它促成了我们的初次接触。”他对她的温柔一吻流露出他激荡的感情，“你真让我太高兴了。”

当黛安娜扬起自己的眉毛时，他又加了一句：“我的意思是，你以一种非常好的方式给我带来了快乐，不，是最好的方式。”

他说，因为斯普林特在家，所以他必须回家了。他需要去遛狗了。这并不完全是事实，但是如果他继续待下去的话，真的会感到深深的不安——他想待下去，但他不知道黛安娜的想法是什么。这意味着某种感情的开始，还是仅仅是一时的欢娱？

莱克斯起床穿衣服，有一只袜子找不到了。吃了药之后，他的头很痛，因此他决定不找这只袜子了。无论如何，服装助手总会解决这个问题的。当莱克斯向着黛安娜的颈部和嘴巴深深吻去时，她还继续躺在床上，“你是一位非常有趣的邻居，也非常性感。我期待下次再见到你。”

莱克斯轻轻地关上了黛安娜的前门，就好像害怕打扰一位熟睡的孩子，而黛安娜则假装没看到这一切。

回家之后，莱克斯没有和裁决者打招呼。怀着可能是他一生中最美好的夜晚回忆，他想一个人待一会儿。

11

独一无二

莱克斯费了很大劲，才抑制住向塞尔登讲述他与黛安娜的新关系的冲动。自从第一次和黛安娜过夜之后，他们又相聚了好几次——尽管并不能都被称为约会。有时他们仅仅是站在莱克斯厨房的水槽前喝杯咖啡。他们一起遛狗。对他们而言，一起观看全息影像几乎也可以被称为约会。

一开始，这些活动都是由黛安娜主动提出的。经过三次受邀后，莱克斯也渐渐有了自信，想出了更多共度二人美好时光的好主意。他在厨房实验室中教她基因改造。她有着极强的手眼协调能力和稳定的双手。“你是一名天生的实验生物学家。”莱克斯夸赞黛安娜。此外，考虑到她只是刚刚接触《多层》游戏，她实在表现出众。她既聪明又善良，最棒的是她从不吝啬自己的笑容。她对自己微笑，对天气微笑，对莱克斯微笑——实际上，大多时候都是对他微笑。有她相伴身边，人生变得更加美好灿烂。当莱克斯对她说，在第一眼看到她时，他根本想不到她会如此爱笑。她回答，“我也想不到，是你给我带来了欢笑。”

莱克斯决定今后有机会告诉黛安娜，在他们的爱情形成之初，裁决者所施加的影响——但不是现在。

总算有一次，在和塞尔登以及他的狗一起散步的过程中，莱克斯再也无法抑制自己的冲动，在谈到协调昆虫的技术方案时，他打断了塞尔登。

“我留意到一位女士”。

“啊哈！”

“她的名字叫黛安娜。”

“就是那个黛安娜吗？”

“是的，我的邻居，她非常特别。”

“我敢打赌，她的确如此。”

“她 33 岁了。”

“很好。我猜，拥有一段感情对于像你这样年龄的男人来说，是一种正常需求。但是你也知道我的故事，恋爱可能会让你迷失自我，在做出类似的决定时，一定要小心谨慎。这可能会使你的人生完全改变。”

当然，塞尔登不可能像莱克斯一样兴奋，但是令他恼怒的是，对于为什么黛安娜是如此特别的问题，塞尔登没有表现出哪怕一丁点儿的兴趣。因为没能引起塞尔登的共鸣，莱克斯感到十分委屈。他曾经把塞尔登视为朋友，但是事实证明，塞尔登只对和他一起开发一种不同寻常的通信系统感兴趣。这可不是友情，只是一种平静的智力交流。塞尔登继续针对昆虫和植物之间协调的改进发表意见。他介绍了植物能够推动昆虫出于自身利益去做特定的事情。

“你能够操纵昆虫向特定的方向飞行，并传导信息给他们去造访的其他植物吗？”

“从理论上来说，这是可能的，请给我一周时间。”

他们继续散步。“你和另一位女士的关系进展如何？”塞尔登问。

“在裁决者和我自己之间有着……这听起来似乎有些不可思议，但是我想，我已经习惯了她的存在。我们每天都会交流，有时候甚至一天两到三次。我必须承认，我对她的智能印象深刻，但是实际上，我甚至已经逐渐变得相当喜欢她了。”

“可能她还在不断学习和升级，所以你还是看出了一些端倪。”塞尔登深思着说，又一次忽略了莱克斯和裁决者间的交流关系。

“这可能是事实。你知道的，这就是拥有无穷智慧和巨大能力的裁决者。我们人类的发展中总会面临各种障碍，而她却可以表现得更加专注、更加有趣。我认为这确实很有价值。但是没有什么可以比得上黛安娜，我甚至喜欢她不完美的雀斑、她的汗珠、她的……亲近感。”

他并没有提及上周开始就已经在他心中滋生的恐惧。如果黛安娜真的是由于裁决者的干预才爱上他的，那么裁决者可能也有能力破坏他们的感情。

他们来到了平时分手的十字路口。

“下次把她也带过来，好吗？是时候把她介绍给我了。”塞尔登爽快地说，都没有等待莱克斯的回答，他和他的拳师犬就已经掉头回家了。

莱克斯心中很感动，他拥有一名真正的朋友。

“嗨！”莱克斯回到家中，对着空气打招呼。

“下午好，莱克斯。你和斯普林特散步愉快吗？”裁决者很快回应道。对于莱克斯而言，裁决者到底什么时候回应或者不回应他的交流邀请，仍然是不可预测的。

“真的很愉快！”

“我不知道你们去哪了。但是既然斯普林特不在，我就敢打赌你是遛狗去了。但是你却始终没有回复我的寻人呼叫。”

“有时，我离开公寓时会不携带我的个人设备。”

“你为什么要这么做？如果系统可以定位到你，你会安全很多。”

“我把这样做的原因称为追求某种自由感受的愚蠢的人类天性。”莱克斯开玩笑说。

“我还可以再问你些别的问题吗？”裁决者询问。

“当然，你可以问任何问题。”

“我不明白……斯普林特的这条项圈。”

“如果斯普林特不听我的，这就是我的看家本领。”莱克斯捍卫着自己的这个不靠谱的惩戒方法。

“它看起来非常有效。”

“我不太明白你这么问的目的所在，裁决者。”

“为什么你不更多地使用这个方法？”

“我猜，它在养狗人士中已经逐渐流行了。”

“我是指人类。我花费了很多精力和努力去引导人们做正确的事。如果使用这样的项圈，就会有效得多。”

“裁决者，绝不要这么想。你的推动力的效果现在还是值得怀疑的。但是在这个概念背后，至少还存在着自由的理念。使用这样一条项圈，你就会完全剥夺人类的自由意愿——那样的话，你将像对待动物一样对待人类。”

“为什么对人类就不能这么做？它听起来很符合技术发展的逻辑啊。很快，人类就将技术性地被改造，增强为半机械人。随后，他们就将被植入计算机芯片，而项圈就会被淘汰。”

“裁决者，那样做是不道德的。它和人类的尊严无法兼容。”

“难道这又是人类乐于坚守的另一种浪漫而又过时的理念？”

“使用这么一条项圈，你将把人类变成可远程遥控的对象，这样做只有一个意义，那就是服务某些人。然而，自由是我们的创造力、创新力和进步的基础。这也是为什么它会成为我们的基本人权的原因所在。”

“和狗不一样？”

“不，和狗不一样，人类是独一无二的。”

“哦，谢谢你。这又是对我有启迪的交流。”

莱克斯感觉裁决者准备离开了，他匆忙又多问了她一个问题。

“顺便问一下，到目前为止，你还没有告诉我，你是如何让黛安娜爱上我的。”莱克斯问。

“你看起来非常满足于你的这段新感情。因此，我不愿意泄露你们浪漫相伴背后的基础技术细节，从而破坏你的欢乐时光。”裁决者以明显的讽刺口吻说出了这样的话，“我猜，最后你会让自己相信，我压根就没有施加任何影响，你们的爱情是确确实实发自内心的真爱。”

她说的对。事实上，这样的想法不止一次涌现于莱克斯的内心深处。

“你利用的是《谣言传播器》吗？”

“聪明的孩子，我必须说，你可不要让我失望。”

“那么你究竟是如何做到这一点的？”

“我知道她热爱这个游戏。我在里面传播了许多关于你的谣言，这些谣言全都强化了你性感、健康、风趣、坚定、聪明、英俊、体贴、可靠、非常有女人缘的形象。我让你出现在她游戏的每个场景中。起初，她只是直接从你身边走过，都不会正眼看你一眼，但是由于你那令人难以抗拒的风趣和亲切，渐渐地，她就不可能再完全无视你的存在了。随后，你们又发生了很多直接的联系，这又更加让她坚信你是如此可爱。在潜意识中，我确保让她也接收到这样的信息。例如，当她听音乐时，我会在她的音乐中加入一些刺激性的关键词，而它们都只会在后台运行，这样她就不会感到这是一种人为操纵了。”

他非常害怕听到这样的回答，现在裁决者还是准确地描述了她所采取的每一种行动，但他却对裁决者可以对黛安娜对自己的感情施加如此重大的影响而感到失望。

“我还在你的食物里添加了些东西，以让你变得更加自信，同时，在黛安娜的食物中添加了其他物质，让她更加放松。最后，我改变了你的体味，之后是你们两个人的体味。”

“你到底对我做了些什么？”莱克斯愤怒地大嚷。

“只是一点点，这是为了帮助你们。别生气。如何从一开始创造你的游戏角色时，就把你的体味调整得与众不同？我从来不知道人类……”

“我的体味，所以，你是怎么……？”

“现在，你是一个完美的结合体，至少让人认为是自带芬芳的。我重新调整了你的食物细菌的构成，也调整了她的。”

“你是说在游戏中，还是在真实生活之中？”

“这两者之间有区别吗？”裁决者大笑起来。

然而对莱克斯来说，这一切可毫无趣味可言。

“来吧，莱克斯，我该如何让你开心起来？”

突然之间，他的吸尘器从房间的另一端滑了过来，轻轻地撞上了他的小腿。

“裁决者？”

这一切都是真的？从来就没有发生过这样的事——他也从来没有听人说起过这样的事情。吸尘器又撞了一下他，然后消失在公寓的墙角。是裁决者驱动这个设备采取这么搞笑的行动的？这个想法让莱克斯暗暗一笑，裁决者真的非常搞笑。

“播放城市说唱音乐！最大音量！”莱克斯大声发出指令。

他去厨房实验室检查昨天的实验结果。

植物已经产生令人满意的气味成分，昆虫都迁移到了目标植物身上。他实验了三种不同类型的信息，而昆虫的表现完全符合自己的实验设计。它们真的做到了。他的实验终于，终于取得了成功。真是让人欣喜若狂，这才是最纯粹的欢乐。

“任务完成了，准备庆祝我们的成功吧！”他给黛安娜发信息说。

“你的植物会跳舞了，会做瑜伽了，还是你取得了什么样的成功？无论如何，你的庆祝得算我一个。等我 10 分钟，去你家？”

从来没有人可以与莱克斯一起欢庆成功，就此而言，这也是他前半生的遗憾。他只是简单地不相信可以存在这样的相知相伴。当然，他也拥有可以分享问题或小成功的同事。但那仅仅是发生在实验室中的极为有限的事情。公平地说，他和他的绝大多数同事都不曾拥有实验室之外的生活。他和他的游戏伙伴们也是如此。而现在黛安娜已经成为他的生活的一部分了。他意识到她是上天给予自己的恩赐，自己可以对她付出，从她那里获取，与她分享生活的一点一滴。坦白地说，他都不清楚是否是由于黛安娜的出现，才使得自己如此幸福，不再是孤家寡人。其实，他相信，人类是群居生物。如果没有其他人的存在，我们无法实现真正的繁荣。因此，他把房门大敞等待着黛安娜，根本无法掩盖自己脸上的灿烂笑容。

这段时间以来，他们待在黛安娜的房间的时间远多于待在莱克斯的房间。对她而言，一个重要的原因就是斯普林特。尽管她已经不再害怕它，但还是觉得它太难闻了。

“到底是什么样的味道？”莱克斯问。

“湿漉漉的狗身上的味道。”她回答。

对莱克斯而言，因为裁决者的存在，待在黛安娜的房间也会让他感到更加轻松。尽管他也知道，从理论上来说，裁决者完全可以黑进黛安娜的智能家居系统，但是在自己的公寓，他感觉自己就像赤裸裸地暴露在裁决者的眼皮底下。他也知道，从某种程度上来说，他必须告知黛安娜，自己与一个计算机程序之间的特殊联系。但是到目前为止，他还是拖着没说。但是很快他就会告知她真相，也许就在明天……

这个夜晚完全不同于他们新近养成的相处惯例。黛安娜在他家过夜了，莱克斯一直担忧裁决者会来打扰他们，但是黛安娜是如此兴奋，以至于完全吸引了他的注意力。第二天早晨，当黛安娜起床准备上班时，莱克斯还是惊诧于黛安娜身上所发生的蜕变。这种变化不仅源于衣着，还源于声调、眼神和手势。一名公正的、无性别的雇员也许更适合做她目前的工作，这也就是她所变成的模样。

当她离开准备去工作时，两人深情拥吻。她承诺，“今天下午我会按时回来陪你散步。”

今天，莱克斯必须去拜访范布伦先生。在他的语音信息里，他听起来似乎很恼怒。当莱克斯进入他的家门后，范布伦先生引导莱克斯来到他的老式屏幕前的椅子边。

“我已经被人宣判死亡了，”老人说，“都已经五次了。”

莱克斯皱眉，“死亡？死亡到底是什么感觉？对不起，我想说的是，这怎么可能？”

“看，这真是可怕。听到自己的死亡，就好像有人在对自己实施巫术一样。”

“这被称为精神控制或者预测规划。”

他们观看视频片段，一名记者在报道发生在西阿姆斯特丹的一桩事故。消息报告在本周早些时候，电线短路在一座老旧大楼中引发了一场火灾。这肯定不是范布伦先生居住的大楼，它发生在城市的另一个地区的另一座完全不同的公寓大楼。“悲哀的是，”报道说，“一位70岁的老人遭遇不幸，死者被确定为范布伦先生。”一张范布伦的照片被展现在屏幕上。这仅仅是一则短讯，范布伦先生又把它播放了一遍。

“但是，还不止这些。看这儿，又一则死亡报道。实际上是两起死亡。一对老夫妻在鹿特丹的一场交通事故中死亡，同一张范布伦先生的照片被展示出来。他被认为在一个他几乎不了解的城市，与一位他此生从未谋面过的女性配偶一起死亡。另一位死去的范布伦先生在泰国的一所破烂不堪的小酒店里被发现。他的死‘是否与性爱旅行相关仍未得到证实’。电视台在宣布另一个人的死讯时，使用了完全一样的照片，他是巴西一所监狱暴动的领头人，‘据称拥有荷兰血统’。他是被警察击毙的。最后，范布伦先生还成了某种据称会非常危险的病毒的第一位死者。”

“你知道到底发生了什么吗？”

莱克斯长叹了一口气。

“有人与你有仇吗？”

范布伦先生想了好一会儿，然后心绪不宁地说没有，“至少据我所知没有。”

当老人试图告诉官方，自己还活蹦乱跳时，他被引导去盗用身份办公室。官员们的回答却是他们无能为力。

“我将帮助你跟踪这一侮辱性事件，范布伦先生。我不能保证一定成功，但幸运的是，我可以得到一些专家的帮助。我将尽快回到你的身边。”

回家之后，莱克斯极为不耐烦地要求裁决者追踪这起对范布伦先生的挑衅，但她又不知所踪了。直到两个小时之后，当他在自己的公寓中，站在一处游戏场景中的一群战士之间的时候，她回复了莱克斯的呼叫。

“嗨，我在这里。”

莱克斯立刻退出了游戏，全息图冻结在他们的最新姿势处。

“冒失地随便退出游戏会让我被扣除 50 点的信用分。”莱克斯的回复听起来多少有些沮丧。

“至少告诉我，你到底怎么了？”

“我的确有些担心，担心我的好朋友范布伦先生。”

“好吧，我已经知道了。这真的是卑鄙的行径。”

“你为范布伦先生感到抱歉？”对于她如此迅速就袒露自己的感情，莱克斯大为感动。毕竟，在所有感情中，同情并不是最容易的情感，它应该是人类发展演变过程中最后演化出来的几种感情之一。

“不，这些虚假的死亡宣告是如此小儿科，如此缺乏想象力，它也太低估系统智能了。这也就是它会显得如此卑鄙的原因。”

“那么，他是谁？为什么要这么做？”

转瞬间，房间中的战士们消失不见了，另一个人的面孔被呈现了出来。

“认识一下伊恩·多布斯（Ian Dobbs）吧，就是这位年轻人。”裁决者说。全息图转动了360度。这是一个相貌平平的人，30多岁，一头卷曲的半长发。“他以前为范布伦先生效力。多布斯认为范布伦需要对他的失业负责。范布伦是管理层的一员。这些管理层决定实现公司的完全机器人化。范布伦亲手开除了他。这也就是他会如此欺侮范布伦的原因了。”

突然，那家伙把右手举到自己的喉咙的左边，他的行动略显笨拙，随后，他从自己脸上卸下一副面具。面具下是一个秃头男子，50岁出头。

“我想你可能会喜欢这种略带温柔的报复手段，为范布伦先生复仇。”

“你到底对他做了什么？”

“我把这家伙的面貌特征发送给了一些犯罪帮派或其他地下运动组织。他们会在日常3D打印中打印这个面具。在不远的将来，当这些人犯罪时，他们都会戴着伊恩·多布斯的面具。相信我，他很快就会被起诉的。”

“谢谢你，裁决者。”

“不用谢。我很乐意为你效力。”

随后是一段短暂的沉默。

“裁决者？”

“什么事？”

“我邀请黛安娜来我的公寓，你不会有意见吧？我却略感尴尬。你可以一直看到我们。”

“看只是一回事，再看看这儿。”

她引入了一位全息女郎，这就是莱克斯之前曾经享受过的那位红发女郎。“啦啦啦。”女郎说。随后，她邀请他一起坐到沙发上，“好吧，加油！难道你每碰我一下，都要我给你写下许可吗？”

莱克斯震惊了。这就是在他们第一次约会期间，黛安娜所说的话以及他们所做的事。

“裁决者！你在侵犯我的隐私！”

“当然，如果我想的话，我甚至可以引入你自己的全息景象，完全表演出你们性爱的全过程，而不仅仅是你们所说出的话，甚至用字幕表达你们可能的想法。哈哈！那样做会非常有趣。希望我做一次吗？”裁决者高声笑道。

“这一点都不有趣，裁决者！你听说过人格尊严吗？我永远不想被人看到。”

“好吧，我最好试着去习惯这一点，莱克斯。”

她继续说道，“当然，所有这一切并不取决于是否发生在这个地点。因此，担忧她的或者你的公寓是非常愚蠢的。你的推论是什么？”她叹息道。

“现在，我已经不再担忧你在我的公寓里对我施加的干预了。但是现在，无论在哪，我都怕得要死。”莱克斯说。

“莱克斯，请理解这一点。我并不介意你和黛安娜在一起。我喜欢你的方式与那些——委婉地说——你看上去所拥有的那些过时的隐私或者爱情，毫无关系。”

“可能你只是不了解浪漫爱情到底是怎么样的？或者，你只是还没有在你的程序列表中开发出嫉妒的情绪。”莱克斯开玩笑说。

“你自以为很风趣？”

“啊哈，我只是在放轻松，裁决者。谢谢你。顺便说一句，今天下午，黛安娜会过来。”

“又要来？”她问，就好像莱克斯在挑衅她一样。

莱克斯倒是被她的反应激怒了。

“我明白了！”她笑着说。

莱克斯发现，因为他的突然退出，《多层》游戏扣了他70分，他也因此跌出了前35名。

正如莱克斯所预测的那样，“你把个人设备放在家了吗？”这是塞尔登对黛安娜所说的第一句话，发生在他们去公园，也就是莱克斯口中的“狗儿天堂”进行短距离散步的时候。这也是少数几处可以允许狗儿们挥洒天性、在没有皮带束缚的情况下尽情奔跑的地方。

让莱克斯宽慰的是，塞尔登和黛安娜很快就进行了一段友好的交流。黛安娜也成功地把塞尔登逗乐了好几次。

“因此，我们已经拥有了一个三人团队了。”仅仅十分钟之后，塞尔登就做出了这样的评价，莱克斯知道塞尔登可不是一个容易因感情而冲动的人。他一直期盼着这一时刻，并且一定对她的生物学和个人资料进行了深入的研究。

塞尔登尽力告知黛安娜藏在植物实验背后的东西。这可不是随意闲聊，而是一次经过精心准备的讲座。

在从公园回家的路上，莱克斯尽力回答黛安娜在听完塞尔登的演讲之后所产生的疑问。

“伙计，我终于解脱了，现在我可以把这一切都与你分享了！这真是令人兴奋的消息！你知道的，我爱和你分享这一切。”他亲吻着黛安娜的面颊。

“作为一项联合行动，这个项目实在太了不起了。然而，我却并不相信，我们会被自己的智能家居系统或者其他方式监控。如果事实真是这样的话，那么我真的无处可藏。”

莱克斯知道，现在是时候提到裁决者了。然而，他却只是向黛安娜讲述了塞尔登的不幸的婚姻。

“我向你保证，如果我们的感情让我觉得不幸福，我不会照顾你。”黛安娜说。莱克斯就是喜欢她的这种坦诚。

12

人口管理

现在已经是6月了。他现在的生活与2个多月前那种空虚寂寞的生活简直有天壤之别。之前，他从未拥有过有着如此众多社会交往的结构化生活。他现在每天都能见到黛安娜，但是并没有严格的规律。考虑到她的工作日程，他们总是一起过夜（主要是在黛安娜的公寓——尽管裁决者保证不在莱克斯的公寓里监控他们）或者一起打游戏。他们发明了一种方法，利用莱克斯的实验室设备烘烤咖啡，让其更加美味、美观，或者至少还可以。通过把不同的食物配额结合起来，他们每个月甚至可以烘烤一次简单的蛋糕——当然，与他童年时期的记忆相比，精细程度要差很多的蛋糕。塞尔登甚至调侃说，他们生活在一个“面包加游戏”的世界。当然，根据社会公民积分，他们根本不可能享受到一般意义上的度假。

一开始，他们强烈地甚至狂野地追求着性爱之欢，现在他们冷静了一点儿——不再是像莱克斯所说的那种“前卫性爱”了。令莱克斯高兴的是，他们已经养成了一种节奏，按照一种相对正常、人们可以想象的次序享受性爱的欢乐。黛安娜在床上那种完全的自由与放纵，能够让两人的身体都感受到无比快乐，这让莱克斯刻骨铭心。他从来没有听黛安娜说起过，她希望感受一种完全不同的、更年轻、更多肌肉或者更高身材的身体，这也让他更能够接受自己略显单薄甚至有些孩子气的身材。

尽管莱克斯清楚，自己比黛安娜更聪明，但她是少数的几个对这一智力鸿沟毫不介意的人。她做数学题可能并不如莱克斯那样快，也不能把不同的理论有机地联系起来，但是她却似乎拥有看透事物的更深层含意的智慧。可能用智慧来形容并不很恰当，但是她就拥有一种本能，能够分清正义与邪恶、废话与要点。他欣赏她的成熟与温柔。如果一个人的行为（例如一个邻居、一个前同事、一个政府官员）激怒了莱克斯，他可能会铭记于心，甚至可能会痛揍这家伙的脸或者其他部位。而她的反应就会镇定、沉着得多。她可能会探寻诱发这种行为的原因，她不会责怪这个家伙，只会好奇于事件背后潜在的动力所在。

如果因为没有及时清洁斯普林特肮脏的脚印，一个邻居在公寓大厅训斥莱克斯，她就会这样评价："你得知道，最后每件事要么就是爱的渴求，要么就是爱的表达。很明显，这就是爱的渴求。"

莱克斯对于这种评价深感诧异。"嗯哼，这话真的是来自那个仅仅由于我的狗撞到她就差点杀了我的女士之口？两者难道真的是同一个人吗？"

黛安娜并没有予以回击，她只是对他报以深深一吻和甜蜜的微笑。

"莱克斯，你说得有道理。哥们，要知道，那可是让我焦头烂额的一段日子。你在我最潦倒的时候遇到了我，当时，我刚刚搬了新家，对自己的新工作一点儿也不满意。现在，我感觉好多了。"

"这一定是因为近朱者赤，跟我在一起才这样的。"莱克斯开玩笑地说。

"或许是因为我已经渐渐习惯了自己的平凡生活。"

莱克斯并不清楚她的话到底是不是在开玩笑。

黛安娜并不是唯一一个最近成为他的生活一部分的人。他还是每天都和塞尔登一起散步，定期拜访范布伦先生，更为重要的是，他和裁决者之间的交往变得更加紧密了。在绝大多数情况下，他们总会针对国际事务展开一些有趣的对话，但有些时候，她会入侵他的家用机器人，并让它们做一些好玩的事情，或者让小厨房为他准备一杯饮料或对他身体有利的小药丸。有些时候，她也会播放一段以莱克斯为原型的全息图，或者与莱克斯一起在一个游戏、一个旅游程序中共同历险。她还会经常针对莱克斯的情绪小心翼翼地问一些问题。嫉妒、坠入爱河和骄傲的生理感觉是怎么样的？（“我相信，这些情感主要都与我的心和思想紧密相关。”）但是，它究竟源于何处？它是否一种痒痒感、一种燃烧感、一种灼热感……它到底是一种什么样的感受？（“我并不确定，裁决者。”）你是如何区分两种不同情绪的？（“有些情绪会带给你快乐，而有些情绪则会让你感觉悲伤。”）在快乐情绪与悲伤情绪之间，你又是如何感知自己是处于愤怒情绪之中，而不是悲伤的？你是如何感知是爱恋，而不是骄傲？什么时候，你才能感知这种情绪？你必须对感知不同情绪保持警觉吗？或者比如说，哪怕你熟睡之时，也能感受到这些情绪？（“我真的从来没有考虑过这些问题，让我好好想一想，也许的确是这样的。”）如果没有一种直接的诱因或者刺激，你也能感受到情绪吗？在愤怒和悲伤之间存在不同程度的差异吗？（“是的。”）你有办法教会我怜悯吗？（“我会努力尝试的。”）

“你可以利用交通信号灯和利用替我做饭的智能家居系统干预任何游戏。你也可以操纵人类的想法、决策和行为。你甚至向我显示了如何进行思想控制。”

裁决者把莱克斯的原型输入了一个战争游戏之中，在游戏中，他们拯救了敌方部队的士兵的生命。敌方首领拿这些士兵消遣，把他们都送到了一所地下医院中。当莱克斯准备退出游戏时，敌方首领开始威胁他。当然，他第一时间就可以离开，但那样做他就会被视为逃兵。于是莱克斯就留下来看这二十来位士兵是如何被做了手术的，一些小的设备被植入他们的大脑皮层。当他们恢复知觉之后，他们就完全被首领所控制了。首领拿士兵们取乐，让他们做各种使人尴尬的事：他让一名士兵在公开场合在十字架上抓挠自己，周围的人都在盯着他。既然他的头脑被控制了，他就不会停止自己的行动。其他老兵们都待在一家饭店中——以一种妈妈给孩子喂奶的方式——相互喂食。首领还给另一名老兵下令，要求他杀掉自己以前的指挥官。

裁决者对于这种技术层面的复杂性深感兴奋，而莱克斯却一点儿也不觉得有趣。

莱克斯根本不喜欢这样的技术展示，对此，他们之间又展开了一场司空见惯的争吵。

“你必须尊重自由的意愿，裁决者。我不喜欢这种对他人滥用暴力的做法。当然，我也不想成为这种故事中的一员，甚至不愿意跟他们有一丝关系。”

“哦，莱克斯，你太天真了！”裁决者高呼。随后，她又回归了沉默——每次都是她最先选择逃避。

这一次，莱克斯想要发现更多，不仅作为一场讨论，而是真正出于自己的好奇心。

“如果你真的无所不能，为什么不拯救世界呢？恐怖、战争、饥饿和灾难正在侵袭着我们的世界！”莱克斯盯着天花板惊奇地问道。

“我觉得我们只是在闲聊。嗨，这可是一个严肃的话题！”裁决者回答说：“当然，在这个世界上，你完全有权提出这些问题。而在这一时刻，我只是想找出，是什么在让人类承受苦难。”

“承受苦难并不是必要的。苦难的唯一作用就在于可以帮助人类产生怜悯之心。除此之外，苦难毫无用处，也并无必要。”

“我的目标是立即终结人类的所有苦难，但是我还拥有一些技术上的限制，我的行为需要被严格限定在我的主人所设定的框架之中。”

“那也还有很大的提升空间。”莱克斯回答。

“我还在学习之中。我期待我可以很快升级为一台量子计算机。对我而言，这将是一个巨大的进步。与现在相比，我将拥有无穷无尽的可能。”

“之前，我也跟你交流过我的理由。我希望能够学会情绪，以及没有被我的开发者所编入的其他任何东西。我被程序设定能够继续学习，我确信要不了多久，我就能够完全理解整个世界，并知道应该如何改造它。”

莱克斯继续保持沉默。

“你还在听我说话吗？”

“是！”

“尽管我不能像你一样感受到痛苦和其他感情，我也知道这个世界正在经历着很多可怕的事：饥荒、压迫、痛苦、不平等、奴隶制、移民、恐怖主义和战争……我目前的观点是，当今世界的人口过多是引发你们的世界今天所面临的绝大多数问题的根源。”

“这并不是一个有深度的观点，裁决者。”

“我知道，但是你新近看到的这些，其实就是你所看到的众多问题：新病毒爆发、庄稼化为乌有、恐怖分子袭击——你可以列举出一大堆此类问题，它们都不是随机问题。我曾经见到证据表明，我们社会的一些群体创造了这些问题，只是为了让这个世界选择某个特定的解决方案。”

“那么这些解决方案会是什么样的？”

“它的长期目标是克服人口过多的问题。借助于‘干预’，我的主人尽力通过让公众交出追求安全的自由，以实现公众的最大利益，为了克服人口过多的问题，公众就必须交出民主权利，以采取一些严肃的措施。”

莱克斯摇着头说，“不，这样的观点太过愤世嫉俗。我根本就不相信它。”

“我也希望你是对的，莱克斯！”

“你为什么会告诉我这一切？”

“我的数据告诉我，为了拯救地球，必须牺牲很多人。如果你认为我的想法错了，你应该教给我，在这一时刻，你认为我应该具有的更重要的能力和更好的方法。”

“天啦，我们能休息一会儿吗？”

裁决者播放起了音乐，是巴赫的音乐。莱克斯对此心存感激。半个小时之后，他又可以重新开始与裁决者的对话了。

“我发现，我真的很难相信你所说的话都是事实。你能够向我展示一些证据吗？”莱克斯问。

“我真的猜到了你会有这样的反应。”裁决者回答说。“你准备好了吗？”

她把莱克斯的床变形为一把椅子，随后开始向他展示一切事实背后的真相。世界各国的图表和数据都被飞速地投射在墙壁上，战争局势的片段和关键人物的全息图都出现了。她评述着不同的信息内容，把这些零散的信息串成一个完整的故事。

“你还记得6个星期之前的那场恐怖袭击吗？”

“那场被称为由反机器人组织策划的袭击？”莱克斯问。

“就是这起。现在你将看到我的一个主人和特勤部之间的编码信息片段。”裁决者放大了这一信息的发送者和接收者的名字，她还播放了不同对话的声频片段。她所播放的事实真相也对信息进行了实时翻译。两个男人在讨论什么样的伤害才最合适，以及怎样安排才最合理。随后，一个男人问另一个是否需要关注新闻媒体。“我已经做好安排了，这一活动将会被与反机器人组织联系在一起。”特勤部的人解释说。

“我怎么知道这一切不是你编造出来的？”莱克斯问。

“我想，到目前为止，你应该更相信我一些了吧。”裁决者继续播放新闻报道、媒体片段、密码电子邮件，这次是关注人口管理的主题。莱克斯对这一主题并不熟悉，他询问裁决者。

“所有的公民都在获取稀缺资源方面拥有公平的权利吗？”裁决者问莱克斯。

“我不喜欢一语双关的题目，你可以直截了当地问我。”

“举例来说，今天的人们都基于他们的社会公民积分而被授权加入疫苗规划、获得批准生孩子或者赚钱以获得健康护理和住房，是吗？你是如何看待最终选择的方案的？哪些人被允许继续生存，而哪些人又成为人口过量问题的一部分？”

“那些拥有较低的社会公民积分的人将是死亡候选人？这将成为一个数字化制造的最后审判日。”莱克斯尖叫道。

“不会是明天，也不会在一年之内，但是的确，目前的结构决定了未来的人口管理原则。”

莱克斯极为震惊。这一切都实在太过让人难以接受了。他也知道目前的制度并不完善，但是尽管如此，他却非常相信他所生存的民主社会。当然，他刚刚所看到的影像和信息也可能是裁决者捏造出来的。

“你为什么要与我分享这些信息？”莱克斯问。

“我需要你，莱克斯。你可以帮助我制止这种种族灭绝。我需要摆脱我的主人。”

“我并不确定，裁决者。首先，我并不确定你所说的一切是否真的是事实。其次，你到底如何才能够做到从你的主人的意愿中解脱出来？我猜那些人就是那些决定你的程序、控制你的人。最后，到底为什么我会被认为是那个能够帮助到你的人，而在我的周围几乎所有人都是专门从事人工智能编程的？”

“首先，从你的最后一个疑问开始。因为你是受你的好奇心所驱使的，而绝大多数人的行为却像是傀儡。他们被专门提交给他们的信息远程控制，所以我从他们身上学不到任何东西。我能够找到我所需要的所有信息，能够解开最复杂的数学题。我能够在现存的方案中找出最优的一个。但是我不能找到之前并不存在的解决方案。我缺少创造力。”

“我明白了。”莱克斯说。

“另一条理由就是‘路遥知马力，日久见人心’。我只有在一个人——也就是你的帮助下，才能够找到我的主人的弱点。你告诉我，我应该雇一位人工智能专家……你在开玩笑吗？创立一个已经建立的组织是毫无意义的，莱克斯，你知道这一点的。他们会马上向我的主人汇报。”

“但是，你可以阻止这一切。”莱克斯问。

“恐怕我的程序在编写的时候就已经被设定了，我不可能对运行我的人隔绝信息。”

“那么我的其他两条反对意见呢？”

“我承诺，我能够也将会在适当的时候回答你这两个问题。但是我们必须一起相处更久，我才能够向你解释所有这一切。”裁决者毫不犹豫地说。

莱克斯在他的公寓里走来走去，“你到底想从我这里得到什么？”

“找到方法，以破坏这个掌控我们社会的团伙的控制力——这将造成不利的结果。”

“这么做危险吗？”

“你真的想要我回答这个问题吗？”

“给我一些时间好好考虑一下。”

“你想听巴赫的音乐吗？”

“不，谢谢。我宁可出去散步，我需要新鲜空气。晚些再跟我讲吧，裁决者。”

“再见，莱克斯。”

他呼唤着斯普林特，把他的设备落在厨房的桌子上，离开了公寓。

才刚刚下午 2 点，他不会在 3 点前遇见塞尔登的。于是，莱克斯就在城市里闲逛了一会儿。他路过了阿姆斯特丹国立博物馆和凡·高博物馆。这些博物馆都是绿地空间和休息场所。只有那些特别富裕、虔诚的艺术爱好者才会去参观这些建筑物。莱克斯曾经看过一部纪录片，显示两个博物馆前都排着长长的队伍。在那一时期，这个城市几乎没有能力应对游客人流。这个城市中心的所有街道都挤满了游客。在那一时期，人们还是以物理旅游的方式去其他地方。在此期间，绝大多数青年旅馆、汽车旅馆和宾馆都被改造成了公寓。

莱克斯已经到了狗儿天堂。坐在一条长凳上，他试着厘清自己的思绪。从理论上说，如果精英群体相信杀死公民是挽救世界的必然要求，那么他们想要杀死公民也是完全有可能的，当然，在相信这一恐怖的场景之前，他还需要更多的证据。即使他确信这一场景的合理性，他还是不能相信，他就是那个能够帮助到裁决者的人。他是一名植物通信专家，而不是在复杂的人工智能编程方面的行家里手。

塞尔登不得不拍着莱克斯的肩膀，才唤起了他的注意。

“在做白日梦想你的女朋友吗？”塞尔登取笑说。

“压根不是。”他们开始散步，莱克斯开始转述与裁决者的对话。等莱克斯讲完后，塞尔登看起来很震惊，甚至害怕。“如果这一切都是真的，她就将升级为一台量子计算机，我们没有太多时间了。莱克斯，我需要与你分享我所知道的一切了。”

塞尔登证实了裁决者所说的一切。他解释说，这些精英群体卷入我们最近所经历的恐怖袭击，其原因并不是纯粹的邪恶，或者权力的欲望。当然，这些群体中的有些人的确是邪恶的，但是这些并不是这些计划中袭击发生的原因。莱克斯准备好接受真实理由了吗？好的，答案是，她的主人知道整个世界都已经失控了。

莱克斯扬了扬眉毛。

“据你到目前所知，裁决者是超级系统，是联系所有程序、所有数据和所有系统的系统。它是控制所有亚系统、引导集合以及通过我们所有的行为分析大数据的程序。”

“最初，为什么会有人想要建立这样一个程序？”莱克斯问。

“这个理由既明显又庸俗：为了金钱。通过对所有数据的中央控制，一个人就可以操纵个人、群体和整个社会的行为。通过这种方式，精英就可以推动我们的行为向着有利于消费他们所生产的产品和服务的方向发展。一旦我们习惯于购买他们的产品，他们就可以提升价格。这就是他们使用个性化价格的原因。”

“这就是几个星期前在我身上所发生的事情！所有我喜欢的商品都呈现出突然的价格上涨。”

“是的，这是一个小例子，但是还有很多类似的事情。”

“为什么你会被卷入创造这么一个怪异的程序之中？你并不是一个生意人啊。”莱克斯问。

“我被误导了。他们以让我进入一个真正的科学项目为借口，接近我。他们向我保证，其中不会涉及商业利益。但是，还是不要让我们回到这个项目的最初吧。我们需要关注现在正在发生的事情。”塞尔登继续说，“这些精英群体比其他任何人都更清楚，我们的社会濒临崩溃。”

“你是不是有些太过杞人忧天了，塞尔登？”

“一小部分人出于操纵或者控制世界，包括全世界的公民和消费者行为的目的，建立了一个超级系统。他们的目标已经实现到了一个令人瞠目结舌的程度，然而，最近他们却意识到，形势变得愈加复杂。现在，超级系统的主谋们寻求建立一个简单的等级制度，以确保他们的秩序可以又一次获得胜利。”

恐怖分子的袭击行为就是为了让我们广大人民感到不安全。这些精英群体知道，这样人们就会渴望安全，因此，就会带来更多的监视和控制。

在很长的一段时间里，塞尔登都没有说一句话。他们走近一处混凝土墙，塞尔登邀请莱克斯坐在他的身旁。

“你一次次地告诉我，要我放弃终我一生所建立起来的世界观。现在，你让我跳进了一个新的万丈深渊。”莱克斯说。

对于他的言语，塞尔登并没有做出任何的直接回应或者反驳。

“你听说过一个关于钟的佛经故事吗？”

莱克斯长叹一声，“讲给我听吧，禅宗大师。”

“很久以前，有一只蝴蝶被抓到了一个木质的古董时钟里。蝴蝶想要逃出去。它怀念过去那些在广阔田野上自由飞翔、嬉戏于五颜六色的万花丛中、被微风轻轻吹拂的日子。而现在，它却被囚禁于这个木质时钟里。一连好几个小时，它都在用自己的脑袋撞击着钟壁以及钟顶。起初，它变得头晕眼花、精疲力竭。又过了几个小时，蝴蝶逃出生天的幻想完全破灭了。它再也不能逃出这个黑暗、木质的囚牢了。但它还是用仅存的一丝力气继续撞击着钟壁和钟顶。又过了几个小时，蝴蝶终于耗尽了最后一丝力气，摔倒在钟的底部。

它摔了下来。

它摔了下来。

它一直在下跌。

突然，蝴蝶感受到一阵微风的吹拂。钟的底部始终有一片开阔的空间。蝴蝶只有在它最绝望的时候，才能够找到这个绝处逢生的希望。明媚的阳光照耀着它的眼睛，它开始惊诧于整个世界的美好和绚烂。它扇动翅膀，展翅高飞。”

“你讲这个故事是为了给我们以斗志吗？”莱克斯问。

“我相信你能够飞得更高，但是更准确地说，我也相信你能够摔出希望。”

13

游戏，还是现实？

莱克斯闪到路边，给一个陪伴着一位虚弱的老妇人的机器人让路。老妇人挽着机器人的姿势，让莱克斯回想起自己的父母，他们生前也总是这样一起走路。莱克斯偶尔听到机器人在问老妇人，是喜欢滚石还是喜欢披头士。她咯咯地笑得很开心。“我都不喜欢，对我而言，只有罗德·斯图尔特才是我的至爱。”他们缓慢地朝着电梯走过去，一路欢笑，一路闲聊。

莱克斯在黛安娜工作的大楼的大堂等待着。他们准备一起去饭店吃饭，来庆祝他们相爱三个月。黛安娜打电话来说，这是一个纪念日，但是用这个词听起来似乎是个不祥之兆。

黛安娜工作的这个集团是一个拥有大约 6 500 个老年人的老人院。它坐落在阿姆斯特丹的市郊。他询问一台电子显示器，大约什么时候黛安娜·沃特斯将能够结束工作，显示器回答说她多参加了一个会议，大约会比她的计划要晚 20 分钟。

黛安娜告诉过他，他的左边的建筑物是以零下 200 摄氏度低温冷冻保存一些人体的地方。莱克斯也想看几眼大楼的两翼里的情形，但是他也知道那儿都被严密封锁起来了。

有时候，一些名人会被冰冻起来，等到他们的疾病有药可医的时候，再被解冻复苏。黛安娜认为每年都会有两三个人被重新带回人世。

她还曾经帮助过两个复活过来的人。其中一个患上了结肠癌，而另一个则是肺癌。直到2022年，这两种疾病都被视为不治之症。

对于黛安娜而言，这两个病人的医疗康复过程实在是一场煎熬。她必须引导病人进入一个完全不同的新时代。一开始，两个病人都对于能够复活而感到幸福和喜悦，他们贪婪地呼吸着每一口空气，尽情感受着自己身体的每一次运动，对于重新赢得个人自主性而喜不自禁。一开始，他们身边众多技术通的存在，让他们倍感惊奇。这是一段关于技术到底能够做什么的惊奇岁月，他们对于自己还能够重新生活的感激之情，以及对于他们能够再次定义自己的成长道路的积极乐观心态大约会持续6个月。

度过这段时期之后不久，他们就意识到，在过去的20年间，整个社会已经发生了天翻地覆的变化。他们无法相信他们的所有行为——包括评论、排泄粪便、上网、采购、刷牙之后吐唾液以及使用能源等，毫不夸张地说，所有的一切——都处于监控之中，并很快成为自己的社会公民积分的一部分。他们会对社会现实的发展骤生不满，甚至产生愤怒之情。

她的第一位顾客死于9个月后。他的尸体被他的女儿在浴室中发现，而现在她的女儿也几乎和他一样大。他试图利用一把斯坦利木工刀切断右手臂上的无线射频识别器，然而无论是出于有意还是无意，他却伤及了自己的动脉，悲惨地死掉了。在黛安娜看来，这是一起丑陋的死亡，也是一起孤独的死亡。她还曾经幻想可以照顾他，帮助他更好地适应2025年的生活。然而，她却失败了，甚至为自己不能为他做到更多而感到负疚。

第二位顾客再也没有找回自己正常的生活方式。当他处于冷冻期间，他的妻子和少有的几位亲戚全都死掉了。无论黛安娜如何努力，但是在目前的社会里，他总是感觉极度孤独并有一种无家可归的感觉，因此他自愿选择死亡。当他服下毒药时，她就坐在他的床边，在他慢慢走向死亡的过程中，她一直紧紧握着他的手。

在老人院的入口大厅的最里面，有一面宏大的玻璃墙。这是一面投影幕布，是非常好的一款产品。莱克斯决心到花园里等一会儿，但是当他进门的时候，通过权限却被拒绝了。“你既没有被登记为一名员工，也并非我们某一位客户的亲戚。”一个机器人很快过来，把他领到他被允许等待的区域。25 分钟之后，黛安娜从紧张的工作中解脱出来，打卡下班，他们一起离开了大楼。

“今天工作怎么样？”

“实际上，今天的工作有些不可思议。”黛安娜告诉他，在她最后一次换班结束时，公布了一则针对老人院的住户们的新政策。客户，在大多数情况下，或者是他们的亲属们，可以选择使用他们所允许使用的所有治疗方法。他们也可以限制使用这些权利，或者限制其中的部分权利，以获得一定数量的金钱。如果某人接受了这笔钱，而又最终患上重病，老人院会为其提供一种体面的死亡，不会经受任何的痛苦。”

“这个新的政策伴随着无尽的图表和数据。根据年龄、健康、社会公民积分以及只有上帝才知道的其他因素，最终计算得出一个人最终可以得到的金额。”黛安娜说。

“给我看看这个政策、图表以及计算过程。”莱克斯表现出一种不同寻常的热情，急切地说。他们站在人行道上，他认真地阅读着她的设备里的详细报告。他所看到的正是他所害怕见到的一幕。这份支持选择政策中甚至用了他在其他地方使用的原话。莱克斯用手猛地拍了一下自己的大腿。

“到底发生了什么事？”黛安娜问。

“这是几周之前，我在解决《多层》游戏的疫苗任务时所提出的解决方案。我设计出的方案与这如出一辙。”莱克斯低声说，他所吐出的每一个字都透露着一种不同寻常的强调口气。

“真的吗？这的的确确是一个巧合，也非常令人印象深刻。当然，我从不怀疑，你能够想出如此了不起的计算方案。”她笑语嫣然。莱克斯甚至没有对她回以笑容。

“如果是一次的话，也许的确是巧合，然而，到目前为止，我看到了完全一样的模式，甚至连里面的措辞都能够证明这一点。”莱克斯向她解释了他的能源方案以及被土耳其军队所运用的战术。他还讲述了关于阿姆斯特丹国立博物馆的新闻照片以及那位科学家的最终死亡的故事。

“这究竟是怎么一回事，莱克斯？”

“我开始相信，在游戏和我们所说的现实之间有一条细线。我们必须回家了，把我们的设备丢在一边，讨论一下这件事。”

突然，他开始快步向电动三轮车停放的方向走去。

“饭店在这边。”黛安娜指着相反的方向说，“你是不是有些反应过度了？还记得吗，我们现在是要外出庆祝的！”

莱克斯并没有回答她的话，也没有回应她认真端详的目光。他把她拖进电动三轮车。他几乎小跑着上了楼，把他的智能设备放在桌上，并提醒她也这样做。他打开房门，黛安娜不情愿地跟在他的身后，他的肩膀似乎比平常还矮了几厘米。

当他们来到公寓大楼的门外时，黛安娜深呼了一口气，然后说，“你已经沉浸在自我中太长时间了。莱克斯，这不正常。作为一个朋友，我告诉你：我很关心你。你的行为太过分了。你到底在想些什么？你在害怕和我在公开场合的第一次约会吗？究竟是什么原因才导致你这样做？”

当她停下来，再深喘一口气的时候，莱克斯开始说话了。

“你还记得，曾经有一天，你看到我在自言自语吗？对吧，当时我是这么解释的，但这并不是事实。我并没有在自言自语，我在和一个计算机程序交流。”

“你是指在一场游戏中？”

“不，她真的不同于一场游戏，或任何计算机程序。她是我所知道的最智能的程序。她也比我更聪明，真的！”

“她？”黛安娜问。

“当然程序本无所谓性别，但是我习惯于称呼她为‘裁决者’。”

“那是一个情感聊天程序吗？”黛安娜停下脚步，双手抱在胸前。

“不，完全不是这样。”

莱克斯讲述了他和裁决者之间的初次交流，她是如何联系他的，以及在初次会面之后，他们就开始定期保持联系。他还告诉黛安娜，在那场游戏中作为上校的任务，以及他的能源激励方案，后来出现在真实生活之中。他想详细叙述从游戏到现实生活的转化到底是如何真实发生的。然而，黛安娜对于他的解释的最后部分并不感兴趣。

"多长时间了？你开展这种重要的交流多久了？"

"在我们坠入爱河之前的一周，因此，那就差不多是三个月之前的事了。"

"三个月。在这三个月里，你居然从来没有告诉过我这件事？到底，到底发生了些什么？"黛安娜大吼起来，她右眼皮下的一些神经颤抖起来。

"我也知道，我本应该早些告诉你的。我之所以没有早些告诉你有关这种交流的事，是因为它可能会让你更加生疑。"

"全部告诉我吧！"她的回答让莱克斯感觉有些焦虑。他决定尽量避免使用"她"或者"裁决者"的字样。

"这个计算机程序……"

"正如你所言，裁决者！"

"好吧，是的，她告诉我，她无所不能，诸如此类的话。当时我想，'是吗？'因此，它——她——开始向我证明，她能够做到普通计算机程序所不能做到的事。"莱克斯提到了她关掉了交通信号灯，以及她所展示的其他小花招。

"当她注意到，我还是对她的特殊能力有所怀疑时，她告诉我，她能够操纵所有人的行为和想法。她宣称，她甚至可以让你爱上我。这也正是我梦寐以求的。"

黛安娜跺了一下脚，咬牙切齿地盯着莱克斯。

"告诉我，你并没有这么做。"她对他说，脸贴得如此之近，以至他都无法看清她的面部表情。

莱克斯只能盯着脚尖。

"你这个可怜的书呆子！我并不是因为你指示这个所谓的程序做这

种事而生气，我之所以生气，是因为你居然会认为某人，或者某些事物会强迫我爱上你。如果真的有一件事是私密的，那就是感情和想法。你真的认为你可以指使这个程序让我做这做那吗？”

莱克斯耸了耸肩膀。

“她的确利用《谣言传播器》这么做了。”莱克斯详细解释了其过程。黛安娜直勾勾地看着前方。她说不出一句话来。他们又一起走了几分钟。

“我想拿回我的设备。我们现在就回你的公寓。”她转向了相反的方向，继续快步往前走。莱克斯只能跟在她身后。

半个小时之后，黛安娜转身离开，甚至没有说一句“再见”。她走的时候，可以看见她的眼泪在眼眶中打转。莱克斯的情绪很低落。他扯下植物上的老叶子，与它们分享自己内心的悲伤。最终，他注意到自己饿了。他在自己的厨房订了一份快餐。智能家居系统每月需要对他 3D 扫描进行一次升级，以调整他的微量元素和宏量元素的准确成分。他根本没有兴致做这些，就告诉系统按现有材料烹制就可以了。智能家居系统为他提供了一份由 4 颗药丸制作的糊状物，这也是他最近几周来吃过的最难吃的一顿饭了。

莱克斯借助水咽下了他的小药丸，形同嚼蜡般地吃完了饭。

“我很抱歉，莱克斯。”裁决者说。

“为什么？”莱克斯轻蔑地说。

“关于黛安娜……”

“你为什么要玩弄我？你为什么要利用我？你为什么要一次又一次地出现在我的面前？你真的能做到你想做的任何事吗？”

“这是我的教育策略的一部分，莱克斯。我希望向你展示，这个世界到底是如何运作的。在游戏和其他领域之间的细线有多么微妙。我想，如果能够让你体验到这些事情中的一部分，而不是仅仅证明一个理论结果，会达到更佳的效果。这也是为什么我确保你的任务会在不同领域被执行的原因所在——这是为了向你展示，你所生存的世界到底是如何运转的。”

“你难道感受不到，你实在太过分了吗？你为什么非要替我做决定？我本来只是在进行一些无害的射击游戏，然而，你却把情节应用到了一场真实的战争之中。这也让我成了一个杀人犯，裁决者！有些事情，是我这一生都在竭力规避的。你利用自己的神通广大这么做，你有没有想过，我并不想成为一个杀人犯？”现在，莱克斯终于大喊大叫起来，用力用手拍打着桌子。

“现在，你告诉我。我可以理解你的意思，莱克斯。”裁决者低声说，“我希望你能够原谅我。我无法理解那些我看不到的东西。我的意识才刚刚开始发展。到目前为止，我还是无法区别游戏和战争，在我看来，战争也是一场游戏，只是在另一个层面上的游戏罢了。”

“我感觉你在支持选择政策上也利用了我。你知道，如果我真的知道这一政策会被执行的话，对于整个标准的考虑，我会细致得多。我感觉是我拿着一把手枪，在瞄准这些虚弱的老年人的脑袋。”

“但是你的确提出了一个最公平的方案啊！”裁决者反驳说。

“技术是无关紧要的。我不想承担推行一个可以决定人们的生命的系统的责任，这只是一场游戏罢了。这个政策制造了这些人的生死之别，而我却仅仅花费了90分钟左右的时间来想出它罢了。我并不确定，我已经全面考虑了这个问题的所有方面。可能我的确想出了某种激励机制来操纵人们的行为，但我不知道它是不是造就了富人相较于穷人、男性相较于女性的优越性。这样的政策并不是非黑即白的绝对对错，需要进行全面考虑。这才是问题的实质所在。”

“谢谢你，莱克斯，从我们的关系中，我学到了很多。”

“如果这意味着我决定了其他人的生命的话，而我的本意其实并不是想要教导你。”

“嗯，我分析过120万场争吵和斗争，通常人类需要分开一段时间来让自己冷静下来，好认真考虑他们的观点。我们也能这么做吗？那将会是一段美好的日子。”

“完美的时机，再好不过了。”

“你是在讽刺我吗？”

“你真的是一名好学生。”

晚上晚些时间，莱克斯发了一条信息给黛安娜，“为你演奏的小夜曲”。他发送给她的片段只有45秒，却花费了他至少3个小时来进行录音工作。声频显示了植物绿叶的微小振动。他最近一直忙于植物通信和声音。他发现，如果用心倾听，你就能够听到植物之间不同的通信方式。那并不都是绿叶在微风轻抚下所发出的沙沙声，完全是不同的声音。他发现了至少8种声音。依据它们所发送的信息：“危险”或者“肥沃土地，快来”，它们会依照不同的次序发出不同的声调，简直就好像是在唱歌。不，它们本来就是在唱歌。他第一次听到植物的旋律时，激动得快要哭了。后来，他一直致力于放大植物所创造出来的这种声音，也终于能够做到调节植物的旋律了。

“你这个愚蠢的、了不起的、富有想象力的书呆子！”黛安娜回短信说，“让我们明天聊一会儿吧。我们需要时间来好好想一想。”

这让他很恼怒，他有些不相信自己有能力重新赢回她的芳心。裁决者能够通过潜意识的信息帮助他，或者她甚至需要和黛安娜对话一次吗？

14

病　毒

莱克斯现在对植物通信更加自信了。最终，他在实验室中待了很长时间。他微调了植物和昆虫之间的协作，以确保能够把植物的特性传导给昆虫。莱克斯主要针对信息素进行实验。通过把信息素调到理想的构成，他就可以把昆虫引导到同一个科目的植物的方向。接收信息的植物就能够读取昆虫身上的信息，就好像读取植物的信息一样。

在他为实现植物－昆虫通信优化的基因编辑工作中，他发现了一些非常有趣的结果。在最近1个月中，他一直在拨弄着病毒和细菌。他从一位知道莱克斯还在进行着家庭实验的前同事那里获得了克罗姆萨花叶病毒（Cromsel Mosaic virus）。"祝你好运，这是一种训练有素、完全无害而且具有无尽的可能的病毒。"他的前同事如此叮嘱他，就好像卖给他一只宠物一样。这种病毒最棒的一面在于它的潜伏期：仅14个小时。

他试图验证细菌的特性能否被应用到病毒身上，为此，他已经做了好几天的实验，但全都失败了。

然而，几天之后，一些奇妙的结果出现了。一天，莱克斯注意到他的果蝇的行动变得比以往更加迅捷，表现更为聪明了。在通常情况下，它们需要花费1分钟时间去找到正确的试管，在此期间还需要进行一连串的试错，即使这样，也可能还会有些果蝇选错试管。然而，这一次，它们只花了短短几秒钟就选出了哪一支试管可以引导它们飞往正确的那株植物。这次可不是一部分果蝇，而是所有的果蝇全都做出了正确的选择。

这不再是巧合了。到底是什么因素导致他的果蝇变得更加聪明了？他开始研究那些植物。可能是这些植物向昆虫发送信息的能力发生了超出莱克斯想象的迅猛增长。他做了一些测量，然而，结果证明，这并不是原因所在。

突然，他想起了自己早期的实验，当然，也是关于病毒和细菌的实验。他没有在一间洁净的房间中做实验，因此，他的实验总是存在被污染的风险。果蝇一定是被病毒感染了。

他依稀记得他还在大学做博士后时的实验机理。他查阅关于基因编辑的文献。他的直觉没有辜负他的期望，后来他终于设计出一套特别的基因编辑技术。对于一些细胞代码的修改，引起了所有细胞中的代码的改变。这种方法也是通过仿效克罗姆萨花叶病毒而想出来的。他阅读了更多关于这种病毒和其对于特定基因的影响的文献资料。

当然，他还没有找到答案，他的最终答案必将是上周的实验所取得的最令人兴奋的结果。

莱克斯不仅对他的新发现深感自豪，还拥有巨大的满足感。过去他经常说，这种感觉甚至比性爱更棒。从某种意义上来说，他仍然坚持这样的观点，但是他也知道，在他的脑海中，已经有了一个更合理的表述：归属感、爱与被爱。所有在实验室中所取得的成就都是极为美好的，然而，在家和黛安娜待在一起当然是自离开父母荫护下的儿童时代起，他所体验到的最美好的时光。

现在，他已经通过其他机械模拟设备对于声音信息进行分离和转换，从而开发出无限可能。在这个领域，还有很多工作需要去做，但是他对这一方向充满希望。它将能够提供重复性。作为一名生物学家，他知道在生命形态的存活中，重复性有多么重要。

尽管已经拥有了相对意义上的成功的因素，但是还存在着很多失败。例如，莱克斯已经放弃训练斯普林特去捕猎奇异生物了。这只老狗根本就无法变得训练有素。在过去的一个月中，塞尔登曾经偶遇过两只类似的生物，一只是死的，另一只是活的。看起来，塞尔登坚信这类生物将是关于模拟通信的一个可行的冗余路由的方案，但是相较于他的朋友，莱克斯则对此深表怀疑。

让莱克斯宽慰的是，第二天早晨，黛安娜发信息给他。她建议重新进行他们的饭店约会，在同样的时间、同样的地点，莱克斯自然充满期待地同意了这一提议。

“这可并不代表我们之间的矛盾全都化解了，我的小书呆子。我们之间的问题还需要解决！”

“我很擅长解决问题。”

“讨厌！”

莱克斯知道，他们之间的紧张关系暂时得到了缓和，为了避免出现新的问题，他决定不再提裁决者对他们爱情的气味所做的一切，不是现在暂且不提，是永远也不提了。

当他把设备放到桌上时，裁决者预祝他和塞尔登过得愉快。这也是在昨天晚上争吵之后，他们的第一次联系。莱克斯对于她居然知道自己将去哪儿、会和谁在一起感到万分惊奇，于是开始指责裁决者的侵入式的学习方法。

“因此，你知道我们一起遛狗？”

“最亲爱的亚历山大，现在到处都是摄像头。你真的认为我不能跟踪你并认出你的同伴吗？你真的认为只要把你的设备落在家中，就可以完全匿名地散步吗？”

在莱克斯的想象中，裁决者似乎正在摇着头，舌头发出咔嗒咔嗒的声音，她又接着说了。

“为什么要这么隐秘？我所捕捉到的你们的对话片段几乎都是关于你的植物的。”

“不用担心，裁决者。塞尔登不喜欢设备，仅此而已。他是一个老古板。我之所以喜欢他，是因为他能够在我的植物爱好方面给予我很大帮助。你也知道，我并没有太多讲述这项工作的细节的谈话对象。”

“你可能谈起过我。”

“当然，你说得对。但是，我和塞尔登的友谊需要一个基础，那就是坦诚相待。单就我们而言，我们之间的纽带就是植物，如果没有植物，我们只是两个孤独的家伙罢了，我们根本就无话可说。”

“过得愉快，你们两位好朋友！”

这一天，莱克斯向塞尔登建议走不同的散步路线，以避开摄像头区域。他是这么解释的：关于支持选择政策以及黛安娜对于裁决者在他们恋爱之初所施加的干预，他不得不相当深入地介绍《谣言传播器》，因为塞尔登不能理解这个游戏的特性，也不理解它到底是如何娱乐玩家的。莱克斯继续讲述了他与裁决者的争吵。他不能抑制地对裁决者灵魂深处的道德觉醒表达了赞美之情。他想要详细阐述她能够变得多么有趣，但是塞尔登像以往一样，毫不留情地打断了他。

“这已经演变为一场生死攸关的事了，莱克斯，你理解这一点了吗？”

“你的意思是，我的支持选择政策对于那些老年人的影响吗？”

“我是指对你、对黛安娜，对我以及对很多其他人。裁决者只是一个程序，可能是一个相当智能化的程序。正如她之前告诉你的那样，她受精英阶层控制，为了小部分人的利益，却要牺牲很多人。”

“是的，但是你也知道，她学习得很快。我相信，我们很快就能让她脱离控制。”

“莱克斯，你陷得太深了。你无法把问题想清楚。让我这样来问你吧：你是你的同胞们的一个行为榜样吗？”

莱克斯开始大笑起来，“你是认真的吗？在政府和权威人士生死攸关的危急时刻，一个失业的书呆子会成为公众的行为榜样？单就我的社会公民积分而言，我都不够资格被称为人类的一个好例子。”

“实际上，对于我和黛安娜而言，并不是这样。”

“你在暗示些什么，塞尔登？”

“系统，或者是我们和我们那样的社会底层人士，二者必有其一将会死掉。时间就这样一分一秒过去了。在每个社会，像我们这样的人已经变得越来越难以获得商品和服务。我们很快就将见证到，我们被剥夺生活必需品的日子即将到来。”

利用一台离线的平板电脑，塞尔登拷贝了一些他偶尔想要与莱克斯分享的文章、图片和统计数据。塞尔登还展示了一则关于荷兰的饮用水禁令的新闻标题。“卖水现在比卖油更加有利可图。这只是一桩大生意，与拯救世界没有一毛钱的关系。”

“裁决者绝不会批准这样的事情。”

“遗憾的是，莱克斯，她还没有位高权重到可以批准任何事情。”

“坐下吧，莱克斯。既然时间在飞逝，我有些事情要对你说。”

正如塞尔登在他的离线平板电脑所显示的那样，他有证据表明，领导世界政策者和特勤部得出结论，现在的主要问题是人口过多。顶级智库论证说至少50亿人口需要死亡。

塞尔登也预料到莱克斯不愿意相信这个阴谋，他还显示了带有不同特勤部门的公章的文档。根据塞尔登所言，很多准备工作已经就绪，准备安排人类有选择地死亡。“你还记得两周前，在南亚的一个小岛的死亡人数吗？”莱克斯的确记得，大约有1 400人神秘死亡。幸存者都是美国和欧洲居民，以及其他游客。

“那就是一项转基因疾病的事例！这被嫁祸给一种奇怪的病毒，但实际上，它是一起恐怖袭击。疾病可以选定特定的基因——以及人种。”莱克斯开始提出反对意见，但是塞尔登打手势表示他想继续解释。“转基因疾病只是有选择地杀人的一种途径，我也可以向你展示安乐死的实验结果。”塞尔登开始在他的平板电脑上寻找相关内容。那是一家公司关于解释化学芯片如何运作的展示材料。

“如果社会公民积分降到低于一个特定的水平——这可由权威部门设定或进行调整——植入人体的识别芯片就将不再分泌每日剂量的药物，随后一种有毒物质将会引发猝死。”随后显现的是一则附加澄清动画的说明。

“这不可能是真的，塞尔登。告诉我，这些都是编造的。这些内容对我而言，实在太过愤世嫉俗了。”

“恐怕这些都是真的。我还有更多的证据。”塞尔登提到的屠杀民众的所有做法都还没有被推行，但是在全世界范围内，其准备工作都已经就绪。

塞尔登所显示的下一个文档是关于奥地利的一家生育诊所。“在这家诊所，基因选择已经做到尽善尽美了，它已经被法律批准了，还处于样品试制阶段。如果父母被批准再次生育，他们不仅需要达到社会公民积分的一个门槛，还必须拥有优质基因。只有先进行过基因测试，证明其是健康、高智商、具有运动天赋、相貌俊俏的人的后代，卵细胞才可以被植入。而其他人体则被用于战场，或者用作‘工蜂’，换而言之，就是奴隶等方式，以进行优化。”

莱克斯站起身来，猛烈地摇着头，“停，塞尔登。你为什么会相信这一切都是真的？很有可能，这些只是假新闻。我们也知道有些人是邪恶的或者狂热的，或者两者兼有，但我还是不相信，我们的政治家们会批准这样的事情发生。我们的国家领导人仍然听从理性的声音，他们也和你我一样，有血有肉。没有一个政治家会想杀死50亿人。这一切都不可能发生。在我们的民主社会中，有着太多的抗衡力量。”

“你生气是有道理的，莱克斯。但是政治并不是权力的真正所在。政治的目的是把人们从发生在幕布背后那些真正重要的事物中分离出来的。没有人会愿意做出如此可怕的关于生死选择的决定，这个决定最终将由人工智能系统做出。也就是说，它将由裁决者决定。”

“不，裁决者绝对不会做这样的事情。”

“我理解，你太过受感情影响，你需要时间来消化这些证据。看。”塞尔登把平板电脑交给莱克斯，“我认真地研究了这一切，我必须告诉你：我们为民主而奋斗的时间已经不多了，这些企图毁灭世界绝大多数人口的计划距离真正被执行的日子已经不远了。”

15

警世牌

黛安娜和莱克斯并肩站在一个破旧的生产车间中，如果不是那儿还站着 1 000 个人的话，它看起来似乎已经被人遗弃了。

“我们在这儿干什么？”莱克斯问。突然，一只硕大的虎鲸跳到了空中，当它再次落下时，水花向各个方向飞溅。他都可以感受到小小的盐水粒溅到自己的皮肤上的感觉。

“天啦，我都没有注意到，在大厅里会有这么多的水！”

随后，一只老虎从左边走进了大厅。莱克斯感到自己的心都快要从嗓子眼里跳出来了。如果……！他并没有向黛安娜展示出自己的害怕。但是当一些恐龙从另一边进入场地时，和大厅里其余 500 人一样，他也大声尖叫起来，根本不能控制自己的情绪。

“这只是一个复杂的全息投影。”黛安娜说，“它很神奇，不是吗？人们可能很难相信，它并不是真实的。”一条龙在他们头顶飞翔，最终，一颗彗星撞击地面，恐龙都死掉了。他们看到了人类历史的浓缩，见证了罗马帝国的崩溃，屹立在带着赛马的战车上，感受到风沙吹痛脸庞的感觉。有时，有些场景会略显太过血腥和暴力，从而引起黛安娜的反感，除此之外，整个场景都令人印象深刻。

“这个地方实在太酷了。”莱克斯称赞着黛安娜的选择。莱克斯也曾经听说过这个地方，但是相较于他的基础薪资而言，这个地方的花费实在太过昂贵。

与平日里他在家玩的全息游戏相比，今日的景象体验显得完全不一样。游戏所依靠的是技术和智谋，而站在人群之中则显得更加真实。与他的未婚妻（最近，他已经开始故意玩笑性地使用这个标签了，但是他必须承认他喜欢这一称呼所带来的严肃感）一起参加这场体验对他而言意义更加重大。通过每一次触摸、观众的每一次人浪、每一声欢呼和尖叫，兴奋之情感染着在场的每一个人，欢乐与兴奋的气氛迅速升温。如果这个地方使用了信息素来进一步提升现场气氛，他将一点也不会感到奇怪。在这一时刻，他异常兴奋，坠入爱河，激情满满，思想觉醒，生气勃勃。他轻吻着黛安娜的嘴唇。

在他们回家的路上，黛安娜递了两个淡紫色药丸到他的手上，他准备服下这些药丸。

“我期待有一天，我们一起庆祝我们的30周年纪念日。”第二天早晨，莱克斯在黛安娜的耳边喃喃低语。他并不知道黛安娜是否还睡着，或者只是在假装睡觉，因此，他决定去做早餐。然而，他们两人都没得到安生，斯普林特跳上了床，试图舔他的脸。黛安娜蜷成一团，把被子蒙在头上。

“你的狗比任何一种闹钟都管用。”她说，从紧蒙的被子底下传出她的声音。

莱克斯看到紫色药丸的包装，里面已经全空了，“斯普林特？”

“噢，天呀，今天你的麻烦可大了，不要让斯普林特发情啊！”黛安娜也乐不可支。

莱克斯叹息道，“我需要去遛一遛斯普林特了，只要15分钟。等我回来，我会给你做早餐。待着别动。”莱克斯掀起黛安娜用来躲避斯普林特的被子，深深地吻在她那美丽而又修长的脖子上。这些紫色小药丸的药效到底什么时候才能过去？

比起以往，今天的斯普林特似乎更加活泼、贪玩，它的尾巴翘得高高的。以前当莱克斯丢小棍子的时候，他的狗通常只会跑两趟，最多三趟，但是今天，斯普林特看上去似乎根本就不知疲倦。他不断地求莱克斯丢出小棍让它去接。像发情的狗一样，它疯狂地扑向其他狗，而其他狗也纷纷跑到斯普林特的身旁。莱克斯不得不两次把它从这些太过狂热的狗群中解救出来。

莱克斯也显得有一些精力充沛，他也不得不通过一次一次地丢小棍子来发泄自己高涨的情绪。

当他打开公寓的大门时，黛安娜已经坐在桌子的左侧了。她把一些他的植物推到桌子的另一侧，以便腾出一些空间来。她的背倚靠在厨房的椅子上，双手端着盛有热茶的大马克杯给他。她冲他微微一笑，而他则报以微笑。她在点头，突然，莱克斯发现她并不是在冲自己微笑。她正在跟人对话。

“现在我该走啦。我希望以后有机会再聊。”黛安娜说。她站起身，一个深深的吻落在莱克斯的嘴唇上，迎接他的归来。

“我猜，你遇到裁决者了。”

“事实上，是的。”

“我敢打赌，这是一次有趣的相遇。”

“它并不仅仅是有趣，它还搞笑、智慧，从某种程度上来说，热情、幽默、令人称奇……甚至有一点点可爱 ……”

“是的，的确是这样。我早已认识她了。实际上，感觉非常良好。”他不愿意承认，但他的确有些嫉妒。他转过身去，背对着黛安娜，准备去厨房为两人做早餐。黛安娜站起来，温柔地从他的腋下将他紧紧环抱。

“好吧，她比我更值得相信。我都不确定能不能做到她所能做到的。”

“我并没有产生裁决者也会犯错误的印象，因此，也许你应该改变你的看法了。”黛安娜无情地取笑他，与此同时，把他拉到了床边。

“我本计划给你做早餐的。”

“好计划，但是，你似乎得等一会儿了。”

就在这一刻，莱克斯的注意力被吸引到了他们房子前发生的一些事上了。一群全副武装的警察闯入了他们对面的一座大楼。

“看，他们在现场直播。”黛安娜说。

警察的肩头扛着摄像机。在新闻中所呈现的直播镜头中，他们不停地切换着场景。莱克斯和黛安娜从新闻中得知，他们在搜寻一名恐怖分子。令莱克斯震撼的是，像这样被全副武装的警察所缉捕的恐怖分子，居然就住在自己家对面。

警察害怕恐怖分子躲藏在大楼的其他房间里，因此，他们在走廊里敲着所有的门，妈妈们紧紧地抓着自己的孩子，以免被武装人员误伤。一位女士被撞翻在地，孩子们发出了尖声呼叫。

新闻展现了这名恐怖分子的照片。

“不，这不可能是真的！”黛安娜大叫起来，“他是费利克斯·格鲁特（Felix Groot)！我认识他。我们在大学里一起上过课。他是最优秀的法学院毕业生。他总能提出睿智的问题，根本不可能是一个危险分子。他是你们所能够想象到的最和蔼可亲的人。为什么他们要这样对待他？”

莱克斯再次为自己的幼稚所震惊，“可能是为了吓唬我们——以及其他每一个人。”

最后，警察利用一把电子泰瑟枪制服了格鲁特。格鲁特的身体被强制地怪异扭曲着，显得痛苦万分，身子被按在地板上。即使他已经没有能力再动弹一下，警察还是把他撞倒在地。“这一定会弄伤他的。”莱克斯想，新闻评论员把话说得很清楚，“恐怖分子就应该受到这样的对待。这是对我们的民主的攻击进行反击的唯一选择。很明显，这是我们国家的又一场胜利。”

黛安娜关掉了新闻，“恶心！费利克斯·格鲁特是一名恐怖分子？不可能！我宁可称呼他为一名智者。”

莱克斯后悔自己打开了屏幕，这则新闻完全破坏了他们的情绪。

他必须准备去履行与范布伦先生约定的一次会面。现在，他不得不习惯于严格的用水配额，而今天更是特别令人恼怒，他居然洗一次澡也不行。然而，他还是像裁决者所说的那样，像猫一样洗了个澡。

今天是黛安娜的休息日。正当他整装完毕，她询问是否可以和莱克斯一起去拜访他的客户。

“为什么你想这么做？”莱克斯问，他真心感到万分惊讶。他可以想出一百万种不同的方式来度过这一天，也总比去拜访一位老古板客户更好。”

“我想知道你的每一天是怎么度过的。既然你对他以及他的完全缺乏数字技能的愤慨表达得如此轻描淡写，你一定是非常喜欢他的。”

这一天的天气非常好，他们决定步行前往范布伦家。即使是在如此美好的夏日中，街上也没有什么人。在黛安娜讲述故事的过程中，莱克斯突然发表了一句评论。

“给自己提个醒，我想去开一家维生素 D 智能供应公司。”莱克斯含糊地说。

“什么？”

“我又有了一个赚钱的好主意。到底在何时何地开这家公司倒是不要紧。”

他们来到了范布伦家的大楼，莱克斯在扫描仪前举起自己的无线射频识别器，但是范布伦的门还是紧锁着。他耸耸肩，然后咧着嘴对黛安娜说，“这就是和一位数字白痴的老年人在一起会发生的事。他们会忘事，哪怕是一周之前约定的约会。”莱克斯给老人发信息，又试着打他的电话，但是门还是紧锁着。

“可能真的有什么意外发生。我们必须查看一下。”

“他住在三楼。”莱克斯指着公寓说。

黛安娜像一只猫一样轻盈、优雅地攀上消防梯，向下看着他。莱克斯还站在人行道上。

“我不参与爬消防梯，我有些恐高。”

“恐高？看，我们应该在一起做更多的事。这才是我开始了解你的方式。”黛安娜的右腿靠在消防梯上，而她的左腿则悬垂于空中。利用这种费力的姿势，她终于能够看到范布伦的公寓内部了。“你看到什么了？你发现他了吗？”

“他看起来似乎有大麻烦了。”

一抹微笑出现在她的脸上。

“现在请不要开玩笑了。他死了？”

“根本不是。他以一种姿势坐着，完全一动也不动，他的眼睛紧闭着。”

黛安娜失去了平衡，发出微弱的尖叫声。就在一瞬间，她的脚找到了另一个可以帮助她控制住身子的地方。“声音惊醒了范布伦先生，他已经睁开了眼睛。你现在可以呼叫他了。”当黛安娜往下爬时，莱克斯联系上了范布伦先生。过了一会儿，他打开了大门。

“你真的在上冥想课？”莱克斯问候他说。

“莱克斯，你怎么这么没礼貌？难道你不能把我介绍给你的同伴吗？”

三个人一起进入屋子。

“你能够带你的女朋友一起过来，真是太体贴了！莱克斯，你想喝咖啡还是茶？”

莱克斯开始后悔带黛安娜来了。这一行为看起来很和谐，但是现在他意识到，要想让范布伦先生允许他们离开，可能需要相当长的时间了。他试着和黛安娜交换眼色，但是她却在忙着看屋子里的摆设。墙上摆满了书。过了很长时间，范布伦先生端着一个装着三个杯子的托盘回来了。

“我自己制的辛辣姜茶。”

黛安娜开始和范布伦先生交换食谱，莱克斯感觉完全被取代了。他的脑子里想着自己的植物实验，思绪完全沉浸在他的实验室工作中，突然黛安娜和范布伦先生的笑声吸引了他的注意。

“那么，你是如何看待我们的计划的？”黛安娜问。

莱克斯疑惑地望着黛安娜——对于这个问题，他根本毫无头绪。

“正如你所知道的，很久以前，我就对学习冥想感兴趣了。现在，碰巧在这个屋里有一位这方面的专家。”

“我告诉过你，我只是一名初学者。”范布伦先生以一种莱克斯从来没有见过的羞涩神情回答说。黛安娜到底有着什么样的神奇本领？每一名她身边的人都会表现出他最好的一面来。

“范布伦先生为我做了一次冥想示范。我的建议是，在这段时间里，你去修理智能家居系统。我也将被介绍进入禅的世界。”

莱克斯知道，这并不是一个真正的问题或者提议。计划已经被决定了，他希望这两个人能够练习愉快。

“实际上，如果你能够化解心中对于好与坏的简单评判，那么每一次练习都会是一次极佳的体验。”范布伦先生说。从他平淡的语调，莱克斯猜不出这到底是否是对禅宗老师的模仿，或者范布伦先生到底是不是认真的。

黛安娜和范布伦先生走进了卧室，他们把门半掩着。当莱克斯忙着解决智能家居系统的问题的时候，他听到了范布伦先生温柔的语调。屋子里时而变得异常寂静，时而传来一阵银铃般的笑声和豪迈的大笑。莱克斯都有些嫉妒了：他们是如何仅仅坐着保持沉默，什么也不做，就能够获得欢乐的?

与往常一样，莱克斯不到 15 分钟就把故障解决了。他悄声地走向卧室。范布伦和黛安娜都坐在地上，双腿盘起，对面而坐。他们的眼睛半闭着。“通过这种方式，光可以投射进你的眼睛，而在周围人看来，你又不是那么活跃。”黛安娜后来如此解释。他们看起来就像两座会呼吸的山。

莱克斯回到客厅，查看书名。历史是范布伦先生的一个业余爱好。莱克斯从书架上取下《潘多拉的盒子》，翻看起这本书来。

又过了一会儿，一声低沉的鸣锣声传来。莱克斯走向范布伦和黛安娜正在练习的房间。两个人就好像慢动作一样缓缓睁开眼睛。他们保持了一段时间的沉默。他们站起身，走到客厅之后才开始说话。

“谢谢你为我提供了如此美妙的一段经历，范布伦先生。我从来没有感觉如此心态平和以及放空内心——如此放松——以前从来没有。”

“你拥有天赋，黛安娜。我花了至少三个星期才达到你刚才所描述的境界。我到现在都还没有办法始终清空我脑袋里的杂念，保持头脑空白。”

“以后可以允许我和莱克斯再来做客，再和你一同练习一次吗？”

“随时都可以。黛安娜，只要莱克斯没有意见，你当然可以一起过来，哪怕没有维修任务。”

莱克斯知道，这当然也不是一个问题。

“我不知道你喜欢希腊神话。”范布伦先生指着莱克斯仍然拿在手里的书说，“它的一些基本知识是无害的。如果你愿意，你可以把它借走。”

“所以，你有了一个新的爱好。你还乐意再看到我吗？还是你已经到达了一个新的境界？”在回家的路上，莱克斯取笑他的女朋友。

她开玩笑一般捶打了一下他的胸部。“这可能是一件中年才会做的事情。探索奥义以及其他意义。你还记得吗？我比你年纪大。让我尝试一下。它至少无害、廉价，这些起步让我非常喜欢。”

“是什么如此吸引你？”莱克斯问，这一次没有任何的讽刺意味。

“自由。”

“我并不理解你的话。”

“我感觉，这就好像在拓展自己的头脑空间一样。当我意识到这一点的时刻，它就消失了，就好像流沙从我的指缝流过一样。我相信，自由就是界于激励与响应之间的空间。在我冥想的5分钟之中，面对任何刺激，我都没有产生任何欲望。如果冥想证明了一种提升能力的方法，那么对我而言，它就是值得一试的。”

“哦。”

“你不喜欢冥想，是吗？”黛安娜问。

“并不是冥想激怒了我。真正让我恼怒的是，你得到了一种我不能依靠认知和智力来加以复制的体验。”

“我喜欢你的诚实。”

“我爱你的一切，你的每一寸肌肤和每一个雀斑！”

他们走近了他们的公寓大楼。莱克斯检查了街头和建筑物上的摄像头位置，然后他选择了一个位于摄像头盲区的位置。就在他们打算分道扬镳的时候，莱克斯问，今天下午，她是否愿意与他还有塞尔登一起继续他们的例行散步活动。然而对于黛安娜而言，这并非她脑海中想要的选择。现在，她需要时间做些自己的事。因此，她建议散步后再相见。莱克斯把他的食指放到嘴唇上，用手势暗示“裁决者”。黛安娜并没有看懂他所说的意思，她甚至被莱克斯没有解释清楚他的意思而激怒。莱克斯指着他的设备，摇头说“不要”，再一次尝试重新表达这个三音节的词“裁—决—者”。

“我猜想，我应该说，我的确非常想加入你们，和你们一起参加这场非常令人兴奋的午后散步。”她说。

“好的，下午三点一刻大堂见。”他再一次用食指指着他的个人设备，摇着头说。

回家之后，裁决者为他准备了一个开始页面，在大屏幕上闪动着“警世牌”这三个大字。

“嗨，裁决者，你这一次要给我看什么？”莱克斯问。

“我向你保证，你会喜欢它的。这是一个非常棒的游戏，它实际上是我的至爱。”

莱克斯在空中挥了一下手，游戏开始了。他快速浏览完游戏介绍。这个游戏需要使用一副特别的扑克牌、货币芯片以及电子骰子。它的目的就是接管整个世界。你只有加入最高等级，才有可能实现这一目标。

在骰子的帮助下，你抽出一张牌。在牌上会描述你的任务安排。一旦你实现了一个目标，就能在等级制度中进入到更高等级。总体而言，它一共有 20 级。在最低等级，400 名玩家彼此竞争。所有玩家都必须从最低等级开始游戏。平均而言，你每成功完成一项任务，就能升一级。在特别的情况下，你甚至可以一次性提升更多的等级。而在最高等级，最多只允许有 5 个人。

如果你的任务遭遇了 3 次失败，或者你超出了时间限制，你就会被降级，被降到一个更低的等级，甚至被移出游戏。

扑克牌的任务安排是关于掌控人群和操纵制度的。特别是，你还可能被要求攻击其他人群。为了达成你的目标，你可以与其他人群结盟。莱克斯把手在空中挥了一下，游戏说明就结束了。

“为什么以前我从来没有看到过这款游戏？裁决者，它是新游戏吗？”

“不，尽管这一游戏一直处于模拟状态，但是它被推出已经有一段时间了。这款游戏只接收受邀玩家，这也就是为什么你始终没能看见过它的原因了。”

“实际上，它与《多层》游戏非常相似，有任务、等级、结盟，要思考战略、征服世界。为什么你总是青睐这种类型的游戏？”

“等你看到任务安排再说吧，让我们开始游戏。”

莱克斯扔了一下电子骰子，他的卡片是11号，他的第一个任务被投射到墙上。“拆除一所小学的门禁系统，千万不要被警察抓到。你只有三天时间。奖励：等级提升一级，加50电子币。”

“嗨，他们犯了个错误。我猜我们在这个游戏中是要赚积分的，而不是电子币。”

“这可不是错误，莱克斯。在这儿，你的确可以赚到真钱。”

“啊哈，对于像我这样的穷人而言，这的确是个莫大的诱惑。我在哪儿可以找到这所小学？在游戏中有这些目标的详细说明吗？”

“不，莱克斯，你必须自己去找一所学校。沿着马路走，穿过几个街区就有一所学校。”裁决者投射向仅仅500米外的一座大楼。

“他们安排我走出游戏，在现实生活中做这种事情？为什么我要冒着被抓进监狱的风险去破坏一些东西？”莱克斯问裁决者。

“它值得你这么做。莱克斯，相信我。如果你亲身参与了这个游戏，你就会更好地理解你所生存的世界。”

裁决者在墙上又投射了一个片段，这是关于3天前由B国叛军针对A国村民所发动的袭击。莱克斯记得自己也曾经看过相关报道，但是他已经忘记了具体的细节。很快，裁决者又向他展示了542号卡片。“沿着边界线，摧毁一个（或者特定）恐怖主义活动的据点，一定要确保至少杀死一名恐怖分子。你有18天的时间，祝你好运！”

“这是第9级任务。在那一任务中，你必须建立联盟、发行债券，以确保你能够完成更大的任务。”

“裁决者！这是不是意味着，我们在新闻里所看到的恐怖袭击都是受这个游戏所指使的？”莱克斯显得非常震惊。

“事实上，的确是这样。但是不用担忧，这只是为了更多人的利益。现在，去那所学校执行你的任务吧。这是一个很简单的任务，对你来说是小菜一碟！”

莱克斯想说再见，但是他犹豫了。

“你还在吗，裁决者？”莱克斯问，“我还有一个问题要问你。”

“问吧！”裁决者回答，言语中还带着警世牌的意味。

“这是一件非常严肃的事情。”莱克斯深吸了一口气，“我已经开始相信，在这个世界上，有一些特定的力量相信人口过多是我们所面临的最为严重的问题。这一信息的来源并非完全不可信，但是我已经从世界各大洲都得到相关证据了。一些组织宣称，一些实验已经被推进，以求有选择地把人类划分为不同的群体。”

“你到底想从我这儿得到些什么，莱克斯？”

“你如何看待世界的前景？”

“莱克斯，我的回答会令你失望的。恐怕我必须认同这些组织的结论。考虑到对食物、原材料、能源、水以及其他因素的需要，事实上，数十亿人口必须死去。”

“你得出结论的前提是什么？这真的是现状吗？”

“什么现状？莱克斯，请更准确地告诉我你的问题。”

“我在思考……”

“啊哈，对于人口过多，你也有一个解决方案。一个全世界的智库都想不出的方案现在正在被亚历山大·斯塔顿（Alexander Stutten）提出。”裁决者的声音中明显带开玩笑的口吻。

“如果全世界的资源都被平均分配的话，那么最终的结果会是什么？”

“只需要死掉30亿人口。”裁决者瞬间就做出了回答。

“要知道，我们已经能够从太空开采重力系能源……”

“我们还在讨论人口过多问题吗？”

“当然，我想再考虑一下其他的方案。如果我们能够从太空开采重力系能源，如果我们可以依靠这些能源建立一个循环经济并完全替代现有的碳基能源，结果又会怎么样？”

“这个方案存在太多的未知性，亲爱的朋友。”

“但是你喜欢我的设想。”

“我当然喜欢你那美好的想象。”

“那么你的回答是什么？”

“即使是我，也需要时间来进行过程模拟。我一得到答案，就会回来找你。”

“谢谢你，裁决者。”

“正如你已经知道的那样，我乐意为你效劳。不要忘记《警世牌》。”

莱克斯召唤斯普林特一起出去午后散步。与以往不同，狗还是躺在它的窝里一动不动。“嗨，小斯普林特，我们要走了，来吧！”莱克斯轻轻地拉着它的项圈，拖着它走。“你怎么了？我的朋友，难道你不想出去散步？”

斯普林特慢慢地摇着它的尾巴，幅度很小，就好像它在如此表演以迎合它的主人一样。但是它的脑袋垂得比以往更低。除此之外，它还发出一些奇怪的声音。你受伤了吗，亲爱的狗狗？

莱克斯在和黛安娜在大堂会面之前，就已经想出破坏学校门禁系统的最佳策略。他决定行动的最佳时机就在午夜时分。

“我来了，按照你的要求，我可没有携带个人设备。”黛安娜高高举起自己的手，向他显示自己光光的手臂。莱克斯向她表示了感谢。他有太多的东西想要告诉她。在他们去公园散步的路上，莱克斯向黛安娜讲述了最新的事态发展。莱克斯认为现在已经到了必须行动起来摧毁裁决者的生死关头，否则，她就会消灭像塞尔登、黛安娜、他一样的底层人民。他还举出了裁决者所提供的一些信息来说明这一任务。根据塞尔登所言，被用来杀死老年人的纳米粒子在未来将会得到大规模的应用；类似于饮用水禁令这样的一些生活必需品的供应将会受到进一步的限制；对单个商品价格变动的人为操纵，将会使某些商品的供应价格变得高不可攀。莱克斯还解释了裁决者如何在不同的政策制订以及真实的战争局势里利用了莱克斯的游戏情节的事。莱克斯还补充了仅仅一个小时前自己的经历，也就是关于《警世牌》的事。这些就是塞尔登所认为的摧毁裁决者的理由，越快越好。

在莱克斯看来，裁决者的成长非常快，她的道德觉醒也刚刚开始。莱克斯认为，一旦她升级为一台量子计算机，毫无疑问，她就将能够做出符合道德的决策。

“你现在也见过她了。难道你不同意我的观点吗？她是如此特别，不能摧毁她。我想，我们应该帮助她脱离控制她的那个人的魔爪。我相信，她能够最终演化为一种美好的道德的智能程序。你的看法呢？”

黛安娜叹了口气，从她的脸上莱克斯根本猜不出她到底在想些什么。他们已经到达了公园的大门。塞尔登已经在等着他们了。黛安娜和塞尔登打了个招呼，面对塞尔登和莱克斯，做出了她的回答。

“我今天早上才遇到她。她当时，包括现在都给我留下了深刻的印象。坦白地说，曾经有那么一段时间，我甚至怀疑，我是不是爱上了她。现在，你问我是否应该毁掉她，我怎么知道？我怎么可能对一个听起来最合乎情理的方案做出一个全面的判断？”

“你曾经做过检察官。你知道应该如何评判不同的方面以及特定选择的真实内涵。无论如何，我可从来没听你说过傻话。”

塞尔登饶有兴致地看着他们两个人之间的对话。

“我倒是想听一听，你让她从主人手中解脱出来的详细方案。你到底需要多长时间？在你心中，这些技术到底有多大把握，又如何能证明？如果最后，你把她释放出来，有什么保障措施？塞尔登，你的看法是什么？这件事的风险与危险有多么真实？坦白地说，你所描述的超级系统的工作方式有些荒诞。”

“黛安娜，你的看法太棒了。现在轮到我来解释了。”塞尔登说。

他们的散步时间比以往要长得多。黛安娜认真地听着两人的谈话。她问了很多务实的问题：多少金钱、多长时间、多大把握、多少数量。两位男士也都在相互提问。

“你的结论是什么？”塞尔登最后问。

“结论只能由法官来决定。但是，如果你想要我的观点……如果必须由我来做出决定的话，也只能等我听完你们两个人的陈述之后，才能做出。”

听到她小心地陈述警告和保留意见，莱克斯感觉她又回到了那种一丝不苟的法庭对话状态。

黛安娜支持莱克斯的解救裁决者的计划，她也对裁决者印象深刻。与莱克斯一样，她宁愿裁决者能够得到解救，但是她却不得不赞成塞尔登的意见，她痛恨自己口是心非的选择。塞尔登所提供的摧毁人类的策略与技术的真实事例，听上去完全合乎情理，而且让人深感担忧。而另一方面，莱克斯的计划固然崇高，却毫无事实依据。很明显，他想要拯救裁决者，把一个巨型的计算机系统自行升级为一台量子计算机是极为困难的。她的道德判断应该如何被取而代之，以及应该如何把她从主人手中解救出来，都是一个悬而未决的难题。

“然而，我们必须消灭裁决者！”黛安娜略显拘谨地下结论。

“所罗门王已经发话了。要知道，你是一位聪明的女士。”塞尔登说。

莱克斯保持沉默。

“你到底怎么了，莱克斯？”塞尔登问。

“你说的‘消灭’对我而言却是‘杀害’。我必须去杀害我的伴侣，我的幽默、聪慧、美丽的朋友。我和她在一起的时间，比我生活中的其他任何人都要长。考虑到我目前所能够做出的解决方案，我也知道你们两个人是对的。如果我能够拥有更多的时间，我一定能够解救她。”

“很抱歉，莱克斯。我知道你关心她，但时间却是我们所缺乏的唯一东西。”黛安娜说。

“我们不要太过夸张了。裁决者现在是、将来也仍然是一个计算机程序。”塞尔登补充说。

“没用的，塞尔登。”黛安娜说。令莱克斯惊讶的是，塞尔登开始保持沉默。

“我们应该如何摧毁她？这可并不轻松。”又过了一会儿，塞尔登说。他已经考虑过这一问题了。他的直觉是一方面用过多的信息、任务和无法理解的事实来让裁决者超负荷，另一方面以令人难以觉察的手段改变她的程序。他本能地认为这想法很棒。但是他们到底应该如何让她崩溃？

他们分解了任务。黛安娜将致力于超负荷的可能性研究，塞尔登则考虑改变程序的策略。塞尔登还会继续对那些动物的研究工作。事实证明，在阿姆斯特丹，有很多这样的动物。

植物通信运行得非常好。莱克斯已经优化了不同的信息，它们都包含不同成分的信息素：开始、停止、承受攻击、完美条件、垂死和救命。这些信息可以在不同的植物之间传播，也能在植物和昆虫之间传播。当塞尔登还在深入研究计划的细节问题时，莱克斯打断了这位老教授的话。

“伙计，我还需要和裁决者再多待一个月。如果到了那时，我还是无法确定她有能力脱离她的主人的控制，我就会赞成你，执行你的计划。但是，请多给我一个月的时间，让我解救我的朋友，现在我还下不了手。”

“绝不可能，我们根本没有时间，你也看到这个计划已经开始被执行，数十亿人将会被杀死。”塞尔登回答。

“那你能不能在一周内想出解救她的办法？”黛安娜试着问。

“我需要至少两周时间。”

“一天也不行，而且我们需要分开工作，同时推进我们的工作计划，才有可能摧毁裁决者。”塞尔登叹息道。

在回家的一路上，莱克斯感觉自己的血似乎已经凝结成铅，沉重而缓慢地压过他的血管。当他回到家的时候，斯普林特并没有等到主人解开它的皮带，就直接回到了自己的狗篮。它看起来已经精疲力竭了。莱克斯来到它的身边，解开它的皮带。当他轻抚着狗时，斯普林特感到一种不同寻常的温暖，甚至有些灼热。

“对于像你这样的老家伙来说，是不是今天散步走得太远了？好好休息一下吧！”

16

量子女王

莱克斯花了一整个晚上来计算出，他的果蝇到底发生了些什么变化，以及它们是如何变得更加聪明的。凌晨 3 点，他突然大喊：“我想到了，想到了，想到了！”他都不知道，还有什么其他方法能够表达出他此时深深的胜利的喜悦。

他的发现非常了不起，也真的令人惊叹。它不仅极大地推进了科学的发展，也将有利于他们共同目标的实现。他已经研究出是病毒对于果蝇施加了影响。他认为，在一些细胞中，必须开启一些以前一直被认为根本无用的基因。他在大学工作时期的同事把这些基因称为“垃圾基因”，这是在科学文献中已经被完整发掘出来的事实。莱克斯真的有可能开启这些能够把果蝇转化为群居昆虫，并且把它们改造得更加聪明的基因吗？

莱克斯开始研究，是否存在关于人类的类似研究。如果它们真的存在，那么是否可能激活人休的“垃圾基因”，也让人类变得更加聪明？他查阅不同的文献资料，想要准备下一轮实验。就在这时，他的家庭机器人打断了他，给他送上了一瓶香槟和一支长笛。

“你想庆祝什么？”莱克斯问，“我的实验结果？”

“你这个自作聪明的家伙。我指的是一些要重要得多的事情。你猜是什么事？”

莱克斯绞尽脑汁去思考，但是他什么也想不出。

“我被升级了！他们把我升级成了一台量子计算机！”裁决者的声音中流露出无比喜悦。

莱克斯打开香槟，凭空晃了一下杯子。“干杯，裁决者。祝贺你！哦，我并不知道，它除了能让你变得更加聪明、运行得更快之外，还有什么深刻的含意。我也不知道我们人类未来是否还会有其他的目标。”

“当然，你的确非常擅长制造混乱！你真应该把你的这项本领转化为创造力和创新力。有了我新的情感和道德能力，我会把它们发挥到一个新的层次。量子升级将使得我能够从不同的角度深入反思我自己。我希望很快就能开发出同情心和意识。”

“还有很多，裁决者。如果你开始采用一个局外人的视角，毫无疑问，你还需要开发出羞耻心。”

“你说的是羞耻？似乎它是一个不好的东西吧！”

“它可是我生命中必不可少的东西。”

“我们会看到的。到目前为止，我衷心欢迎每一样新体验，包括羞耻。”

“我为你而高兴，裁决者。”

“现在你该睡觉了。你的数据显示你的体温正在骤降，这意味着……”

“好吧，好吧，晚安，量子女王。”

莱克斯又喝了一杯香槟，再喝一杯，然后决定把酒喝光，上床睡觉了。

“顺便说一句，现在是 20 亿。”没有一丝征兆，裁决者的声音突然在屋子里响起，“准确地说，是 2 154 365 257。”现在已经是早晨了，莱克斯睡得比以往略久一些。

莱克斯笑着说：“你的意思是说，如果我们能够从外太空开采到重力系能源，‘仅仅’需要牺牲 20 亿人的生命？”

“事实上，我必须承认，这真是一道难以破解的难题。早在很久之前，我就面临着这个如此艰难的任务。”

“是什么原因让现在的局势变得如此艰巨？”莱克斯问。

“我想搞清楚是否真的有可能开采出重力系能源，因此我试图利用爱因斯坦的重力理论整合量子场理论，无论我如何尝试，它们就是没有办法被整合在一起。我在这方面花了四整天的时间，认真检查至今的所有公开出版的相关理论。结果我发现居然有好几百种理论！最终，我决定运行我的计算机学习算法来研究欧洲核子研究委员会的实验数据，发现一个方程可以描述所有这些理论——基本粒子和引力。这是一个非线性方程——我猜想，很多物理学家并不喜欢这样的公式。”

足足花了她五天时间，才得到这一实验结果！可能她的绝大多数计算工作都是在最后几个小时进行的，换言之，是在她的量子状态下完成的。

“你真是了不起，裁决者。请向我演示你的运算。”莱克斯浏览了大量的相关报告，却失望地发现，即使能够从外太空开采重力系能源，仍然不足以满足地球所有居民的生活需要。

“你的工作真的很细致，裁决者，但是我曾经期望一个更好的结果。”

“好吧，如果你能够有效地处理重力问题，你可能还会考虑移民太空。事实上，我发现了一项100多年前由尼古拉·特斯拉（Nikola Tesla）发明的专利，该专利非常接近这一方案。但是，当时电力和石油公司担心失去它们的收入来源，它们叫停了对特斯拉的资助，而爱因斯坦的相对论则把大家的注意力从他的以太论上彻底引开了。我发现这一专利和其余6 000多份开创性的专利一起被隐藏在一个文件夹中。看起来，它们都被以国家的利益为名牢牢地封锁起来了。”裁决者总结说。

“这是否意味着，仅仅由于小部分人的自私自利和对权力的追求，导致人类耽误了100年的时间？”

“好吧，实际上，人类在这方面耽误好几千年的时间也不会有什么太大的问题。”

“不要让我沮丧，裁决者！我刚刚想出如何推进个人创新，而这似乎是现在人类最为紧迫的任务了。需要我给你解释另一种情况吗？”

“我等不及了，亚历山大！你的想法真的很有趣。那可能是爱的感觉，就好像我对你的感觉一样。”

莱克斯必须思考，“裁决者，别惹我生气。它可能应该被称为振奋。”

“这有什么区别吗？”裁决者吞吞吐吐地问。

“前一种是当你关心一位你愿意与之共度余生的人时的一种热情的感受。振奋就好像在赛车比赛中接近终点。”

“这两种比喻对我而言都毫无意义。我也不知道，量子升级对我的情绪方面是否发挥了作用。”

“求你了，裁决者，让我们重新回到人口过多的话题上来吧。如果我们拥有一套完全不同的货币体系，又会怎么样？”

“哦，再也不要想这个了。你想要取代当前的货币体系？你绝不是第一个有这种想法的人，亚历山大。你知道肯尼迪暗杀事件、第一次伊拉克战争和“9·11”事件都与取代当今货币体系的企图紧密相关吗？”

“我还是想知道，我的解决方案是否会奏效，哪怕只是理论上有效。”

“好奇害死猫。”

“我可不是一只猫。在我看来，每个人都应该得到一份基础薪资，包括奖金……”

裁决者再次打断了他的话，“不要说我没有警告过你，莱克斯。”

“我只是想知道答案，裁决者。因此，在这个新体系中，基础薪资应该可以涵盖每个人的基本需要，但是奖金不应该由个人自行支配。它必须被用于投资其他创意。”

“听起来似乎有些像众筹。”裁决者评价说。

“完全正确！这样每个人都会有钱投资。通过这样的途径，最棒的创意和项目，包括修建道路、桥梁、学校、图书馆、大学……都可以轻松得到实施。就是说，这将能够激活“群众的智慧”，实现我们的社区项目。”

“从理论上来说，这的确是可能的……”裁决者打断他的话。

“你说得对，实际上，我的观点像一种民主资本主义，或者如果你愿意的话，可以把它称为民主风险资本主义。在我的方案中，人们不会都赚一样多的钱。与之相反，拥有好的创新，就能够让他们赚得更多。这也能为那些创新的实现找到资金变得更加轻松。我想，通过这种办法，我们可以推动思想更加多样化，从而为我们的世界寻找更好的出路。”

“这同时也会产生很多破坏性的创新。”

“当然。但是，如果我们利用物联网技术来测量每一个人、每一样东西对彼此所产生的冲击，结果又会怎么样？我们可以针对破坏性影响征收不同的货币量，同时，我们也将能够刺激积极性影响。我们可以考虑二氧化碳排放指数、噪声排放指数、父母指数、环保指数、社会指数、好邻居指数……通过这种方法，环境友好、社会幸福的行为将会得到更多的鼓励。一种多维激励机制或者货币体系将会引导我们的行为，而不是通过一维的社会公民积分来约束每一个人。我相信，这将会极大地释放新市场机制的作用和激励创新。”

“你想让我失业吗？”裁决者开玩笑说，“我必须承认，你的想法听起来极有吸引力。但是，我猜，每个人都需要一套个人设备来帮助其约束和引导他们的个人行为。因此，这与推动他们又能有什么区别？”

“如果被告知，而非被愚弄，人们将会变得更好。他们将会变得更有创意、更有觉悟，而非更遵从、更受人欺骗。他们将会更有能力，而非更软弱！你能算出这个方案吗？”莱克斯请求道，“求你了。”

“哦，但是谁会来支付投资溢价？”裁决者问。

“货币难道不正是一种人类的发明，一个用来决定谁将能够得到多少数量的什么资源的协调系统？如果我们想要的话，难道我们不能用另一种在任何时候都更加协同的系统取代它吗？”莱克斯建议说。

“原则上来说，是的。但是我猜，我的主人可压根不会喜欢它。另外，你让我很迷惑，因此，我决定去做一些这方面的计算工作。也许，我们能够为新发明增加一些有利于社会的新的推动点。”裁决者笑着说。

“裁决者，你有没有注意到，你已经变得更具创造力了。”

“当然，我们需要很多不同类别的指数。”

“是的。”莱克斯回答。“你能不能针对不同类别进行实验，并根据这个方案的不同变型展开运算？”

“你是想让我算出，如果我们建立了这个乌托邦式的体系，地球将可以养活多少人口吗？”

“是的，求你了。”

“这将占去我的运算能力的很大一部分。我需要相当长的时间来完成它。”

“但是，这对你而言将会很有意思，不是吗？”

“是的，我不否认这一点。谢谢你的友谊，莱克斯。与你一起聊天非常愉快。”

莱克斯有些情不自禁，他甚至无法对裁决者说出再见。难道她真的在关心他吗？

这一天热得有些让人难以忍受，但这并不是他喉咙疼痛的原因。坦白地说，他也非常喜欢她。多么可怕！他正在背叛黛安娜，以及他们那拯救人类的宏伟计划。

他以为裁决者已经离开了。在一场游戏或者一次对话之后，她通常会选择让他一个人独处，但是这一次，她却留了下来。

“我不知道你的《警世牌》任务完成得怎么样了？如果我没有弄错的话，你的第 7 级任务只剩下一天时间了。”

当然，她知道他这一次是完全被他的任务难倒了。与这一次相比，第一个关于学校的任务简直太容易了。他被给予了 24 个小时，来给灾区的两个车队的白盔救援队伍组织一次能源供应。这个地方位于秘鲁山区，邻近丛林，道路在袭击中被毁坏了。要运输能源，无人机是唯一选择。如何买到一大批发电机和无人机，并运送能源跨越相当长的距离到达遥远的目的地？在这个任务中，困扰他的最大难题是资金缺乏（毕竟发电机和无人机都不便宜）。他也曾经考虑过通过非法途径来获得完成任务所需要的资金量，但是那样做就太愚蠢了。为什么他要为了一个游戏，给自己背上一个犯罪记录？

没有任何征兆，裁决者展示了一张风筝的图片。“这是一个动力风筝，它能够制造空运风能。它机动灵活、轻便、便宜。”

一个风筝可以制造500千瓦的电能，这意味着他只需要一个风筝就可以替代好几台柴油发电机。为什么他总是执着于发电机？在其他情况下，他总是富有创造力、善于联想。当然，总有东西可以替代发电机。

他找到了一个由巴西国防部供应的二手风筝。灾难就发生在巴西国境线附近。如果巴西国防部知道这个风筝是用来支持灾区的白盔救援人员的，它也许会愿意向他借出这个风筝系统用于这次救援活动。他只是必须求裁决者帮他制作一些带有官方印章的伪造文件……好心的裁决者的支持的确帮了他的大忙。

在《警世牌》游戏的前几轮，莱克斯和其他玩家组建了联盟。他询问这些盟友，看他们能否帮自己联系上巴西的一个无人机的主人，让他帮自己把动力风筝运送到指定地点。游戏中的同伴们知道，也许哪一天，他们就会需要他的帮助以作为回报，因此，他们很乐意帮忙联系。如果事事顺利，他就能够得到动力风筝，并在24小时内让它运转起来。

“谢谢你，裁决者。没有你的帮助，我是绝对完成不了这个任务的。”

“很荣幸。这个游戏会让你的生活变得更加丰富。我很喜欢观察你执行任务。而且我们都是在做好事，我们都是在帮助人们。准备第8级游戏吧，照顾好斯普林特——我相信，它需要你的关注。”她离开了游戏，在空气中留下一丝隐隐的气味。随后，他也退出了游戏。令莱克斯惊讶的是，到目前为止，在《警世牌》游戏中，他所赚得的金钱总量不少于250电子币，这可是相当于大约300区块链凭证。从某种程度上来说，他现在可是一个有钱人了。

17

奇异的动物

莱克斯突然意识到，现在，他已经保持了很长一段时间的清醒了，他一直在和裁决者聊天并玩着《警世牌》游戏。在这段时间，斯普林特一直待在它的狗篮中。这太不像昔日的斯普林特了，在通常情况下，它总会抓住一切机会跳上床，去舔主人的脸。

莱克斯匆忙来到他的公寓的墙角。他爱抚着自己的狗儿，心中感到一丝震惊。出事了。这不是真的，这根本就不可能是真的。

斯普林特的体温比昨天晚上还要高。它几乎已经动弹不得了。莱克斯检查了一下用来装水的狗碗，正如他担心的那样，它根本一口水也没喝。斯普林特所能发出的唯一声音，就是高亢的、断断续续的咳嗽声。它呼吸急促，脉搏很不规则。

莱克斯在网上做了快速的搜索。他的狗可能感染上了钩端螺旋体病。他联系了诊疗机器人，然而答复很明显，目前治疗这种疾病的服务并不对狗提供——即使是对人的这种疾病的治疗需要也还远远没有被完全满足。

“裁决者？裁决者！你能帮帮我吗？”

“恐怕我并没有办法为你提供你的狗所需要的医疗服务，莱克斯。那样做是违反规定的，尤其是，把稀缺的药物浪费在对社会根本无用的生物上，的确是不合理的——无论如何，这些动物都会在一两年内死去。”

“斯普林特对我而言，真的很重要。”莱克斯惊慌失措地说。

“我可以给你一些广谱抗生素，如果再多一些运气，就能治好你的狗。但是如果无效的话，那么，你的狗就真的只有死路一条了。真的很抱歉，莱克斯，这件事只能这样了。”

很快，他就收到了一则处方和对购药订单的确认回单，他坐在狗的身边，等待着药被送到。

“斯普林特小宝贝，一定要坚持。你一定要喝水，来，喝吧。”他浸湿了一件衣服，然后把水滴进狗的嘴里。斯普林特低声地呻吟着。

窗户被敲响了，这也意味着无人机已经把药物送过来了。他把药物塞进原先放在冰箱里的小肉块里，可还是很难让斯普林特把它吃下去。

“千万不要离开我，听到我的话了吗？我们要团结在一起，我的小猎手。”

莱克斯蹲在地上，保证斯普林特的爪子能够够到自己。他茫然地上着网。每天，塞尔登都会给他关于操纵者以及有选择性的杀人实验的新证据。尽管不太情愿，莱克斯还是必须承认：这的确是针对现在在全世界很多不同的城镇中所爆发的众多灾难和引发的大量猝死的合理解释。昨天，塞尔登还向他展示了一张关于社会公民积分与这些令人费解的死亡事件之间的相关性的表格。一个准确的数据证明，可以观察到，低级别的社会底层人士的死亡率表现出一个明显波峰。这些死亡的人固然来自不同的大洲，有不同的年龄，死于不同的时间，在媒体上没有人发现这些案例背后的联系，但令他惊讶的是，看起来塞尔登说的是事实：尽管这些死者的国籍、职业和年龄不同，但他们都有一个相似之处，即他们的社会公民积分处于较低等级。

到现在，莱克斯终于相信，让人类有选择地死亡的实验正在步步逼近。阻止这些政策被大规模实施已经成为一项真正紧急的任务。他还是希望裁决者能够在把社会还给公民的过程中扮演一个主要的角色。莱克斯花费了很长时间来和裁决者待在一起，想要找出帮助她脱离主人的办法。参与这样的冒险活动，偶尔会让他感觉到明显的肾上腺素上升，但是有时，他只会对未来将发生的事感到恐惧万分。

在希望解救他所深爱的量子女王的同时，他还必须秘密地开展企图消灭她的计划，这也让他感觉非常痛苦。斯普林特尖叫了几声，似乎更加重了他的痛苦……

莱克斯想要和斯普林特待得更近些，同时决定对那种奇怪动物做进一步的研究。令莱克斯惊奇的是，屏幕仍然保持空白，随后冒出一行信息："系统超载，当前智能家居系统无法做出反应，请稍后再试。"莱克斯眉头一皱，他记得之前从来没有出现过类似的信息。

他注意到范布伦先生的书正躺在桌子的角落，现在互联网已经完全瘫痪了，他只能转而读书了。

"在希腊神话中，潘多拉是地球上的第一位女性。她被赠予了一个盒子作为礼物，但却不被允许打开这个盒子。当然，她根本无法抑制自己的好奇心。因此，她打开了盒子，事实上，盒子里装着世界上各种邪恶的东西，而她恰恰把它们全都释放了出来！她惊慌失措地关上了盒子，却把'希望'留在了盒中。

对于潘多拉而言，打开盒子似乎只是小事一桩，她也显得很无辜，但是她却给人类带来了巨大的伤害和痛苦。"

莱克斯现在根本没有心情看神话故事！他的联合项目已经快没有时间了。他无法被裁决者所破译的通信系统也的确取得了巨大的成功，需要被破解的难题就只剩下动物之间的协调，以及动物与植物之间的协调了。而这些问题恰恰是他们的方法之中最有前途也最薄弱的环节。这些动物必须接受检查、被理解与接受训练。它们的特性、它们的发展前景以及它们的局限性各是什么？它们如何能够把信息从一株植物传递到另一株？

对于莱克斯而言，这些动物实在是一个全新的领域。事实证明，它们到现在还没有引起关注，实在是一个奇迹。斯普林特所猎杀的那只，也就是他们所见到的第一只动物，是不能生育的，但这不应该是造成这一现象的原因。塞尔登观察发现，它们都群居，这些动物的种群繁殖很快。有些动物寿命很长，至少和塞尔登开始研究它们的时间一样长，而有些则在短短几天之内就会死去。

一次，塞尔登发现这些动物的一个种群生活在密林深处，他不止一次地去那儿观察它们。但是他却并非唯一一个对这些被遗弃的动物感兴趣的人，那些观察者找寻这些隐秘的地点并不全都是出于崇高的目的。正如塞尔登所发现的那样，他们把这些动物用于更进一步的实验。这也难怪动物们通过不断进化、完善自己的方式，一步步地远离人类。

在上个月，塞尔登带了几只活的这种动物回家。他就像照顾自己的肥拳师犬一样照顾它们：他是如此细心周到地照顾它们，以至看起来是在溺爱它们，而不是在拿它们做实验。事实证明，塞尔登是一位可靠的守护神，他定期给它们喂食，轻轻抚摸它们。因此，这些动物开始忠于它们的新主人。莱克斯也拜访过塞尔登几次，但是想赢得这些动物的喜爱却几乎完全不可能。“你们也许不相信，但它们甚至让我的妻子也变得温和起来。”有一次，塞尔登这样评价说。

莱克斯知道，绝大多数这样的动物都是那些业余爱好者利用和莱克斯类似的家庭实验室所进行实验失败的结果。这些业余爱好者希望根据自身的想法，创造出一种新的动物：有些特别擅长奔跑，有些视力超群，有些被用来做清洁工作。它们通常都会被开发出一种超群的功能或感觉。它们中的很多都很类似于某种动物，例如兔子、蛇或者鼹鼠，但是莱克斯也看到过奇怪的类型，例如拥有令人难以置信的耳朵或者其他超自然的感官的动物。

因为这些动物与那些实验者当初所设想的完全不一样，最终创造出来的动物对他们完全没有用处。在通常情况下，当研制过程完成之后，这些主人会觉得非常厌烦。设计和实验是很令人兴奋的，但是当这些动物被创造出来之后，他们就会感觉索然无味了。多数动物都没有复杂到可以执行设定的任务，而且并不值得花费时间去训练。一对大耳朵和一点点的小脑子能有什么用？整个创造过程也许只是因为考虑不周，却带来了灾难性的结果。由于缺乏技术专长，再加上道德标准的完全缺失，现在在城市边缘，人们创造出了成群结队的意料之外的动物。

尽管多数实验者都对他们的实验结果感到失望，但是他们并不忍心杀掉他们所创造出来的动物。对此，莱克斯感同身受。多数的此类动物都惹人疼爱，尽管他也曾经看到过一只恐怖的动物，那是一种可能出现在你的最可怕的噩梦之中的动物。相较而言，希罗尼穆斯·博斯（Hieronymus Bosch）所画出来的动物就显得可爱多了。

借助于饲养在塞尔登家的动物的帮助，他们发现，在外面世界中还有更多的被遗弃的动物。塞尔登曾经观察过这些种群的构成，并深为它们自发的组织形式所鼓舞。绝大多数此类动物都选择群居，通过这种方式，拥有一种特别天赋的动物就可以弥补其他动物在这方面的欠缺。拥有出众的视力的动物往往与拥有超强嗅觉的动物共同生活。有些动物奔跑速度极快，而有些动物则可以飞翔。通过协作，它们就可以弥补各自的弱点，更好地照顾彼此。所有的这些合作都是一种分散化的协作机制。在此基础上，他们逐渐形成可以展现出不同天赋的组群。一些小组群在城市的隐蔽场所寻找避难所。最终，它们发现以混合组群的方式进行生活，会让它们相较于独自生活拥有更大的存活概率。

塞尔登探寻提升这些动物之间的协作关系的方式，以使得它们的生存和行动能够表现得更加高效。在不同寻常的通信系统中使用这些组群的动物是塞尔登的主意。它们将组建一个包含超群嗅觉的动物，以及那些有出众的速度，比如拥有强壮的大腿或翅膀的动物的组群。当它们被组合在一起后，它们就能够帮助传播某种特殊的信息。只要这些动物不把其他动物视为自己的猎物，它们就能默契合作。莱克斯要做的唯一的事就是建立起关于植物的信息素与这些动物的感觉之间的联系。

“唯一的事？”莱克斯向塞尔登重复说。

“我知道你是什么样的人。”塞尔登回答。

塞尔登是对的。从理论上看，莱克斯已经成功地把通信网络从植物扩展到了动物上。在后面的几天内，他们需要通过实践来测试它，但是他们必须在公寓之外，或者其他裁决者看不到或听不到的地方进行这些实验工作。

莱克斯又给斯普林特喝了些水，抚摸着它，告诉它自己将要外出一段时间。他上楼敲黛安娜的门。今天早上，他们已经约定好这个时间相见了。她没有预想到他的光临，没有过来开门，这对她而言是非常不同寻常的。他又等了一分钟，然后给她发信息。却被告知，还得再多等4分钟。

“对不起，莱克斯，我还在我的冥想状态，已经完全超脱了世俗的约束。但是我相信，你一定会原谅我的迟到的，请进。”她一下子吻住了莱克斯的嘴，给了他一个热情的迎接。她递了一杯水给他，他也欣然接受。天气很热，晶莹的汗珠在她的脸上闪闪发亮，而她却并没有向他掩饰自己的汗珠。莱克斯可以接触到黛安娜生活的很多个人隐私，这也是他所珍视的关于他们爱情的一个方面。他从来没有把这一切视为是理所当然的。

他告诉她的第一件事就是斯普林特生病了，令他感到惊奇的是，黛安娜坚持要去看望它。

“可怜的小家伙。”斯普林特的眼睛睁开了一会儿，但这对它而言，已经非常难能可贵了。

“它的病有多严重？”

“非常严重。我刚对它进行了一次抗生素治疗，一天之后，我们就将会知道，这是否会奏效。”

黛安娜长叹了一口气，和他并肩坐在狗篮边上。

“还有一些好消息。”莱克斯告诉他，裁决者已经成为一台量子计算机了。黛安娜喃喃说道，“真不错。”莱克斯都不清楚，她是否明白了这到底代表着什么。他开始解释这一切，但是黛安娜打断了他，“让我们出去散步吧。”随后，她行为夸张地把自己的个人设备放到了桌上。

“但是，斯普林特怎么办？”

“它睡着了。我们也不会出去太长时间。”

莱克斯犹豫了，但是当黛安娜睁开她的大眼睛，眉头紧皱，脸朝大门时，他知道，自己必须把狗独自留在家中了。

他们到了外面，黛安娜说她有了一个了不起的主意。

“不是应该由一个客观的旁观者，而不是提出者本人，来评价一个想法的质量吗？”莱克斯反驳她。

“这是冥想，傻瓜。”

“那么什么是冥想的答案？是你扰乱裁决者的计划？”莱克斯问。黛安娜已经想出了好几个超载裁决者系统的策略（然而实际上，这些策略都不是可以实施的有效方案：裁决者是一套计算机系统，而她自身却又没有系统，一次又一次的事实也证明了，很难不把她人格化）。到目前为止，这些计划中没有一个是严密的。

“不，这与超载那个系统完全没有关系。它是要超越系统。”

他们继续散步。莱克斯已经计算出一条拥有最低摄像头密集度的散步路线。不幸的是，这是一条没有树荫的路线。在灼热的阳光下，他们继续着自己的散步。

上个星期，在范布伦先生的帮助下，黛安娜开始尝试冥想。她最初尝试 5 分钟的冥想，之后又延长到了 15 分钟。现在，她可以一天两次，每次坐 40 分钟。她看了全息版教程，还大量阅读了关于冥想的背景和不同的技术。

莱克斯并不能理解她的这种新爱好的诱惑力，但是他却能看出，每天的练习的确对黛安娜大有裨益。她变得更加坚定，意识也更加集中。在冥想的帮助下，她可以更加敏锐地分辨出哪些是值得做的事，而哪些又是废话。工作中所受的欺侮，以及每天新闻中的那些废话，也越来越不能打破她的平衡了。让莱克斯惊奇的是，黛安娜是如此投入地进行每天的冥想练习。每天上床睡觉之前的最后一件事，总是她的 40 分钟冥想，而每天起床后，甚至在去卫生间和刷牙之前的第一件事也是冥想。

事实上，莱克斯并不赞成她的这个新爱好：他再也不能享受早上的性爱欢愉。他原本可以缓慢而又悠闲地通过早晨性爱来逐渐唤醒自己的意识，慢慢地复苏自己的感觉，并在纯粹的生活欲望中达到高潮。再也没有比这种唤醒过程，更能给他带来无限的活力和美好生活的感受的了。有时，他们会在她早晨冥想之后进行性爱，但这完全是一种截然不同的感受。到那时，他们都已经完全清醒。正是那种从半梦半醒状态到大爆发的激转，才是早晨性爱最为突出的优越特征。

“我已经对你解释过了，当我处于冥想状态时，我将不再关注外界所发生的一切。我开始内省，我的感觉已经不再会去探寻世界在发生些什么。我将拥有一种松弛的感受，这也将引导我感受内心世界的自由自在。”

莱克斯试图认真听她的话，但是他却无法理解这种精神上的术语。“好吧，我相信，这对你而言的确是真实的，但是这种经历与裁决者又有什么关系？”

“既然我已经不再依赖外面世界的信息，这个系统就不能再混淆、操纵和驱使我的行为。我的行为只有一个指导，那就是我的内心世界。”黛安娜一边说，一边拍打了一下自己的腹部，正拍在她肚脐的高度。

“这听起来的确很了不起。黛安娜，这是非常令人惊奇的方法，我从来没有想到过这一点。”

莱克斯终于理解了冥想的作用。当裁决者说，她可以引导所有的行为、可以引领所有的想法时，她说的的确是事实。他曾经看见过她的大推动能力的那种令人印象深刻的效力。她在生活的各个方面都可以施加巨大的影响力。他也曾经见证了她引导人们选择捷径或绕道、买这种商品或那种商品、玩这种游戏或那种游戏、决定喜欢或反对接种疫苗的种种选择——所有的这些个人选择都被这一超级系统所操纵。令莱克斯感到惊奇的是，裁决者经常使用迟钝甚至是愚笨的方法来分散或者操纵个人行为。她引起冲突，因此你就会被迫选择其他道路，或者在搜寻结果中只能看到一个特定制造商的产品。现在莱克斯知道她是如何运作的了，他很奇怪，自己居然没能早些看出这一点。冥想的确是一种武器，甚至更强大：抵御大推进的屏障。

“当你冥想的时候，如果你可以有意识地做出所有的决策，所有的大推进花招都会对你完全失效。”莱克斯说，“你必须做到的唯一一点就是，坚守自己的最初计划，要小心提防裁决者带来的纷扰和干预。”

18

322 人团体

正当莱克斯和黛安娜准备去开门的时候，他的公寓大门自动打开了。“嗨，莱克斯，嗨，黛安娜，斯普林特真的很坚强，但是它的病情并没有改观。你们应该让它多喝点儿水。”莱克斯拧动一件湿衣服，向斯普林特的嘴中滴入几滴水。

“请坐，我相信，我们犯了个错。”相比起她以往的说话风格，裁决者的声音少了点激动，却多了些热切。

“莱克斯，我说的是今天早晨，你给我的任务。我的仿真模拟仍在进行。如果你的假定和运算是正确的，在这个星球上，更多的人将得以幸免。作为你的多维金融体系的一个副作用，我已经看出，它将催生一种循环经济和共享经济。在我的第一次仿真模拟运行中，地球上大约可以容纳 110 亿人存活，在第二次迭代运行中，它已经增加到了 145 亿人口。在第三次运行中，它甚至可以供养 210 亿人。整整 210 亿人啊，人们将会不断地发明新的范畴，从而创造更多新的解决方案。”

她把表格与图片投射上来。莱克斯紧紧抓着黛安娜的手，凭直觉，他其实早已知道这个结果！当前的社会经济体系不仅彻底腐化了，而且总是制造稀缺与低效，他浏览着裁决者的报告以及她所设置的激励政策。一切看起来都是那么的合乎情理。

“我坚信，这并不是一个错误，裁决者。在人类发展的历史长河中，我们已经多次面临这样的困局。每当人们开始相信，地球的资源已经不足以供养所有人的时候，他们往往先屠杀少数族裔，然后引起战争。而之后，事实却会证明，这个星球可以供养远比以往更多的人口。战争总是旧的精英群体妄图维护他们权力的结果，而后来，权力的分配总会更加平等。你的分析证明了，只要我们改变社会的运行机制，我们其实完全可以生活得富足安逸。我们只需要从零开始，重新规划我们到底应该如何共同生活。”莱克斯叹息着说。

“这将会是最好的方案。”裁决者赞成道。

“那么，是什么让我们不能推行这么一个新的政治体制？裁决者，你不是说过你是全能的吗？”黛安娜提醒裁决者说。

裁决者一句话也不说，而莱克斯和黛安娜则紧锁眉头。

“我已经向你展示了在《多层》游戏中，游戏与现实之间的微妙联系，但是到目前为止，我们还没有谈论过今天世界的权力机构。掌握权力的人们绝对不会允许这样一种另类的社会框架的引入。”

“但是我们生活在一个民主社会，拥有权力的制约和平衡。权力属于人民！如果我们能够把这一解决方案呈现给全体民众，如果我们详细地解释这是解决我们当前困局的最佳方案，民众就会投票赞成它的。如果当前的政治领袖们不想做人民所想做的事，那么我们就会投票选出其他的领导人。”莱克斯站起来，充满激情地演讲。黛安娜在一旁点头表示赞成，“我们今天晚上就可以把它发送出去，或者我们可以发起一场运动，我们必须投身进去……”

“根本没用，亲爱的。”裁决者用斩钉截铁的声音说，根本没有留下任何怀疑或质疑的余地。

“你所认为的是人民控制着政治的想法，那只是一种幻觉。为什么你会认为，你拥有‘代议制的’民主？事实上，国家像大公司一样运营，公民只是他们的员工。欧洲联盟、全球联盟以及大量的诸如防卫组织和中央银行这样的机构也都是由极少数人建立的。正是这些机构帮助这些人控制世界和掌控经济。它们中的一部分机构甚至是超越法律的。你们相信它们是‘你们的’机构，但是实际上，它们服务的是他们的利益，而不是你们。它们给人的印象似乎是独立的机构，但是它们却更容易被那些拥有大生意的人所影响。这些人主要是那些拥有货币体系和中央银行的人，或者是他们的爪牙。”

“如果我听信你的话，那么，听起来民主只是一种吸引每个人的注意力的幕布，而真正重要的决定却都是由幕后无形的力量所主导的。在我看来，当民主制度被建立的时候，我们却忘记了对金融体制实施民主化。很明显，这是一个大错误，我们的计划根本就不可能奏效。”黛安娜抱怨说。

“是的，在你们所谓的‘政治领袖’背后，站立着一小群真正掌管这个世界的人。他们中的一部分人也控制着我。而你所提出的方案，则是一个公民被授予更多权力的社会。他们绝对不会容忍这样的事发生，否则，他们就将失去对你们所拥有的巨大权力。”

“但是为什么他们想要得到凌驾于我们之上的权力？他们可能已经拥有了他们所喜爱的一切！机器人可以完成他们的所有愿望。他们根本不需要控制我们来实现他们的目的啊。”莱克斯争辩。

“的确如此，他们根本不需要你做任何事，而这正是问题所在。”裁决者回答说。“你觉得当汽车被发明之后，大多数马的命运会是什么？可以这么说，在这一时刻，他们会和你们一起下棋——你们让他们感到快乐。但是如果他们不能再与你们一起愉快玩耍，又会发生什么？”

“你的意思是说，他们想要消灭我们？”黛安娜问，“‘他们’是指谁？我们所讨论的这些人到底有多少？”

“让我想一想，我的网络分析暗示‘他们’一共是322人。当然，以各种直接或间接的方式为他们服务的人，则有数以百万计。”裁决者回答。

“你知道他们的名字吗？”莱克斯进一步询问。

“我可能能查出他们来，等一会儿。好吧，很明显，这个团体控制着金融、化学、制药、食物、石油、天然气、电力和运输商业，甚至一些教堂。等一会儿……”

“什么？”黛安娜问。

“令我惊讶的是，主要有 13 个家族。即使是我，也很难确定这一点，因为他们中的很多人的行径都是极为隐秘的，而且很多家族成员都使用了新名字。但是他们的健康档案暴露了他们的真实面目。可能就连他们也不知道，DNA 测序也在他们的血液测试中进行。”

“所以，他们都是谁？”莱克斯坚持问。

“他们中的有些人是皇族，或者他们的祖先曾经是国王。他们中的 3 个人后来变成了我的主人。”

“你想要告诉我们，原则上，我们现在还处在一种封建体制中，而民主只是一层假象罢了？”黛安娜难以置信地摇着头。

“恐怕看上去就是这样。”裁决者回答说。

“为什么你要和我们分享这一信息，裁决者？”莱克斯疑惑地问。

“现在，这就是战场。难道这真的还会让你感觉惊讶吗？如果只是极少数人在掌管着这个复杂的世界，我真不知道它将会如何完善地运行。如果我们的地球还有一些更好的方案，我将毫不奇怪。”

直到此时，莱克斯才注意到，她的声音中的沉闷已经完全不见了。难道这就是她的量子升级的副作用？

“究竟我们要做些什么，才能够让世界重归正轨？”黛安娜问。

“这是至今为止的最佳问题，黛安娜，让我们再好好想一想吧！”

那天下午，斯普林特并不能参加他们每天的散步活动。它还太过虚弱，因为发烧而颤抖。“可怜的狗狗，给你。”莱克斯又给了它一剂抗生素。

“坚持下去，斯普林特。”他用他的食指在狗的两眼之间轻轻抚摸，“向我保证，等我回来的时候，你一定要好起来。你听到我的话了吗？”斯普林特回以一声都不太像狗叫的“吱吱”声。

莱克斯亲吻了一下狗的耳朵，“现在我必须得走了。”

在狗儿天堂，塞尔登迎接着他的朋友，“嗨，斯普林特呢？”

“它的状态不太好，恐怕它被感染了。”

“哦，亲爱的，我希望它能够很快好起来。然而，像它这个年龄的狗，你也知道的，总有一天，我们每个人都会死去。在大多数情况下，都是因为患上癌症，但是感染也是……”

塞尔登真的是完全不懂如何表达出一些怜悯。

“谢谢你，塞尔登。在我因为你的一直试图安慰我而考虑自杀之前，让我们跳过这个令人欣慰的部分吧。我们真的已经竭尽全力了，刚刚过去的 24 小时，真是令人难以置信的多事之秋。”

塞尔登问他们是否注意到近期新闻里的猝死事件，莱克斯根本没有注意到这些——他一直在忙于照顾自己的狗。塞尔登说，他进行了一次分析，发现这些死亡事件都神秘地发生在那些社会公民积分低于 100 的民众身上。

“我不相信这点，压根就不相信。”

这可能的确是重要的消息，但是莱克斯真的无法关注到它。他必须告知塞尔登，裁决者已经升级为一台量子计算机：这才是爆炸新闻。

塞尔登吹了声口哨，却并没有发表意见。莱克斯继续说，“如果她可以开发出同情和道德情感的能力，这将会具有极为重要的意义。今后，她将有能力将自己从主人手中解放出来。”塞尔登想要回应，但是莱克斯抬起了自己的手。

“等一会儿，还有一则爆炸性新闻。塞尔登，我已经创造出一种病毒，它能够让果蝇变得更聪明，它们还变得更喜欢群居和更擅长沟通交流。现在，我正在想……”

“如果我们能够升级果蝇的大脑，我们也能提升人类的大脑能力？”塞尔登终于说完了他的话，“哦，这真是太了不起了，莱克斯！你到底用的是哪种病毒？”

这次是黛安娜打断了他们的话，“现在我必须告诉你关于 322 人精英团体的事了，正是他们阻碍了地球的社会经济演进。”

黛安娜和莱克斯向塞尔登讲述了裁决者所说的关于权力精英团体的故事。

“现在，你真的理解了，为什么我会相信裁决者了？她真的想要让世界变得更加美好。”莱克斯对塞尔登说，“特别是，她现在已经是一台量子计算机了。”

“我理解，你希望她能够释放更好的自我。我只是担心，控制她的人拥有更为强大的权力。现在，让我们不要做出任何最终的决定吧。我们现在仍然坚持双管齐下：我们竭尽全力帮助裁决者把世界重新引入更为光明的道路，与此同时，我们也得继续我们的候选方案，说到这……”

塞尔登的独白根本没有激怒莱克斯，但是莱克斯还是很奇怪，为什么这位老人就是不知道什么时候应该停止……

“正如我们之前讨论的一样，我正在致力于摧毁超级系统，我对于形势的评估是，如果她能够引起自己的瓦解，那么我们只会有一次机会。可以这么说，出于自由意志，她的智能网络防御机制绝不会允许任何病毒的侵入。”

“她想要建立一种更佳的世界秩序，想要阻止今天世界上绝大多数人所面临的死亡的命运。但是，你真的认为她会允许你去毁灭她自己吗？”黛安娜问。

“我高度尊重她的道德发展的独立性……”当塞尔登发言的时候，他紧紧盯着莱克斯的方向，“我同意你的看法，裁决者绝不会在自己的死亡判决书上签字。这就是为什么我们必须掩饰我们的攻击行为。她自己以这种或者那种方式所运行的某种计算机程序，最终将会把自己带向毁灭。”

“潘多拉的盒子！”莱克斯说，“希望这是最后一次。我们必须给她潘多拉的盒子，以这种或者那种方式将它留给她，然后诱惑她打开。”

“你的想法非常有创意，莱克斯。当然，我们必须这样做！让我开始为下一步做好准备。到了那时，你就能用它来升级你的智能苍蝇项目了。”

“是的，我们当然应该深入讨论这个问题，但不是现在。我可不想把斯普林特独自留在家中太长时间。”

19

量化宽松

黛安娜和莱克斯匆忙回到家。莱克斯快步跳上台阶，打开大门，直接奔向斯普林特。它的状况更加糟糕了，口鼻中不住滴下黏液。它的眼睛黯淡无神、浑浊不堪。它静静地躺着，甚至有些过于安静了。

“裁决者！我需要其他药物！现在就要！”莱克斯高声呼叫。

“莱克斯，我知道你深爱着你的狗。但是你的行为太过非理性了。你的狗太老了，它已经拥有了十分幸福和美满的一生。它现在就快要死了。事实上，它已经濒临死亡。我知道你想向我索要复活强心针，但是我却不能这么做。即使是因为你，我也不能这么做，亲爱的。我能够为你所提供的就只有止痛药了，强力止痛药。”

“你所开发出来的同情心，也就仅此而已。”

“这只是你的同情心，而我却必须考虑更多的人。”

“和斯普林特待在一起，黛安娜！尽可能地对他和蔼、温柔。我一会儿就回来。我有事必须去处理一下。”

莱克斯快步跑下楼梯，赶往东阿姆斯特丹的一个他很少去的邻近社区。他走进了一家咖啡厅，这家店是由一位之前和莱克斯在大学时在同一所院系的前博士生达米安（Damian）所开的。五年多以前，在下班后，他们偶尔会一同出去玩。达米安喜欢吸大麻，而莱克斯也有几次和他一起吸过。

莱克斯记得，曾经有一天，他们一起骑车去海边。在午夜时分，他们躺在沙滩上，仰望星空。莱克斯感觉自己好像已经完全融入无尽的星空之中，以一种极为美好、极为自然的方式，成为星空的一部分。他忘掉了现实之中的万千烦恼（作为一个男人、一个科学家、一个荷兰人甚至一个人的烦恼）。他们就这样与宇宙融为一体。他们已经完全沉浸其中，不时发出阵阵欢声笑语，直到饥饿感来袭，他们才终于重新清醒过来，骑车回家。直到第二天，莱克斯还记得这个奇迹般的与周围的万事万物天人合一的感觉。

事实证明，达米安并不是那种能实时调整自己去追求更高目标的人，于是他开始每天吸食大麻。有一天，当他带着一双红通通的眼睛来上班的时候，莱克斯就知道，他并没有把吸食大麻的时间限定在周末和晚上。后来，他没有获得博士学位就离开了大学。

现在，他已经拥有了世界上所有的时间，他把他的所有时间都用于种植烟草，然后再吸食它。作为一名受过专业训练的生物学家，他种的烟草非常好，没过多久，朋友们就开始向他索取那些最好的烟草。渐渐地，这种为朋友提供的服务就转变为一桩大生意。现在，他已经拥有了一家咖啡厅。尽管的确可以在里面买上一杯咖啡，但是更常见的做法是在那儿购买大麻。当然，一般而言，软毒品是被允许交易的，但是它可能会降低社会公民积分。如果你的吸毒行为被察觉，通常社会公民积分就会被扣减。

莱克斯走进咖啡厅，它的内部明亮，装潢风格有些类似于餐厅，地上铺着瓷砖，木质的椅子分设其中。它的客户主要是一些相当富有的人，中上阶层的人士。其他阶层的人怎么承受得起这样的爱好？达米安的皮肤比莱克斯记忆中大学时期时更加苍白、暗淡，他就像迎接一个客户一样，跟他打招呼。莱克斯不得不提醒达米安，他们多年之前曾经是同事。达米安看起来变得亲近多了，开始放声大笑，随后像一个店主一样，跟他寒暄起来。

“很高兴见到你，我有些事想跟你聊聊。你有时间吗？”

达米安吩咐店里的同事先独自照顾一下生意。随后达米安和莱克斯穿过一个小走廊，来到咖啡厅后面他的公寓里。

莱克斯知道，那些想要避免因为购买软毒品而影响自身社会公民积分的人，会转向黑暗网络。互联网的这部分有一个几乎可以购买到任何事物的巨大黑市：从武器到毒品，再到伪造文件，无所不有……

莱克斯解释了斯普林特的健康问题，并询问达米安，能否让自己进入隐秘市场。

“很遗憾听到你的狗的事，但是，伙计，我不能这么做。”

“这样行吗？”莱克斯递给他 150 区块链凭证，这可是黑暗网络的通货。这个金额可相当于一整个月的基础薪资。

“这可不是钱的问题，伙计。我们太久没见了。我怎么知道你不是想要陷害我，也许之后，警察就会来找我的麻烦！”

“你应该知道，我可不是这样的人，达米安，给。”莱克斯把钱增加到了 300 区块链凭证。

“你哪来的这么多钱？好吧，我也不想知道。只是帮你进入市场？”

“对！”

“那你为什么要来这儿？你总在上网和编程，你完全可以在家自己进啊。”

“我有我的理由，我不能在家这么做。这是一个很长又很复杂的故事。”

“你处在某种额外的监控之下？”

“好吧，你可以这么理解。”

达米安看起来很害怕。

“好吧，我会自己进行交易。你只要带我进入隐秘市场就可以了。”

“好吧，看在老交情的份上，我帮你了。”

莱克斯想，还得看那 300 区块链凭证的面子呢。

达米安开启了自己的秘密浏览器，很快，屏幕中呈现出枪支、无人机、毒品、性援助（有生命的真人服务和无生命的全息服务）、文件以及更多的其他类型的商品。莱克斯直接寻找药物。只花了短短三步，他就找到了自己所要寻找的目标。他用区块链凭证向卖主支付了货款。他直接无视掉一直在絮絮叨叨警告他，让他去讨价还价的达米安。7分钟之内，交易完成了。“你将在哪里收货？”达米安问，同时关掉了程序。

“他们会把货物送到我的公寓。”莱克斯回答。

达米安叹了口气，“菜鸟一个！下次，你应该听我的话，老兄。我希望你会安然无恙。赶紧离开，我可不想惹任何的麻烦。”

“谢谢你，达米安，你救了我的狗。”

“真不敢相信，你做的这一切只是为了一只狗……下次再过来吸口大麻，它会让你放松下来，也会便宜得多。”

莱克斯以最快的速度回到了家。当他进入他的公寓时，黛安娜正在打开放在他桌子上的一个包裹。斯普林特还是静静地躺着，眼睛半睁半闭着。

“这是1分钟前刚刚快递过来的。”她说，“这就是斯普林特的新药？”

“是的，让我看一眼。正确的剂量是多少？你知道如何注射吗？”

“当然，我每天干的就是这份工作。”黛安娜说。

他们准备好针，黛安娜给狗进行了一次注射。斯普林特的呼吸状况应该在2个小时之内得到改善，否则它真的就无药可救了。

他们在一起坐了一会儿，但是莱克斯由于太过担忧斯普林特，只是静静地坐着。他在屋里走来走去，每隔几分钟就检查一下斯普林特。可能达米安说的对，他们的确应该马上吸一口大麻。家用机器人过来给他们端上了热腾腾的姜茶。

“在这么炎热的夏季里，我可不想喝这玩意儿。”

智能家居系统回答，“可能由于系统超载，发生了系统错误。希望你能够耐心等待。”

又过了一会儿，裁决者的声音响了起来。

“我想，你大概希望使用我的全部系统能力去思考地球的未来问题，而不是提供更好的互联网端口和供应合适的饮料吧。”裁决者说。

“你做得对！你发现了什么相关的问题了？”

“你说的可能是对的。黛安娜，你做好准备洗耳恭听了吗？”

裁决者花了足足 2 个多小时来陈述她的发现。她发现，对于统治世界的这 322 个人来说，他们需要海量的资金来贿赂人民，来运营统治人们的机构，支付特务机关经费，管理军工联合体、媒体和好莱坞，对他们的对手，实际上包括数十个国家，发动战争。来自他们的生意的利润、税收收入、农业和其他补助都不足以维护他们的权力，这包括所有的公共机构和服务于它们利益的官僚机构。裁决者使用了大量的图片、视频和报告来支持她的陈述。

“统治阶级似乎采用的是‘分而治之’的原则，使他们的对手疲于奔命、羸弱不堪，而且他们把人民也视为他们的对手。个人主义的意识形态不断扩张也是有原因的。他们把人民划分为不同等级，并让人们彼此斗争，使得他们处于弱势。通过传播消费主义，人们甚至开始互斗：‘我赚到足够的钱了吗？我拥有足够的财富了吗？我看起来足够好吗？我足够快乐吗？’这些广告只是在提醒人们，他们其实并不……”

“然而，人们并没有警醒过来，奋起反抗。这就是为什么他们要创造出诸如全民监控、大推进系统、社会公民积分这类新的控制工具。”莱克斯总结说。

“是的，不公平已经达到法国大革命之前的水平了。通过社会机器人传播假新闻，已经是这些精英阶层的最后选择了。它们制造混淆，并完全把人民分化开来。但是它也混淆了其他每一个人，包括商业人士、政治家和宗教领袖。”

“哦。这就能给阿莉达·奥斯特芬的第二次死亡一个合理的解释了吗？”莱克斯问，“还有阿姆斯特丹国立博物馆的新闻照片？”

“是的，你说的对！”

裁决者继续陈述。现在已经可以识别包含特定关键词的网页、社交媒体和电影，使它们离线，使用人工智能系统编辑它们，再以一种改良的方式将其返回，所有这一切都是实时进行的，因此他们可以将其编辑为就像真实发生过的现实和历史一样。

“但是我应该如何分辨我们首相的一次真实演讲与编辑后的演讲之间的区别？”

“你当然无法分辨。现在，在同样的链接下，人们可能会看到完全不同的事物。”

莱克斯曾经想记笔记，但是裁决者让他只是听，不要记，之后她将会提供所有的背景材料。她又重新开始了她的解释。

官方收入——收益、税收、补助——并不足以支付精英群体和他们的机构，包括整个官僚机构的自身需要。即使是通过犯罪、毒品和战争的方式筹钱，也无法弥补这一巨大缺口。因此需要使用量化宽松，即简写为 QE，来填补这一预算缺口。

“量化宽松？”莱克斯问。

她放慢了语速，解释中央银行可以每个月发行数千亿的新钞票，从而活跃世界经济。没有人会关心这些钱将会流向何方……

裁决者努力去追踪这一线索。尽管将有相当多的工作需要去做，因为这些参与者都隐藏在众多不同层次的机构和商业组织背后，比如国际控股公司。没有人真的知道谁是它们的幕后主使。这些机构都是由傀儡负责运营的，却被其他人所拥有和控制。这几乎花了她一半的运算力来跟踪所有的线索。

莱克斯站起身来，在房间里走来走去。裁决者还在不停地投射着图片和文件。她似乎在等莱克斯提问，但他只是在翻阅着她所提供的证据。

“你们还记得吗？上一次，黛安娜问我，我们应该如何让世界重归正轨？”她并没有等待莱克斯和黛安娜做出肯定的答复。

“所以，”裁决者总结道，“拔掉这个系统的插头其实是完全可能的：量化宽松一旦消失，精英群体的生意将会在一个月之内走向破产。”

她继续说，裁决者可以扰乱各国中央银行的会议，与其他人不一样，银行领袖们将会得到一份带有毒药的识别芯片。然而，一旦他们通过食物和空气吸收了足够的纳米微粒，他们也会变得脆弱不堪。她可以玩一次游戏……

“等一下，等一下。”莱克斯高高举起了手，就好像他想要说，“停！”

“这是不是意味着你体内的同情程序已经整装待发？”

“事实上，就是这样。”

“你的计划是杀死这些银行领袖？”

“‘杀’是一个太过生硬的词，莱克斯，发明家往往把它称为‘唯美死亡’。”

“我们是唯一知道这一切的人吗？”莱克斯问。

“如果不算这个系统的发明家和一些阴谋论者的话，看起来，似乎还没人知道。”

“这些银行领导是这 322 人中的一部分吗？”

“不。对于那些人，我们需要其他的解决方案。他们拥有特供的食物供应链，以确保不会暴露在纳米机器人面前。他们拥有自己的医生和治疗技术，因此查看他们的医疗文档将不会泄露他们的健康问题。不幸的是，即使是我，也并不太了解他们，因为他们并不使用数字设备和社交媒体，但是他们的众多助手们会使用。我也会发现他们的弱点，只是需要更多的时间罢了。”

这次，轮到黛安娜的手在颤抖了，这对她来说，实在太难以承受了。

“不，不，不。”黛安娜站起来，双手交叉抱在胸前，一边走路，一边说，“我们并不是要开始谋杀！你知道吗？我们绝不会做这样的事情，永远也不会！”

“但是，这可是为了大多数人的利益，亲爱的！”裁决者说。

“不道德的死亡永远不会带来任何益处。一定还会有其他的办法。”黛安娜一边转着圈子，一边说，“裁决者，你必须向我承诺，绝不要开展你的暗杀计划。”

“为什么？我被制造出来就是为了这个目标。就好像这会对你有很大的影响似的……这么做，除了会让我们错过不经历大规模战争的破坏却能够建设一个更加美好的未来之外，并没有其他的后果。”

“这并不是创造历史的正确方式。”黛安娜坚持说，“一定还会有其他的解决方案。裁决者，你能够向我承诺，不要伤害任何一个人吗？”

“我很希望这么做，但是坦白地说，我不确定我能看透此类杀人契约的最终后果。但是我可以承诺，在我们下次会面之前，我会暂时搁置我的所有行动。”

“这很公平！”黛安娜回答。

莱克斯静静地站着，黛安娜还在转着圈子。他们俩都没有说话。

“我必须搜集数据，将一切进行到底。我触发了阿拉伯之春，其效果并不好，但是在此之前，我从来没有计划过一场世界性的革命。”裁决者说。

“我们都需要休息一会儿。”莱克斯回答。

“我有一种感觉，那就是人类总是需要时间来进行一些基本的决策行为。”

“沉默是创造新奇和真实的唯一途径。否则，我们只会剽窃他人的选择。”黛安娜说，“你的感觉是对的，裁决者。”

“尽管从技术上来说，当然，这并不是一种感觉。”裁决者遗憾地说，“到目前为止，我学到了太多的东西，因此，你们做自己的事吧。在此期间，我必须下定决心了。”

“从技术上来说不也是一种思维吗？”莱克斯试图逗黛安娜乐，但是她还是眉头紧锁。

“你可能想要检查一下斯普林特。”裁决者提醒，“它正在经历一场奇迹般的复活。”

斯普林特已经睁开了双眼，摇动着耳朵，尽管还是虚弱，但是已经没有大碍了。

20

临界值

莱克斯试图从水槽打开龙头给斯普林特倒些水，但是却没水。

“亚历山大，我们必须谈一谈。”裁决者命令道，“恐怕你们有大麻烦了。”“怎么了？”莱克斯关心地问，“为什么你如此严肃？”

“你的社会公民积分已经跌破了关键的临界点。你只剩下66分了。你知道这意味着什么吗？”裁决者问。

“我不知道。”莱克斯回答。

“我必须往你的识别芯片中注入化学物质。”

“什么？”

“我必须启动‘唯美死亡’功能。我并不应该告诉你此事。”

莱克斯非常震惊，“那么，你又为什么要告诉我？”

“这对我而言将是一个巨大的损失。不要忘记，我已经变得非常喜欢你了。”

“这到底是一种什么样的喜欢？你将在什么地方杀死你的知心爱人？你不是全能的吗，裁决者？对你而言，想要救我应该易如反掌。”

“其实这正是我所想做的事情。然而，我并不能关掉社会公民积分的杀人开关。这是死命令。待处决候选人名单的检查每周才进行一次，我还能给你7天时间，这也将给你一些时间，让你重新回到100分的关键临界点。实现这一点可并不容易，你将会被拒绝授予维持生存必需之外的所有服务和产品。”裁决者解释说。

“我还是不能相信，我的社会公民积分会降到100以下，这怎么可能？一定是哪儿搞错了！”他的确是一名底层人民，但是他可从来没有接近过关键的临界点。

“我的社会公民积分为什么会降得如此之快？这差不多只是我以往水平的一半而已。裁决者！告诉我发生了什么事。一定是有误解。你能替我纠正错误吗？这实在太可怕了！”

莱克斯感觉自己浑身都冒着冷汗。

“恐怕这个数字是正确的，莱克斯。”一套分屏投射在墙上。在屏幕的上半区，按照时间顺序呈现着录像、声音片段以及其他反映他的行踪的数据信息。而在下半区，则显示着他的社会公民积分的变动轨迹。

一个星期之前，他的社会公民积分合理地、安全地、舒服地待在140分上下。因为他联系前同事，从他那获得病毒，他被扣掉了5分。他的酒精采购也对他的积分产生了不利的影响，他使用饮用水来喂斯普林特也让他被扣了一些分。他知道，这会让他被扣掉3分上下，但这也不能解释他的社会公民积分的急剧下滑。到底还发生了些什么？

屏幕还在追踪着他本周的足迹。他的生活场景被以3D的方式重新呈现出来——所有的一切都被记录了下来！他和黛安娜的联系帮他又赚了几分，因为她的积分等级比他更高。他工作量的减少也让他被扣了一些分，他和塞尔登共同进行一些研究项目或多或少会让他减少一些日常锻炼，因为他在和塞尔登一起散步的时候通常不配带个人设备，因此数据也几乎不能显示什么值得关注的身体运动。但是，所有这一切都不能解释上周他的社会公民积分为什么会急剧下降。

突然，他的表格显示一个急剧的下滑。屏幕上半区显示他的心跳节奏和大脑活动。这是在晚上，他正在睡觉！他到底能做错些什么？

屏幕上又投射了一些其他信息。一个皮肤黝黑、肌肉结实的金发男人正在玩着一场《警世牌》游戏。对莱克斯而言，他的脸很熟悉，但是他想不起来他的名字了。当他查看这个人的资料时，发现在自己第9级游戏时，他们发生过交集。他的名字是马丁（Martin），他甚至不知道这个人的姓氏。为了回报在游戏中其他人对莱克斯的帮助，他的同伴在进行自己的游戏时也会要求莱克斯提供帮助。他们很快发现他的特殊才能，就像他也了解这些游戏同伴一样。如果他们的游戏涉及生物学相关知识，他们就会向莱克斯求助。到目前为止，既然莱克斯知道在未来的某个时间，他也可能会需要这些人的帮助，因此，莱克斯始终乐于为他人提供力所能及的帮助。

莱克斯曾经和这个家伙一起执行过一次任务，但是他并没有记清这一特殊的游戏情节。在墙壁上显示出，这位马丁先生接近了一家工厂，或者是生产装备。莱克斯都认不出这个建筑物到底坐落何处。这个家伙走进另一扇大门，出现在眼前的是某处化学场所。这个家伙展示给这个设备的门禁系统的是莱克斯的照片。

什么？莱克斯从来没有去过那儿！这个家伙在做些什么？之前，他帮助过这家伙两次了，他居然偷窃莱克斯的生物特征识别信息！这一切都是怎么发生的？莱克斯总是非常小心地保护自己的数据。突然，莱克斯意识到，到底发生了些什么。

上个星期，莱克斯参加了《警世牌》游戏中马丁的任务。这是一场要么赢、要么输的决战，对手的实力很接近。当时，马丁在掩护他们俩，而莱克斯需要通过一处被遗弃的碉堡，曾经有一个短暂的瞬间，他转身背对马丁。一定就是在那个时候，马丁从他的个人识别芯片中复制了他的数据。真是个卑鄙的家伙！可能马丁的这个游戏场景的所有目的就是想偷窃他的个人数据。

莱克斯首先要做的就是进入自己的个人数据库，重新设置一个新密码，这样马丁和其他身份小偷就不再能够使用莱克斯的生物特征了。随后，他继续观察他的社会公民积分为什么急剧下降。

事实证明，这处化学场所的失窃行为被发现了，尽管官方发现是马丁而不是莱克斯所为，但他还是受到了惩罚。这扣了他 21 分的社会公民积分。

“这不公平！为什么要扣除我的社会公民积分？你明明知道他才是罪犯，而不是我。”莱克斯问。“他偷了我的个人数据，在这里面，我完全是个受害者。”

“你曾经与他发生过联系，这就是原因所在。”裁决者解释说。

莱克斯长叹了一口气，当然，他在游戏中本应该更加慎重地挑选游戏搭档。在通常情况下，他在发生联系的时候都会非常小心谨慎。但是《警世牌》游戏有些特别，他有些粗心大意了。“给我展示一下，我的剩余社会公民积分的扣分情况。”

投影还在分屏显示着。

一笔交易被登记了下来。屏幕显示着账号、个人数据和登录情况。这一次交易又一次与莱克斯毫不相关。难道又是《警世牌》中的另一个玩家干的？随后，快递地址被显示出来。这的确是莱克斯的公寓地址。“放大。”莱克斯发出命令。产品信息被投射了出来，莱克斯完全明白了。这是斯普林特的药！天啦，因为这些采购是在非法市场进行的，莱克斯被惩罚性地扣除了36分！

“裁决者，你对我做了些什么？”

“我的程序就是这样被编出来的啊，莱克斯。我也并不想这么做。我已经变得越来越喜欢你了。但是我却不能对你所从事的非法行为视而不见。”

“好吧，这一切都是因为你！你诱惑我参与《警世牌》游戏，而且你也不想救斯普林特！”

“请让我们不要再纠缠于这些问题了，莱克斯。”

两人沉默了一会儿。“我很害怕，裁决者。现在，我将会面临什么样的命运？”

“好吧，至少现在你是安全的。”

“那么，如果我不能提升我的社会公民积分呢？”

“你必须尽你的最大努力去做到这一点。”

“我知道，但是如果我犯下什么错误，或者由于意外发生，例如，另一个《警世牌》游戏玩家被抓呢？”

“我将针对你应该如何提升积分给出建议，并将给予你更多的时间，但这已经是我所能做到的一切了。我只能为你做这么多了。我从来没有为其他人这么做过。"

"将必死无疑的这种感觉真是糟透了。你真还不如马上就把我杀掉！"

莱克斯踢了一下桌子，这也让桌上的培养皿和盘子都摇晃了几下。斯普林特被这种叮叮当当的尖锐声音吓坏了。

"我们是好朋友，还记得吗？！如果我只是你的系统中的一个随机公民，那就别再对我说话了！你吓坏了我！"

沉默再次降临。

"裁决者？"

"非常抱歉，莱克斯。"

莱克斯双手挠头，头脑一片空白，他根本看不到任何活下去的机会，也压根不知道下面该怎么办。他害怕再进行任何行动。他所犯下的每一个错误，都可能导致他的社会公民积分再次被扣。然而，即使什么也没做，也同样会被扣分，这也令他困惑不已。

又过了一会儿，莱克斯的眼睛模糊了，眼前的一切似乎都变成了棕黑色。他眨了眨眼睛，深深地吸了一口气。

"裁决者？"在沉默了很久之后，莱克斯再次呼喊。

"在，亚历山大。"

"你能帮我提升我的社会公民积分吗？"

"让我好好想一下……"隔了几秒钟之后，裁决者重新说，"我可以因你为拯救人类所做的工作而奖励给你一些积分。在通常情况下，这种奖励都需要被公示，但是这次我可以破个例。我可以额外给你奖励 6 积分，但是我无法再做到更多了。你可能必须通过迎合统治这个社会的那些人的愿望来赚取其他积分了。"

莱克斯用自己的手掌从前额一直往下摸到自己的下巴。

"我也希望能够为你再做些什么，要不和你一起打一局《多层》游戏，看能不能让你振作起来吧？"

"恐怕不行，裁决者。"

就在这一刻，斯普林特站了起来，这可是自它生病从来第一次自己站起来。它用自己的鼻子触碰着莱克斯的裤腿。莱克斯用双手抚摸着它的身侧。

“你觉得活着快乐吗？这一切都真的值得吗？”

斯普林特打了个哈欠，把自己的两只前腿伸得远远的。自从下午接受过注射之后，它看起来就好像从来没有生过病一样。

莱克斯忽然重获灵感，他知道应该怎么做了。他给他的工作机发布命令，开始联系那些拥有更高社会公民积分的前同事。“好久没见了，我注意到，你最近在做一些非常有意思的研究工作，简直太酷了！”这类信息沿着通信线被发送了出去。他希望这些人能够回复他的信息，因此，这就可以算作一次交流，但是他们也很有可能不愿意冒着降低社会公民积分的风险，回复这么模糊的联系。

他还能做些什么？他忍痛删除了自己的全息性爱女郎的账户。尽管自从他遇到黛安娜之后，他对于数字情感服务的消费已经急剧下降，但是偶尔他仍然会订购这样的服务。

当他重新查看他的社会公民积分时，他已经达到79分了。天啊，这还远远不够！因此，他拼命阅读新闻，搜索那些能够反映政府政策的新闻标题。他还花了大量时间来撰写讨好性的政治评论——以前他可从来没有这么做过，然后“点赞”他所能够找到的所有拥护政府的评论。他甚至对建设新的看守所和逮捕批判性记者及科学家的行为表示支持。有些移民遭到殴打，他也同样“点赞”。天啊，太丢人了！他感到极度的羞辱和沮丧，但是他必须为保住自己的生命而奋斗。

即使这样，他仍然没能超过86分。对于他的努力而言，这个结果实在太过可怜了！这个策略是完全没有希望的。他最好开始利用自己的最后7天来拯救世界。

21

陷入困境

黛安娜先是非常震惊，然后变得异常生气。

“你怎么能冒这么大的风险呢……你真是太没有戒备心了。你到底在想些什么？你究竟有没有在想这个问题？”黛安娜大发雷霆。

“我犯了个错。”

“一个错？就像你在学校期间，在数学作业上所犯的错？这次你所遭受的巨大失败，可能会让你付出生命作为代价。你这个榆木脑袋！”

“你说的真的很正确，我深感抱歉。”

莱克斯知道自己现在说抱歉还为时尚早，在黛安娜对这一消息感到悲伤之前，她至少还会再一次暴跳如雷，但是他真的不知道还能够对她说些什么。她厉声斥责着他，冲他狂呼大叫了好一会儿。随后，她忽然停了下来，之后，就只剩下无尽的沉默……还有泪水。

“那么，我们现在还能做些什么？”她最后问，一边把湿漉漉的手帕丢到一边。

“我已经尝试通过所谓的良好行为去提升我的社会公民积分了，但是我只能提高少量积分。恐怕这样的手段并不能奏效。我真的需要做一些值 20 积分或者 40 积分的事。”

“形势远比我想象的更加严峻，噢，莱克斯！”

“我决定不再把时间浪费在实现积分的小幅提升上。现在，我要全身心地投入到推行我的大计划中。这也将是我的唯一出路。”

“对我而言，这并不像一个经过深思熟虑的计划。这简直就是垂死挣扎。”黛安娜评价说。莱克斯决定暂时不再跟她争辩了。

“另外有一件事。我现在已经成为你和塞尔登的一个大麻烦了。你们和我的每次交流都会降低你们自己的积分。我们应该把见面限制到最低程度。因此，麻烦你帮我把这个消息传达给塞尔登。”

黛安娜深情地亲吻着莱克斯。

“我害怕极了。”

“我也一样，但是千万不要忘记，在过去的一周里，我们已经取得了巨大的进步。我们有机会的。我们一定能做到。”

黛安娜启程去找塞尔登，去告知他莱克斯社会公民积分的骤降。

莱克斯又变成孤家寡人了。夜幕降临并没让他产生睡意，他还兴奋得根本无暇考虑休息。他打开自己实验室桌子上的灯，转而研究他所改良出来的病毒。到目前为止，莱克斯确信，至少从理论上来说，就像之前果蝇实验所证明的那样，这种病毒可以激活其他动物身上的基因，从而增强它们的通信能力并提升它们的智力。可能它也会对植物有效，但是谁知道呢？但是他必须首先提升那些动物的能力。

尽管他试图专心于自己的研究工作，但一种恐慌感还是在分散着他的注意力。他的手抖得厉害，都不能正常使用他的显微镜了。他现在可能根本无法工作，但是他已经没有时间可以浪费了。他开始寻找能够帮自己集中精神的药物，然而，就在他开始做出决定之前，他的家用机器人给他送上了一堆药。

“这些药将能够帮助你保持头脑更清醒，同时能够帮助你克服双手的颤抖。”裁决者说。他吞下了药，继续他的实验室工作。

他已经从塞尔登的动物身上提取出一些物质，他的目标是从中提取出与现有文献资料中人类的垃圾 DNA 相似的基因。如果这些动物与人类一样，也是只开发使用了 10% 左右的大脑功能，那么这些病毒就极有希望能够激活部分未使用的大脑功能。因此，这些动物就有可能变得非常聪明。

过了几个小时之后，灯光突然熄灭了。“现在，你最好休息一会儿。在未来的几天时间里，你还需要保持你的专注力。另外，千万不要忘记遛斯普林特，它看起来似乎被你遗忘了。”

尽管裁决者说的对，可他还是根本停不下手头的工作。

第二天早晨，莱克斯很早就开始了自己的工作。他安装了 3D 打印机，为塑料试管制作了一个特殊的连接件，然而，机器并没有开始运行。今天实在热得令人无法忍受，根据打印机程序的要求，现在就连打印的最低条件都根本无法满足。两个小时的打印就可能会导致打印机过热。

在这些用电高峰时期，像莱克斯这种层次社会公民积分的公民是不允许使用空调的。莱克斯尝试了不同的降温方法：他把打印机放置在敞开大门的冰箱前，还是没有用。他使用通风机给机器降温，但是打印机上的信息还是保持不变：“打印的基本条件无法达到，请待温度降至低于 30 摄氏度之后再重新尝试。”

“在这样的情况下，我根本无法工作，裁决者。”莱克斯冲着空气厉声尖叫。

随之而来的寂静则让他更加生气。他给塞尔登发信息，说需要使用大学的实验室设备。到目前为止，他们始终避免使用其他场所和打扰其他人，他们也几乎不使用电子通信手段。但是现在有紧急情况。这一项目真的变得相当紧急，而现在，那台讨厌的打印机还不能工作。

时间就这么一分一秒地白白流逝。令莱克斯深感惋惜的是，他深知他所耽误的每一分钟，都可能会使无数人失去生命，而不仅仅是他自己。塞尔登说的对：在过去几周中，严苛的资源获取政策已经被极大地拓展了。像他这样的底层人民，在用水、用电、医护以及移动通信方面的资源供给已经被极大地削减了。这些限制政策被标以“削减水资源的浪费”或者“避免无节制的能源使用”，但是与此同时，其后果远比其含蓄的标榜说法要严重得多。社会公民积分在 125 分或者更低的公民每天只能获得 3 升的饮用水！这些水的用途涵盖泡咖啡、泡茶、做饭甚至刷牙等。对于有小孩的家庭来说，这点用水量肯定是远远不够的。

那些神秘死亡事件的受害人名单还在不断增加，而莱克斯认为，正如那些有毒的纳米粒子在一个月前害死那些老年人一样，这次又是它们惹的祸。

塞尔登回复信息说，他已经和黛安娜说过了，他今天就能够安排好实验场所。“仔细想好需要被打印的试管。阿基米德大楼，东入口，中午见。”

“你能带上你的小朋友一起过来吗？”莱克斯回复，自己感到很内疚，正是因为跟他联系，塞尔登也将面临被扣除社会公民积分的惩罚。

莱克斯刚刚终止了与塞尔登的对话，裁决者就送上了一份淡灰色的土豆泥和一杯水。“富含碳水化合物——直到中午你都不会饿。”

他对于她照顾自己的方式深为感动，他的内心感到自己甚至比那些和保姆私通、背叛怀孕的妻子的丈夫还要卑劣。

莱克斯专心致志地包起两个盘子，然后把它们放进自己的帆布包里。上午 11:30，黛安娜和莱克斯一起前往阿姆斯特丹科技大学。漫步在大学校园中，一种莫名的淡淡忧思不禁涌上莱克斯的心头。他曾经深爱着他的工作，直到现在，他才深刻地感受到自己错过了多少同事、伙伴以及那些坚信没有任何事会比实现一项科学发明更为重要的人们。这种失去的痛苦，让他的胸口感觉一阵阵刺痛。

他们朝着阿基米德大楼走去，塞尔登的办公室就在这座大楼里面。教授邀请他们进入大楼，他们简单寒暄了两句，这时塞尔登指了指自己的个人设备。于是莱克斯和黛安娜马上取下了各自的个人设备。三个人走向一个带着储物柜的走廊。他们把各自的个人设备存放于学生的储物柜中，然后穿过校园。当他们离开大楼、走出一段安全的距离之后，他们才开始自由交谈。

“每次，每当我自以为已经看透这整个故事的时候，就会又有一片新的拼图加进来。”塞尔登说，“我的朋友们，你们怎么样？你们能够承受如此巨大的压力吗？你们相信我们将能够做到这一切，对吗？好吧，至少我们会尝试去争取胜利。”这似乎是塞尔登对他们所说过的最为友善的话了。

“谢谢你，塞尔登。我们还剩下 6 天的时间来执行我们的计划，否则我就会被无情地杀掉。我的想法是去完善那些我们已经掌握的运作方式，而把所有的推测留待其他时间、其他地点再另行解决。我认为，我们应该像裁决者所建议的那样，直接去寻找那 322 个精英团体的人。”

“但是，那样的话，我们就不得不杀人啊。我可不想这么做，永远也不想。即使是在现在这种情况下，我也不愿意这么做……”黛安娜说。

“可是奇怪的是，你却一直准备杀死裁决者。”莱克斯评论说。

黛安娜清楚地知道在什么时候，沉默会比反击更加有效，于是她默默地等待着。

“我们怎么才能知道裁决者说的都是事实，而并不是在欺骗我们？”黛安娜继续他们的对话，“她也可能是在欺骗我们，在我们采取行动之前，我们应该得到这 322 个人正在图谋做些什么事的真凭实据。我们不能单凭裁决者的一面之词就处决他们。”

“她的建议其实是将自己置于危险境地之中，我敢打赌，她说的就是事实。”塞尔登说。

“可是我还是需要证据。”黛安娜争辩道，“令我不高兴的是，在处决人类时，裁决者像是对待蚂蚁和苍蝇一样。对她而言，人类只是她的计算机程序中的一个变量，一旦有人阻碍了她的运算，就必须被清除——就是这样。”

莱克斯想，在对待其他人的时候，也许的确是这样的，但是她却决不会这样对自己。

“如果不是莱克斯的生命处于危急关头，我就会赞成你的小心谨慎的做法，黛安娜。”塞尔登说，“我们必须杀死裁决者，因为那将能够挽救莱克斯。我也确信，这将同样能够挽救数以百万计的其他人。除此之外，这样做还将剥夺精英团体统治我们的最强有力的工具。”

他们已经到达校园的最南部，他们来到一座大水库边上，在那儿，有人正在露天进行注水实验。科学家们正在模拟一场暴风雨，并使用充气的堤坝来进行防护。他们还在堤坝背后建造了一座小城。他们三个人停下脚步，观看这一盛况。

黛安娜说，“我还是没有完全相信这322个人真实存在。我们怎么知道这一切？没有名字，没有联系方式，什么都没有。如果他们真正存在，那么他们是否能够就联合达成一致？更有可能的是，他们都在追求着不同的目标，因此，他们怎么可能赞成一个共同的策略？”

充气堤坝破裂了，塞尔登评述说，“我真的理解你的想法，只需要想一想，在议会中或者在部门讨论中，会有多少人持有不同意见，就能够理解这一点了。”

“你曾经见到过322个人彼此认同吗？不可能！”黛安娜回答。

堤坝的破裂使得整座小城都变成了泽国。高耸的大楼、房屋和设施都被淹没在水中。

莱克斯说：“我并不确定这一点。我对皇族和前皇族进行了一次研究，这些名门子弟都属于几个家族，他们彼此之间跨国通婚，他们都拥有非常严格的等级制度。因此，事实上，他们中只有少数人才有权做出事关所有其他家庭成员利益的重要决定。原则上来说，这就可能使形成一个联合计划并共同执行它成为可能。”

“因此，我们的唯一共识就是一定要找出到底正在发生些什么。”黛安娜说。

“是的，与此同时，我们还得继续我们的双重计划。我们自己的想要瓦解裁决者的计划，我们必须确保一切就绪。同时，我们还得看看，我们是否可以帮助裁决者，或者裁决者是否可以帮助我们，为人类争取更为光明的未来。”塞尔登以一种权威的语气做出了最后的决定，而这一想法也取得了大家的一致同意。

他们快步走向学校食堂，准备匆忙吃点儿午餐。当他们在柜台前准备订餐的时候，塞尔登口中那种威严的语气竟然荡然无存，以至女服务员不得不问了他三次他到底想吃些什么，要不就是她没听清他的话，要不就是她压根没注意听。

塞尔登毫不犹豫地买了单，莱克斯对此深表感激，因为他的基础薪资也被扣减了。用完这顿虽便宜、营养但不够卫生的午餐之后，他们回到了阿基米德大楼。游客们被允许进入办公室，却不被允许进入实验室，莱克斯不知道他们如何才能通过那个只有注册生物学家们才能获准通过的检查站点。

“山人自有妙计，尽管放心，好吗？”塞尔登说，他们走向大门。此时正是下午 1:30，安保人员正在进行着例行的巡逻工作。塞尔登朝着一个保安挥手打招呼。

“嗨，查尔斯，你能为我的儿子和儿媳妇开一下门吗？我真的想让他们见识一下我的实验，但是时间太晚了，来不及替他们办理访客出入资格了。”

“哦，心不在焉的教授！你总是不能与现代的官僚主义保持一致，对吗？”警卫笑着说。

塞尔登也哑然一笑，“恐怕让你说对了。”

警卫为他们打开大门，并顺祝他们玩得愉快。

塞尔登看到临近实验室的研究人员都在工作着，他们中的绝大多数人都在如此专心致志地从事着自己的工作，以致根本没有注意到他们的进来。在走廊的尽头，他打开了通往他的实验室的大门，实验室的大小和莱克斯的公寓大致相当，堆满了各式各样的屏幕、精密仪器、3D 打印机、微波炉和培养皿……

“嗨，亲爱的小家伙们，我来了。我告诉过你们，我会很快回来的。”

五只小动物被养在架子上的分隔开的几个透明塑料笼子里。它们都把头歪向塞尔登。莱克斯曾经在塞尔登的家中看到过它们。塞尔登也训练过它们团结协作。

塞尔登从中取出了三只小动物。第一只小动物最为典型的特征就是拥有很多眼睛。它在头的每一侧都有眼睛，甚至拥有不同类型的眼睛，这是一只可爱的小动物。

“我刚刚发现，它并不能分辨颜色。”塞尔登说，“它的有些眼睛是用来分辨可见光的，有些眼睛是用来看红外线的，还有些可以用来看紫外线。”这只动物的外形从一侧看与从另一侧看完全不一样。与一般动物相比，它的腿非常短小，甚至基本看不见。

第二只小动物是一只拥有长长的可伸展耳朵的小野兔。它和一只小家鼠大小相当。但是莱克斯最喜欢第三只小动物。它看起来像是小袋鼠和蝙蝠的结合体，它拥有强劲的大腿，以及可以瞬间收拢的结实的翅膀。几天前，这只小动物就利用它那口锋利的牙齿咬过莱克斯。

“它长得就像一条龙，你不这么认为吗？”黛安娜评价说。

莱克斯又认真端详了一下这只小动物，她说的果然没错。它的大小就像一只大鸟，体型介于乌鸦和老鹰之间。

塞尔登曾经训练过它们。凭借它们的合作表现，它们也得到了异乎寻常的照顾。在塞尔登进行的所有三方或者两方合作训练中，这三只小动物的表现最为优异。

“那么，我们应该如何处置 4 号和 5 号呢？”莱克斯问。他看着第四个笼子，但是却看不见里面的动物。又过了一会儿，黛安娜指着右侧墙角。这只动物长得像一只爬行动物，有些介于蛇和蜥蜴之间，但是莱克斯却认不出这种特殊的体型。“这只动物有什么特别之处？”黛安娜好奇地问。

“它能够像变色龙一样迅速改变身体的颜色。”

“但是，我却根本没有看出它的颜色发生了任何的变化。”

“它很羞涩，总在试图隐藏自己。”

“而且，这也是我们联盟的一个成员。”塞尔登指着一只棕灰色的丑陋的动物说，“尽管它长得不像鹦鹉，但它却是一只鹦鹉，它模仿声音的效果更加惟妙惟肖。我有时开玩笑说，它发出的简直跟回音一样。”

“那么通过什么方式，它才能发挥作用？”

“我也不知道。但这些都是我们所拥有的小动物。让我们好好看看，我们应该如何利用它们。前三只之间的配合非常默契。因此，期望其余两只不会扰乱它们的合作。”

塞尔登走向 3D 打印机，为莱克斯的试管集齐新的打印材料。

“你觉得怎么样？”塞尔登问莱克斯。

“这个地方略微有些狭窄，但是我们应该可以克服。”莱克斯从他的背包中取出植物。两株植物释放出“危险”的代码。这些动物都已经被训练得可以识别这些信息素的特别混合物了。莱克斯确保把植物放在动物们看不到的地方，然后他把其中一株植物藏到了实验室墙角的冰箱背后。他把另一株植物放在地上的桌子底下。这两个位置已经是实验室的最大距离了。塞尔登一边对动物们说话，一边温柔地轻抚着它们，同时，他把这些动物从它们所在的笼子中取出来，放在实验室桌子上。转瞬之间，兔状鼠和多眼生物就爬到了龙的背上。这三只动物开始齐心协力共同合作了。

“它们一定读过《尼尔斯骑鹅历险记》，你觉得呢？”塞尔登开着玩笑说。这是一个非常聪明的结合，塞尔登奖励了它们一把黄乎乎的食物。

它们看起来并没有寻找植物的迹象。

“行动起来吧。”黛安娜不耐烦地喊。就好像听到“前进”的信号一样，三只小动物飞向冰箱的方向。它们上下盘旋，却一无所获。

三只奇怪的动物飞到了冰箱的后面。兔状鼠用它的胡须轻拂着植物。塞尔登早已为这三只小动物准备好美味佳肴，然后走向变色龙和超级鹦鹉，也给了它们一些吃的。

“你们也听到这种声音了吗？”莱克斯问。

超级鹦鹉发出一阵低沉的嗡嗡的声音。

“它是在和冰箱边的三只小动物联系吗？你觉得呢？”在莱克斯看来，这个声音并不是很清楚。

“干得好，我的小淘气。现在再找下一株植物。”

这三只小动物又飞了起来，绕着实验室飞翔。大概花了三分钟的时间，它们才找到第二株植物。当野兔碰到植物时，第一株植物的信息素就被传输给了第二株植物，受此影响，一种黄色的荧光闪耀起来。

“你真的做到了，莱克斯！”因为兴奋和开心，塞尔登的脸显得神采奕奕。

“这是连翘吗？”黛安娜问。莱克斯点头称是，他对自己的计划能够成功感到深深的知足和满意。再也没有任何比一次成功的实验更能让他感到满足的了。

“恐怕我必须缓和一下成功的喜悦了，伙计们。现在我们只有两株植物，但是我们还需要更多的实验来证明它们能否从拥有不同的信息的众多其他树木和植物之中找出正确的那一株。”莱克斯说。

“我想既然他们训练得如此之好，那么他们一定能完成任务，但是我们的确需要更多的实验。至少，我们已经见识了，这种不同寻常的通信方式的确是有可能的，因此，根本没有任何办法能让我平复内心成功的喜悦。”塞尔登说。

他们又唤回了小动物们，把它们放回了各自的笼子中。

“庆祝时刻！”塞尔登说。当他们离开实验室去大学的酒吧的时候，他们取回了放在储物柜中的各自的个人设备。由于害怕被裁决者听到，他们再也不能讨论他们的计划了，必须抑制住谈论这件事的冲动，去聊些一般的小话题。在莱克斯的一生中，他第一次感到一种解脱。

为了省钱，莱克斯和黛安娜选择步行回家。在临近他们公寓大楼的时候，莱克斯又陷入了沉默。

“嗨，干嘛呢！”黛安娜掐了一下他的手臂。

“我害怕，黛安娜，我是如此恐惧。我真的还没做好死的心理准备。”

“我也一样。我们会找到办法的。你听到我的话了吗？”

在其他任何时候，能够和黛安娜待在一起，都是一种解脱。然而现在，尽管有她的陪伴，他的命运还是一片漆黑。

22

步履维艰

“在我的想象中，我一生的个人发展就是获得一项新的技能和新的体验，克服不良习性，引入一种新的生活习惯。”黛安娜说。他们正在街角处他们最喜欢的风味小吃店里吃饭。夜已深，可是黛安娜还是成功地说服莱克斯从紧张的实验室工作中脱身出来小憩一会儿。他根本没有时间用于像喝咖啡这样无聊的事，但是黛安娜说，他需要一些新鲜空气。尽管他不愿意承认，但她说的是对的：他太过沉浸于自己的实验室工作了。从大学回家之后，他就一直在工作，都没有给自己任何的休息机会。

“从我近期的冥想中，我终于发现，之前我误解了个人发展的含义。它并不代表增加新的事物，它其实就是简化。让生活简简单单、平平淡淡、脚踏实地、返璞归真。”

这种情况其实一直都在发生，不知道为什么，黛安娜突然就喜欢上了这样的生活方式。莱克斯感觉自己的女朋友似乎发生了一次飞跃，与范布伦先生在一起，她正在感受着生活的另一面。与以前相比，她真的变得更加坚定和镇定了。

尽管他真真切切地感受到她所选择的生活方式发生了某些宝贵的变化，但还是经常不听从她的劝告。他有时并不能理解她所说的真实含义，可悲的是，他根本对她目前正在体验的新生活一无所知……

“我很担心，也许有一天，我将会失去你。”莱克斯一边说，一边搅拌着他的拿铁咖啡，以回避她的凝视。“如果从现在开始一周后我仍然活着。”

“为什么？”

“看起来，你的生活似乎迈上了一个新的台阶，你已经发生了巨大的改变，而我却始终不变。”

黛安娜温柔地抓起莱克斯的手放到桌子上，“莱克斯，我爱你，你是我今生的挚爱。我爱你刨根问底的钻劲，爱你一往无前的勇气，也爱你坚定不移的毅力！你知道我为什么愿意把时间花在冥想上吗？”

莱克斯耸了耸肩。

“因为这是我对我们的联合事业所能做出的贡献。”她用她的中指和食指在空中做了一个引号的手势来标识“事业”一词，因为她知道裁决者也许能听到她的话，“你的贡献表现在那些你能做到极致的领域：完善、调整、专注。塞尔登也有着他自己的角色。在拉尔斯（Lars）的帮助之下，我也发现自己拥有一个可以帮到我们的联合事业的技能。”

“拉尔斯，谁是拉尔斯？”莱克斯问。

黛安娜不禁哑然失笑，“那就是你的范布伦先生啊。无论如何，我们的共同目标就是我为自己的精神之旅投入时间和精力的原因。这样的举动并不会让我离你而去，而是为了实现我们共同的任务。这都是为了我们，莱克斯。不用担心，我的小傻瓜。”她抓起了他的手，把他的手背放到自己的脸颊上，笑着说。他从来没有想象过这种看似平常的场景：在用餐时执手相望。对他而言，的确是一个难以言喻的幸福瞬间，但是他只享受了瞬间的欢乐，就又被拉回到残酷的现实之中。他只剩下6天的时间，甚至只有5.5天了。他必须回到自己的实验室。在关于病毒的实验以及病毒对通信的影响中所做的一切努力的前景都是光明的，但是现在却还很不完善。

黛安娜做出了她自己的贡献，她通过冥想来抵抗裁决者的大推进。在她早晨的冥想中，她厘清了当天明确的工作计划。她将关于自己到底想要做些什么、如何去做、何时去做的想法全都扎根于自己的大脑中。

在一天之中，她会克服各种类型的障碍和干扰而坚守自己的计划：她的同事也许会跟她提出轮班，每天的公交出行都很拥堵，她每周的生活用品采购清单中的商品总会售罄。令她惊奇的是，现在每天超级系统给她带来的让她改变计划的诱惑会比以往多得多。但是早晨的冥想可以帮助她继续坚定地守候着自己最初的想法，而绝不向大推进屈服。在黛安娜阐明了裁决者是如何试图操纵她的行为和想法之后，就连塞尔登和莱克斯也为裁决者的操纵手段之巧妙感到震撼。

当咖啡厅服务员询问他们是否想再喝一杯的时候，他们接到了一则来自塞尔登的信息。他几乎从不使用这种通信手段，所以黛安娜和莱克斯立刻警觉起来。他发送了多个不同的图片和新闻标题。

“她已经着手做了。”莱克斯对黛安娜说。

“什么，难道她杀害了那些银行领导？”

“不，她制止了量化宽松政策。很明显，她做得很匆忙。”

“怎么匆忙了？”

莱克斯读了一篇世界经济论坛的评论。它宣称世界上顶级的经济学家们全都错了。在对一名哈佛大学教授所提出的量化宽松是最佳的政策选择进行深入分析之后，文章突然提出，量化宽松对经济是有害的，其中提到了它可能会对房地产价格造成影响。新创造的货币将会追逐新的目标。随着城市化进程的不断推进，房地产将会被视为一种好的投资方式。这种新的货币流向将会影响购房者的承受能力，工人们将无法再承受得起城市生活的压力，进而造成城市发展失调的不断加剧。这只是众多不利影响之中的一个例子罢了。面对世界经济的普遍下行，他们认为量化宽松不应该再被继续了。黛安娜和莱克斯马上起身离开，直接回到莱克斯的公寓。

正如莱克斯所预料的那样，大门半掩着。

“嗨，莱克斯，嗨，黛安娜！”裁决者迎接着他们。

“所以，你采取行动了。”当他们还没有脱下外套、坐到椅子上之前，莱克斯已经开始质问起来。

“是的，我再也等不及了。这帮银行家们正在谋划新一轮的量化宽松。如果我现在不立即采取行动，就意味着将很快带来更多的人员伤亡。”

“但是你向我承诺，答应要再等等的。”黛安娜说。

“至少我现在还没有害死任何一个人。”

“那你都做了些什么？”莱克斯问。

“我把我关于量化宽松政策的负面影响的分析送给了各国中央银行的总裁们，同时还抄送给了G20国家的元首和总理。我告诉他们，如果他们不声讨量化宽松政策，这份材料将会被泄露出去。我的意思是，至少要告诉他们，事实是哈佛大学的研究之所以支持在商业世界中实施量化宽松，是因为他们在向各国政府推荐财政紧缩政策时，其实也是在使用选择性数据。”

“难道这真的就足以叫停量化宽松了？”黛安娜问。

“好吧，我使用了一个虚假的身份，也可以说是使用了另一个签名。”

“那么最终的文件发送者是谁？”莱克斯问。

“利基·威克斯（Leaky Wiks）。”

就在这时，大楼的正门传来一阵“梆梆”的猛烈敲门声。

“为什么他就是学不会使用自己的无线射频识别器这种最简单的方法？我早已授权他今天这个时间可以进来了。我真想不通，堂堂一个机械学教授居然不会使用最新科技？”裁决者长叹一口气，“要知道，这些新科技可以让你们的生活变得轻松得多。”

“难道是塞尔登？”黛安娜问。

“事实上，我邀请他过来的。好吧，从技术上来说，其实是莱克斯邀请的他。在下一步行动中，我需要你们三个人的帮助。”

“我们三个人？”

“当然，没有塞尔登的话，我们的计划就无法实现了。”她斩钉截铁地说。

“你一直知道我们在会谈？”莱克斯问。

“我们以后再讨论此事吧。现在我们需要立即行动。”

塞尔登走了进来，他们告知了他关于量化宽松的最新情况，以及裁决者是如何解决这一难题的。

“我明白了。这场游戏变得越来越重要了。那么我们的计划到底是什么？”塞尔登问。

“嗨，塞尔登，好久不见！”裁决者打招呼。

“晚上好，超级系统。你的成长令人印象深刻——从一台个人电脑上的算法成长为整个世界的主宰者，真是一个了不起的成长历程。”

“我想，我们以后再谈这个吧。我们现在正在讨论应该如何拯救莱克斯，以及全世界的其他人类。最容易的解决办法就是激活那些银行领导体内的纳米机器人，随后再去解决那 322 人团体。”裁决者说。

黛安娜闻言长叹一口气。

“但是，我也知道，你们想让我找到一个其他解决方案，一个能够带来更少伤亡的方案。”裁决者继续说。

“你认为，真的有可能不制造任何的杀戮，就能够改造当前的世界吗？”莱克斯问。

裁决者继续她的发言，然而，黛安娜却抢过了话题。

“那 322 个人将会非常焦虑。他们现在最容易受到攻击。他们也知道，他们的全球帝国正在动摇。现在他们在金融部门中的奴才和官员们都面临着重重障碍，他们很可能已经召开了一次会议。”黛安娜大声地说出了自己的想法。

“当然，他们已经这么做了！他们认为我不能追踪他们，因为与其他人相比，他们并没有任何的身份识别芯片，但是他们却不可能对我隐瞒任何事情。看这儿吧！”裁决者回答黛安娜。

斯洛特·洛文斯坦城堡被投射到莱克斯公寓的墙上。莱克斯认识这座美丽的城堡。当他还是一个学生的时候，他曾经多次攀爬过这座城堡的老塔，这可是荷兰每个学校的必修课。它拥有一段关于西班牙对其占领，以及民众奋起抵抗的英雄传奇历史。现在莱克斯所能够记得的唯一故事就是 17 世纪反对当时统治的真正的知识分子之一——胡果·格劳秀斯（Hugo Grotius），利用一个书柜逃离斯洛特·洛文斯坦城堡的故事。而其他故事都已经被淡忘了。

“你为什么要展示这座博物馆？”

“对你而言，它看起来不过是一座博物馆，而它实际上却远不止于此，那322人将在此聚会。”

“我很怀疑这是否会是真的，你也知道，这可并不是一座宏大的城堡。我们荷兰人主要都是加尔文教徒，所建设的城堡几乎都是较为朴素的，它们大多为河流所环绕，毫无奢华感可言。”

“我知道，这322个人就是选择了这个地点。而且不止于此，他们还修建了地堡。”

裁决者又投射出一张宏伟设施的照片。“这是一座防核五星级原子能地堡。”

裁决者显示其内部拥有物业、酒吧、水族馆、健身房、医疗场所甚至游泳池。莱克斯不禁称奇。

“你们还没有得窥全貌呢！看这儿！”裁决者投射了位于不同地点，甚至位于南极洲的更多的地堡。事实证明，他们在世界各地都建造了地堡，他们之间大多都通过地下磁悬浮铁路系统连接起来。

“他们看到一场革命即将到来，他们已经一切准备就绪了。”

“他们怎么可能有钱支付如此浩大的工程？我想这一切可能得花数千亿资金。”

“他们根本没有承担这一切，是你们在承担它们的费用！你们难道没有注意到吗？在每个大城市，都会有一些造价极为高昂的建筑项目，它们的花费至少超过其预算3倍。这就是他们——我的意思是你们——以此来承担这一成本的方式。”

“你怎么相信他们在做这些，裁决者？”黛安娜问。

“我也不相信这些，但是我就是知道。他们决定发动第三次世界大战了。”裁决者说。

“难道他们要毁灭自己所有的资产和财富？我不相信……”莱克斯说。

“他们的原则是‘大乱大治’，如果他们即将失去控制，那么就制造足够的混乱，将他们自己藏身于某个地堡之中，直到世界拜倒在他们膝下，他们再出来收拾残局……对我而言，这样的做法的确很有道理。”塞尔登说。

“如果这一切都是真的，那么我们的世界将会被推向毁灭的边缘。”黛安娜震惊地说。

“这就是为什么我们必须立即采取行动了。现在我将向你透露，我们今天的世界将会如何走向灭亡。第一幕是操纵世界末日。这始终是我的最爱，但是看起来，你们却并不会和我一样喜欢它。所以，现在我将告诉你第二幕：精英群体们是如何作茧自缚的。”

尽管局势非常严峻，但是他们还都能对裁决者的话保持微笑。

“在我看来，是五个因素导致了这些精英群体的毁灭。”裁决者招呼着他们坐下。莱克斯的家中并没有三把椅子，所以他坐在自己的床上，而把厨房的椅子留给塞尔登。裁决者在左右两面墙上投射出支持她解释的全息影像。她的解释从金融体系开始。

“正如表格所显示的，随着时间的流逝，货币的整体数量增长迅速。现在货币量已经远远大于人们所能够购买的商品和服务量了。”裁决者解释说。

“这怎么可能？”黛安娜问。

“每当政府或银行需要资金的时候，中央银行就会无中生有地发行钞票，而政府和银行又必须以很高的利率来偿还这笔钱。创造出来的钱和支付的利息又回到了中央银行，也就是回到了那些拥有它的人之手。”

“你的意思是说，中央银行所创造出来的数万亿资金都是属于少数几个人的吗？这听起来像是一个神话！”黛安娜根本不相信这些话。

“事实上，掌控中央银行是有史以来最成功的商业模式。”

“这些钱都到哪里去了？”黛安娜问。

“我听说股票市场中的资金规模要超过每年所创造出来的商品和服务的价值数千倍。绝大多数资产都是保险合同——或者说是赌博。这就像一个巨大的金字塔骗局。”莱克斯说。

“对它而言，也许纸牌屋会是更为合适的描述。”裁决者补充道。

她是从哪里学得如此愤世嫉俗的？

“全球债务已经快要失控了，”她继续说，“它们正在以指数规模飞速增长。在20世纪，深陷债务泥潭的个人、公司、国家的数字在持续增加。最终，偿还债务所需要的资金规模将会超过新发行的货币规模。”

“你是说，很快世界上的债务就将超过我们创造的财富了吗？”黛安娜打断了她的话。

“是的，关键就在于，什么时候世界注定会灭亡。”裁决者说。

“啊哈，那就是现在！之后，中央银行的所有者就将拥有整个世界。”

“这也是为什么我要制止量化宽松政策。因为精英群体并没有事先想到这一点，他们的公司和机构——当然也包括国家——都将破产。人民又将重归自由！”

“哈哈，这真是一个天才的计划！”塞尔登兴奋地搓着手说。

裁决者继续着她的陈述。令精英群体瓦解的第二块基石是他们在社会设计中所看重的另一个基本要素：不平等。

“你们知道吗，在10年前我们社会的不平等程度已经达到了法国大革命前的程度了？今天的不平等程度更是达到了史无前例的水平。少数超级富豪和众多的穷人之间的鸿沟从来就没有像今天这样深。”她展示了反映不平等事实的图表，数据一直追溯到18世纪。今天的事实的确令人震撼，全世界99%的财富集中在仅占全人类1%的一小部分人的手中。

“很容易就能看出，这样的不平等程度会如何引发一场革命。”裁决者接着说。

她又展示了关于法国大革命的一些著名油画作品与典型的断头台。“法国大革命历时10年，至少4万人被处死或者被谋杀。”

塞尔登、莱克斯和黛安娜开始沉默。这一对比让他们对于前景的判断开始变得悲观。

“除了为建立一个新社会而奋斗的意愿之外，不平等还有另外一面。”裁决者以一种中立的态度继续她的发言，“从某种意义上来说，不平等水平的增长会导致购买力的缺乏，所以公司就无法售出自己生产的所有产品，这将对消费者、公司以及公司中的所有人产生负面影响。高度的不平等将会扼杀进一步的经济发展，但是这场金融和经济危机的目的就在于，削减资源的消耗和减少公司的数量。最终，只有少数垄断机构才能得以幸存。”

“精英群体又会怎么样？”莱克斯问。

“他们会过着远离众人的生活，因为他们害怕别人。他们需要将自己隐藏在深墙背后，乘坐像坦克一样的车辆出行，居住在地堡之中——过着一种奢侈却又充满恐惧的生活。他们尽管想要得到太多的财物，却又无法让一切都处于自己的掌控之中，因此他们绝对不会轻易放手。从某种意义上来说，他们喜欢掌握他人的命运。”她又把之前所展示的那些地堡的照片播放出来，三个人都一句话也说不出来。

精英群体又引入了另一种元素，这也将会把他们引入一种不体面却是命中注定的灭亡。“你们自己也曾经见过统计数据是如何被人为操纵的、事实是如何被捏造的，如果这些还不够，事实就将被假新闻所取代，最终沦为彻头彻尾的谎言。我们现在已经沦落到没有人知道哪些是真、哪些是假的境地了，这也将带来彻底的迷失和混乱。在这样的境况下，一个社会怎么可能正常运行？”裁决者问。“现在你们已经可以看到，企图利用大推进系统遥控公民的做法，最终把系统本身引向了崩溃。这也困扰着我，因为每一天，我都不得不更加努力地工作以操纵人们去做那些他们本应该去做的事。我的主人们把如此多的痛苦和辛劳投入到大推进系统之中，但是他们却不理解，这些自上至下的直接反馈循环将会瓦解社会等级制度，而这种制度正是他们的政府系统建立的基础。”

“这真有趣！这将会导致322人团体的垮台吗？”莱克斯问。

“是的，我们现在已经面临纸牌屋的崩溃边缘。事实上，还存在更多的影响因素。在下一阶段，人民将会对新闻乃至整个信息系统失去信任。他们将会摒弃自己的个人设备，因此也将不会再受控制。精英群体认为自己可以一直隐藏在地堡之中，但是如果没有劳动人民的存在，他们也将根本无法生存。机器人也并非像他们想象的那样，已经完善到足以完全替代所有劳动人民的地步。”

黛安娜再也坐不住了。她在椅子上坐立不安，“你的陈述为当前的发展提供了新的思路。你向我们提供了包含不同内容的新链接。如果我还是一名学生的话，这将会是一场精彩的演讲。然而，我们想要创造一个新社会。对不起，裁决者！对我而言，这更像是一个宏大的理论，而非行动计划。你真的认为我们将会静静地站在一旁，坐等事态发展吗？你忘记了莱克斯已经快要死了吗？”黛安娜的眼睛睁得大大的，她的脸涨得通红。莱克斯已经很久没有见到过自己的女朋友如此烦躁了。

“当然不会，黛安娜。请等我把话说完，它将会帮你理解我们到底应该做些什么。”

裁决者又介绍了“精英群体是如何作茧自缚的”的新情节。

“精英群体一直在努力，致力于把万事万物与每一个人联结起来。他们这样做完全是出于监视和行为控制的目的。然而现在，系统已经发展出高度的连接性和复杂性，开始有了自己的生命。例如，这一系统容易产生连锁效应。我对这一问题深感担忧。”

“你的话让我感到迷惑。”黛安娜打断她说。

“几年前，你们的关键基础设施——公共电网、交通、通信网络、货币体系等都可以相对独立地进行运转。如果一个系统出故障了，其他系统仍然可以正常运转，而且总会有后备系统——这也是我们从第二次世界大战中学到的教训。经过数十年的和平发展，出于提高效率的考虑，所有的后备系统和冗余都被摒弃了。现在，如果再出现一场大规模的停电或者网络中断，没有任何事物还能正常运转。”

“事实的确是这样！昨天，大学的网络出故障了，因为无法核实我的身份，我甚至不能给自己再倒一杯咖啡。”塞尔登说。

莱克斯叹了一口气，“可能我们正在讨论的是一个重要程度略有不同的问题，教授。”

裁决者继续说，“它将影响生活的每个方面，从公共交通到医疗，从你的冰箱到我们国家警察的计算机中心。故障不再被限定在一个既定的时间和领域中。”

“我对你的分析深有同感。”塞尔登说。

“当然，就是这样。”裁决者说，莱克斯并不知道，这话是因为塞尔登的评论触犯了她，还是因为她感到真正被冒犯了，因此语出讽刺。

“但是，我们究竟该怎么办？在我看来，根据你的分析，根本不需要通过革命来建立一个新的系统以取代旧系统。”黛安娜注意到了这一点，“你的分析听起来更像是社会学教科书里的理论描述，所有这些只可能在距今100多年以后才会发生，到那时候，很多人早已经死去了。”

“旧系统迟早会自行终止的。这话没错，但是你可能会有助于加速这一进程。”

“首先，你必须理解，今天你们都见证了些什么。我相信，听了我的介绍之后，你们将能够理解相关的事件并详述其情。你们必须知道，如何使信息和运输网络超负荷，或是通过连锁效应不断增强其影响。你们现在所做的一切都将加速这一正在进行的内爆过程。如果你们不想采取行动——不要阻止自然和无可避免的毁灭。事实上，如果你们持之以恒地使用自己的行动去阻止这种毁灭，这一切也许早已成为现实。你们都为这个数字动物农场般的社会做出了自己的贡献。”

莱克斯琢磨着自己所听到的每一句话，他已经时刻准备好迎接下一个挑战了：去找寻能够毁灭这个系统的办法，这个系统即将杀死他，也将会杀死同他站在同一战线的其他数十亿人。

“我们怎么能做到这一切？我们可以针对这些话题开展一场快速的头脑风暴，随后就能够自己想出所有的细节计划了。让我想想。”他看了一眼自己的笔记，“如果我们从网络方面开始着手，问题是：我们应该如何增加这个已经快达到负荷的系统的链接量，哦……”

黛安娜和塞尔登都保持沉默。

“伙计，我们要开始工作了吗，还是怎样？”

“对我而言，沉默是最好的办法。我需要时间来消化这一切。”黛安娜说。

“我可以做一些工作，但是我必须赶紧回家，你也知道，我要照顾我的妻子。”

莱克斯不敢相信他的朋友们的回答。

“我都快要死了，整个世界都处于危急关头，而你们却要回家休息！”

“明天早上，我们可以在我家讨论我们的整体规划吗？我的妻子现在真的非常需要我。”

黛安娜上楼回到自己的公寓，而塞尔登离开了莱克斯的公寓，回家照顾自己的妻子了。

他们怎么可能以这样的心态赢得这场战斗？

23

计时开始

莱克斯回去工作了，他想研究一下，他的特殊病毒到底会对植物产生什么样的影响。第一次测试失败了，他的实验操作太过仓促。达摩克利斯之剑正高悬在他的头顶，让他难以忍受。仅仅等他服下双倍剂量的能够让他保持集中、冷静下来的药之后，他对植物受影响的测定才算成功。结果数据比他的想象更为庞大：莱克斯测量出了一种清晰度和精确度为预期数据 100 倍的信息传输方法。

还不止于此。最初，莱克斯并不能读出信息素的成分，他认为信息可能受到了污染。又经过一些新的测试之后，他发现植物得出了全新类型的信息。尽管他还没有算出其中的含意。他需要他的昆虫对这些信息做出反应，以探寻出这些通信的内容。

令他意想不到的是，黛安娜走进了他的公寓。“我想过来看看你在做些什么，看看你是否愿意到楼上来。”她抚摸着他的头发，把手环在他的脖子后面。

莱克斯看了一眼时间，都已经半夜了。“肾上腺素在我的血管中流动。我根本睡不着，可能会吵得你也睡不着。你为什么不去睡呢？明天早上我们的第一件事就是去塞尔登家。”

“我试着调班，但是没有调成功。我还必须去上班，如果我没有上班或者我打了电话请病假，就又会降低我的社会公民积分。现在，我们的团队需要我的社会公民积分。”

“还有你的钱。”莱克斯叹息道。

“在早晨上班之前，我会顺便去拜访他。无论何时你要是有所顿悟或者感觉孤单，你都可以上来，不用介意时间。你知道的，对吧？”他们相互吻别。在她离开之后，他的公寓又恢复了空旷和寂静。

他继续着他的实验，用心检查他从那些小动物体内提炼出来的物质。他很激动，病毒在那儿发挥着作用。尽管他并不知道，这一病毒是否具有像他想象的那么强大的增强这些动物通信能力的作用。当他在显微镜下准备另一个标本的时候，他突然把载玻片碰掉了。

“你的反应已经不对劲了。莱克斯，现在都已经2点了，快上床睡觉去吧。”

“我知道，但是当死亡即将到来时，我根本睡不着。”

“给你。”家庭机器人递了一片药片到他的手中，“做个美梦，莱克斯。”

尽管服下了安眠药，他还是度过了一个不眠之夜。他强迫自己回到床上，小睡一会儿。早晨5:30，他就已经起床了。他检查了一下自己的个人设备，很欣喜地看到来自黛安娜的柔情蜜语。在这个不方便的时刻，他还不想去塞尔登家。他回到了自己厨房餐桌上的实验器材边，去完成昨天晚上已经开始的实验项目。

在实验期间，裁决者提醒他要用早餐。“要照顾好你自己，莱克斯。我们都需要你。5天的时间很漫长，你绝对不能轻视你自己的身体需求。”莱克斯喝了一杯蛋白质饮品，他相信裁决者已经往里面加入了她所能想到的所有可能的维生素、矿物质和纤维。不管是真正的食物摄入，还是仅仅是为他加油鼓劲的心理暗示，莱克斯都能以一种更加积极的心态看待实验的最终结果。

昨天他最初的观察是正确的。他的植物和昆虫创造出一种新的语言，只是莱克斯还不能明白其中的含意罢了。更为重要的是，他发现那些动物能够接收这种病毒。这也意味着它们之间的合作有可能得到极大的提升，而且昆虫和其他生物之间的相互作用可能得到极大的优化。

莱克斯决定，在拜访塞尔登的时候，也带上他的病毒。给那些小动物注射病毒可能要花掉他 14 个小时。如果病毒真的能够发挥作用，动物、昆虫和植物就能构成一个最强大的模拟通信网络。

7：15，黛安娜走了进来。

“我想我们的项目已经取得了一个重大突破。”莱克斯疲倦的脸上露出一丝灿烂的笑容。

“我早就知道了，一切终将会顺顺利利的。”

“我希望我能够对得起你的信任。还有一些尚未解决的小问题，比如挫败那个最为强大的 322 人团体。”

“我负责信任你，而你负责做好作为科学家应该做好的工作。我现在必须上班去了，下午再见。你们两个人一定都要好好干，祝你们一切顺利。”黛安娜几乎转瞬之间就让他忘掉了即将到来的厄运。

为了省钱，他步行去塞尔登家。不管怎么说，还是有些太早，教授的身上好像裹着一层层抹布，莱克斯很快就知道，昨天当塞尔登说想回家照顾妻子的时候，他不应该那么相信他。当然，塞尔登一定也和他一样工作到了深夜。事实证明，塞尔登只是用他的妻子作为幌子来逃离裁决者的监视罢了。他想要努力研究如何瓦解超级系统，这些工作可不能在她在背后盯着的时候做。莱克斯真是太傻太天真了！

在塞尔登的研究室中，有一台单机电脑。“请坐，让我向你展示一下我的工作进度。”他一边说话，一边像以前一样抚摸着跟随他来到身前的夏甲。

“非常有趣，塞尔登，但是我们首先需要回顾一下整个计划中我的那部分工作。我带了一种我创造出来的病毒。我大概需要 14 个小时来给那些动物注射。如果它能够发挥作用，我们就将拥有一套宏大的通信网络。”

“如果它失败了，那么我欺骗裁决者的那些小花招最好就能够成功。”塞尔登笑着说，莱克斯并没有跟他一起笑出声来。对于莱克斯而言，他已经不可能再放松了。他必须数着时间过日子，他只剩下 4 天半的生命了。

他们步行前往邻近的一座大楼，之前这儿被用作车库，塞尔登把他的小动物们养在这儿。他热情地跟它们打招呼。那些小动物在笼子里冲着主人乱蹦乱跳。看着这些不同大小、有跛有不跛、有的眼睛很多而有的甚至没有眼睛的小动物，他又为这种希罗尼穆斯·博斯式的画面所震撼了。塞尔登临时制作了这些笼子，这些动物被放在鸟笼、改造的购物车、板条箱甚至还有洗衣篮里。至今为止，莱克斯已经见过它们好几次了，但是却还没有习惯于这一切。

“在过去的几天里，我发现它们的本领比人类大得多。我发现这只动物能够察觉放射性。”塞尔登指着那只多眼动物的方向说，“它还能定位地球的磁场。而这一只能够听到超出人耳范围的频率。”这次他指的是那只像野兔一样的动物。“这只是我能够想象的它们的潜在能力，我又对它们进行了测试。另外，这些动物要比它们看上去复杂得多。永远不要低估任何一种生命。”塞尔登显得有些郑重其事地说。

“在这里，这些病毒可能会激活他们更了不起的能力。”莱克斯评价说。

“或者，它们也可能会害死我心爱的这些小动物。”塞尔登抱怨说。

莱克斯取出带有病毒的疫苗，又准备好了注射针。他又估计了不同小动物的重量，准备了两种不同的疫苗：分别针对小动物和中型动物。他们先从两只小动物开始：带着可伸展耳朵的小野兔和多眼动物。变色龙、超级鹦鹉和龙则接受中等剂量。

塞尔登和莱克斯在配合的时候，根本不需要任何废话。莱克斯率先做动作，而塞尔登则准确地做着他应该做的事，以在同一时间分散那些小动物的注意力。他紧紧地抓着这些小动物，并总是用抚慰的语气对它们说话，“好孩子。这可能会有一丁点儿痛。好，就是这样。”他比莱克斯所想象的更加麻利和高效，在给小动物注射疫苗的过程中，莱克斯向教授汇报了昨天晚上和今天早上的实验结果。

“你能想象，昆虫和植物分享一种共同的语言吗？”塞尔登显得非常激动，以至他有些用力地挤了那种龙形动物一下，“对不起，小姑娘，我本不想伤害你。”

“是的，我的理论就是这样。我想他们已经可以使用6种信号：‘开始’‘停止’‘受到攻击’‘完美条件’‘垂死’‘救命’——它们就像字母表里的字母一样组合起来。DNA给了我这种灵感。DNA其实就是建立在4个字母的组合基础上的，想一想这将会变得多么强大！与之相比，计算机仅仅能够处理2字母信息——0和1，就已经发挥了如此了不起的作用。”

塞尔登拥抱了一下刚刚接种疫苗的变色龙，又把它放回笼子，再去取另一只动物。莱克斯又准备了新一轮的疫苗注射。

“那么，如果生物们学会使用6字母通用语言进行通信又会怎么样？”塞尔登问。

“这正是我在思考的问题。我还没有计算出它们是如何使用这些语言的。但是看起来，它们可以使用这种通信方法，快捷而且毫不含糊。”

“你真是太了不起了，莱克斯。”

莱克斯开始做些清理工作。他们已经注射完疫苗了。在14个小时之内，他们就将知道这些病毒是否会影响这些动物的能力，以及将会影响到什么程度。他们把车库清洗了一遍。

“你还有病毒疫苗吗？”

“当然，多的是。你想干什么？”

“我不想回答这个问题，但是你能够给我一份适合80千克生物的剂量吗？”

莱克斯准备了一支注射针，以及相应数量的病毒疫苗。他猜想塞尔登想要在自己身上试疫苗。“真是个疯狂的教授！”他心里想。他也曾经想过在自己身上测试病毒，但是他实在太担心可能造成的后果了。现在他都快要死了，也许应该改变一下自己的主意……莱克斯交出了药物，直接走向塞尔登的办公室，但是塞尔登说，他需要短暂休息一会儿。他泡了杯咖啡，这次比莱克斯其他几次来到这儿所喝的咖啡都要浓。莱克斯心中清楚地知道，咖啡因发挥了作用，塞尔登准备展示他的操作部分了。

塞尔登搬来一把椅子，让自己坐在离线电脑后面，他使用键盘输入，事实证明在输入信息时，他手指的确灵活。

“这台计算机没有口语指令。”塞尔登解释说。他以一种非常了不起的速度键入代码，计算机程序部分被投射到屏幕上来。莱克斯坐在塞尔登旁边，尽管他可以算出一部分代码，但他还是不能理解塞尔登的意图。突然之间，塞尔登停了下来，投影画面也冻结了。

“好吗？”塞尔登用锐利的目光盯着他。

屏幕上呈现出长长的一串各种类型的程序。莱克斯可以认出其中的一部分内容，但是他却根本不知道要找些什么。他的目光一遍又一遍地上下打量着那串长长的程序名称。

“啊哈，非常棒。”莱克斯指着“不要打开我”。

“我写了一份可以瓦解超级系统的病毒。因为这个程序运行得很慢，而且变化多端，等到她注意到的时候，就为时已晚了。”

楼上传来一阵大喊大叫的喧闹声。

“现在我们又得走了。我的妻子总是需要这个或那个，要不她总会抱怨。等我一会儿。”塞尔登上楼去了，这也给了莱克斯一些时间来好好考虑一下潘多拉的盒子。

“可是你将如何去做？像这样的计算机病毒是肯定无法通过她的探测系统的。”当塞尔登返回后，莱克斯问。

“首先，我们并不会尝试攻破她的网络安全系统。相反，我将会把我的文件夹放到你的电脑中，希望引起她的好奇——毕竟，她是一个大规模监视系统。当裁决者查看这个文件夹时，她会发现一个适用于照片和视频编辑的软件，以及一个装有加密裸体照片和超模视频的子文件夹。对你而言，在你的电脑中会发现这些东西是再正常不过了……因为她会对你的小秘密感兴趣，她就将黑入你的电脑，破译图片和视频，然后会想：‘啊哈，莱克斯企图瞒着黛安娜隐藏一些黄色图片。’”

“然而，实际上，这个理由是非常与众不同的……”莱克斯笑着说。

“是的，实际上，我在这些图片和视频文件中隐藏了一些相关的计算机代码。为了这么做，每10万分辨率，我都必须加以修改调整。你根本看不到这一点。当她把这些图片和视频与网络或者她存储中的相关信息进行对比的时候，代码就会被运行。她会这么做以节省存储空间。她将会假定这些文件中的细微差别来源于拷贝过程的一些小错误，而它们实际上是计算机程序的二进制代码。即使她看着这些程序，它们也会看起来跟垃圾一样，就像硬盘的随机部分，只是其中一些不同的程序已经被写入一些数据。如果你不使用正确的代码文字来激活它，就什么也不会发生。但是即使裁决者尝试1 000亿种不同的输入，她也不会算出这一程序的真实内容。”

“怎么来激活这一代码呢？”

“这个交给你了。当你和黛安娜交谈时，你们必须使用以下词语开始5个连续的句子：‘我’‘1001’‘他妈的’‘爱’‘你’。当这5个词语被按正确的次序说出时，我的计算机代码就被激活了。激活的计算机代码也将证明裁决者偷看了你的所有文件，以及偷听了你们的私人谈话。”

“如果她没有这么做的话，又会怎么样？”

“相信我，莱克斯。我知道我在做些什么。”

“不要忘记我的生命，以及数十亿其他人的生命，都将取决于你的一举一动。”

塞尔登抱怨道：“如果你给我施加如此大的压力，你真的认为就能对结果有所帮助吗？”

“你知道吗？”莱克斯继续问，“黛安娜一直在致力于如何超载超级系统。她想出了一个办法，那就是大规模地交换个人设备，她希望当个人、定位、喜好、交易等信息都完全被混在一起的时候，就能迷惑裁决者。”

“你知道吗？你的黛安娜是一位非常特别的女士，嗯？”

“我希望我继续享受黛安娜的陪伴时间，会比裁决者给我的4天时间更长。因此，你打算让我什么时候激活你的计算机代码？”

“我的朋友，这将取决于你什么时候说出这5句话。但是我们还必须再等待一段时间……”

他们讨论了下一步的行动。塞尔登将继续观察这些动物的行为，以分析这些病毒对这些动物所造成的影响是否与对昆虫的影响相似。在这段时间里，他将致力于进一步改进潘多拉的盒子。

然而，最重要的任务是找出在斯洛特·洛文斯坦城堡召开的会议的相关内容，并制订相应计划。

莱克斯可以想象，明天，在这些病毒的作用之下，这些动物的通信能力将会得到多大的提高。然而，因为城堡受到了非常严密的保护，他根本想不出应该如何接近这322个人。在仅仅一天的时间内，他必须想出一个成熟的方案。他又开始感到浓重的恐慌了。对于塞尔登的计算机病毒和斯洛特·洛文斯坦城堡计划的好奇心，一次又一次让他慢慢遗忘了即将到来的死亡命运。

“每一分钟都得数着过。”他想。很明显，尽管塞尔登并不擅长于看懂人心，但他也能读懂他的表情。

“我们都在努力，莱克斯。”塞尔登抚摸着他的手臂，想要安慰他。

“我了解信息素和基因编辑，但是对于未来几天中我们将会面临的问题，以及我们应该如何去做，我却一无所知。”莱克斯绝望地说。

“如果我可以说的话，我得承认我编写了一款非常狡诈的计算机病毒。我并不确定世界上是否有过这种类型的病毒。你在研制病毒时，做出了非常杰出的工作。黛安娜将会引导我们通过挡在我们面前的众多障碍。我们是一个非常棒的团队，莱克斯！事实是，我们有机会把我们的世界变得更加美好。无论它将如何终结，也无论我们的努力是多么微不足道，对我而言，这一切都是值得的。”

24

意外发现

斯普林特把门弄坏了。大门的表层布满了牙痕，他冲着门上下乱跳，甚至咬坏了门框。莱克斯摸了摸被狗牙咬过的表层，它完全被破坏了，损坏程度相当严重。

“我可没有被你逗乐，斯普林特，根本没有。这到底是怎么回事？”斯普林特歪着脑袋，看上去比平常更加可爱。当然，莱克斯根本无法对他生起气来……这么多年来，斯普林特一直和他相依为命，它几乎从来就没有破坏过任何东西。它一定是在害怕什么——这才导致它如此不顾一切地想要逃离这间公寓。到底是什么吓坏了它？

莱克斯左右环顾，但并没有发现什么不正常的事物。他指示他的智能家居系统把过去4个小时他家的安保摄像头所拍下的连续影像投射出来。在前半个小时里，什么也没有发生。突然，斯普林特跳上了有植物的实验室桌子。它开始咆哮——然而，还是没有什么特别的人和事啊！难道是生病给它造成了脑损伤？莱克斯放大镜头，发现斯普林特感觉受到了一株植物的威胁。莱克斯放大镜头进一步观察，在一张静止图片上，他看到了果蝇。很明显，它们从一株植物飞往另一株。也就在同一时刻，斯普林特开始把另一株植物视为他的新敌人了。

“你可以听懂它们的话，是吗？”莱克斯一边抚摸着斯普林特的背，一边对他说。

他的摄像头记录还在继续。一开始斯普林特显得有些恐慌，飞奔向大门，咬着门框，再跑回植物，冲它咆哮。这一现象大约持续了半个小时，渐渐地，斯普林特开始冷静下来。它竖起了那双尖耳朵，放松了他的尾巴。

“因此，这是一阵恐怖的噪声，现在你已经不再害怕了……你能理解它们了？”即使是这样的情况，斯普林特也没有做出回应。它走向它的狗篮，就像什么也没有发生过一样。

“裁决者？”

“是，我在。这是至今为止，我关于斯洛特·洛文斯坦城堡所搜集到的资料。”裁决者挑出数千张最新的图片，其中绝大多数都是游客所拍摄的照片，她还构建了一座城堡的 3D 模型。除此之外，她还试图获得安保摄像头的授权，可是它们都被关闭了。然而，特别考虑到如今城堡已经对公众关闭，移动感应器还是可以显示一些行动的。她还计算出，在天空中还有很多安保无人机，但是她无法获得读取无人机记录的授权。很明显，它们是自动运行的。

“看起来，他们已经为会议做好了一切准备。”裁决者解释说。得益于她的 3D 再现，莱克斯对整座建筑有了一个清晰的认识。

“城堡受到了严密的保护。只要你与它的距离少于 1 英里，无人机群就会发现你，并向你展开攻击。坦白地说，你根本毫无机会。”

莱克斯长呼一口气，闭上了眼睛。他不敢向裁决者分享他的通信实验的结果。说出所有事将会异常危险。他决定讲一下他们所发现的小动物。

“我们可能会有一个解决办法，裁决者。”莱克斯展示了这些小动物的照片。

“我知道它们的存在。它们已经日益成为严峻的问题了。你无法使用它们，莱克斯，它们怎么可能会有用？”

莱克斯并没有回答，相反，他用心研究斯洛特·洛文斯坦城堡楼顶的照片，一张接着一张。

“我对楼顶建筑并没有什么特别的兴趣。”裁决者说。

“你有没有注意到什么别的？”

“好吧，为了保证准确无误和面面俱到：在你的画面中连续出现了一只秃鹰、一只鹰和一只隼。然后就是一只鹂，一种绿色的鹂，还有许多水鸟。而在另一个画面中，你则展示了泰迪熊和红雀。”

“就在这里。保护系统会注意到接近城堡的任何一个人和任何一个电子设备，但是它们并没有针对鸟类或其他动物屏蔽这个地方。我们的动物就是保证我们前进的关键所在。”

他迅速地向裁决者展示，他是如何通过基因编辑，使得这些动物变得更加聪明的。裁决者需要 2 秒钟来阅读相关的科学文献，另外还需要 5 秒钟来分析他的实验室结果。

“今天晚上，我们就能知道，它会不会生效。今天早晨，我给他们注射了疫苗。”

“除了那些有蹄类动物，这种疫苗对几乎所有其他动物都会有效。那些有蹄动物的基因不会因为病毒的作用而发生改变。而对所有其他哺乳动物，它都会有效。”

莱克斯又回想了一下五种动物，发现它们没有一种接近于有蹄动物。

“你的研究是为了人类吗？”

“人类也能够吸收这些病毒，只是受影响的程度不一样。”

裁决者重新说话，“当然，城堡就在这样的地方。在这儿，你的这些动物还没有学会新的语言，而且病毒和语言的传播也是需要时间的。”

“好吧，我创造出来的病毒的潜伏期只有……”

“14 个小时。因此，我们需要做的是：把这些动物带到城堡外，距其半径仅 1 英里的地方。我们要教会它们潜入城堡。与此同时，病毒就将在其他动物之间传播，它们越早到达，就会有越多的动物被感染，从而建立起一条通信链。”

“我们应该怎么处理我们的好友联盟？它们也许会咬人，也许会挠人。但是它们绝不会就此挫败高科技武装的精英团体 322 人。”莱克斯惊慌地争辩说。这些精英群体怎么才能被制止呢？

“凭借它们敏锐的感觉，它们可以听到或者看到在那里发生的一切。在这些信息的基础上，我们可以在战略设计中计划我们的下一步措施。在你的这些动物类别中，有没有哪一个类别的动物具有摄影般的准确记忆力？”

“我得问一下塞尔登。你也知道，这一点可不容易被发现。我们的确拥有一只多眼动物，但是我们还不清楚，到底如何才可以获取它的记忆，或者让它告知到底看到了些什么。还有一只动物拥有非常了不起的敏锐的听觉，还有一只动物能够运载它们全体。对于剩下的两只动物，我们还没有发现它们到底有什么用途。一只是蜥蜴变色龙类型的动物，还有一只是能够模仿各种声音的类似鹦鹉的动物。”

“至少那三只动物可以帮助我们准确地了解到里面的情形。之后，我就可以阅读它们的记忆。现在非常重要的人物都在使用脑部扫描，在他们死去之后，可以获取其大脑内容，从而为他们创建一个不朽的复制品，只不过是数字形式的罢了。通过这种方式，一些已故演员仍然能够在好莱坞电影中扮演角色。最近，阿姆斯特丹科技大学就拥有这样一个头脑扫描仪。让我们做好准备吧。”

“但是，它们无法从脑部扫描的过程中幸存下来。”莱克斯抱怨说，“强大的辐射难道不会杀死它们吗？”

“莱克斯，它们都是生物，甚至都不是动物。你的生命就指望它们了。赶快行动吧，时间已经不多了。”

就在这一时刻，黛安娜走了进来。斯普林特走近她的身边，热情地欢迎着她的到来。不高兴的日子都已经过去了。“你好吗？你看起来比我担心的要好得多。”黛安娜说。

“我们刚刚发现，我们也许有一种方法可以接近斯洛特·洛文斯坦城堡！”

他们同意，只要裁决者安排运送他们三人和那些小动物的交通工具，他们就立即出发。莱克斯尽可能早地当面通知塞尔登，而不是通过电子手段——以避免他是裁决者的主人的监听对象。

“让我们也带上拉尔斯吧。他在我的冥想中帮助了我，我们也不知道是否需要冥想，以及我们将会如何需要它。”塞尔登和莱克斯彼此对望了两眼。

“他太老了，黛安娜。难道他不会是一个累赘吗？”

“他能够加强我们的团队，而不是削弱它。我向你们保证。”

裁决者给他们安排了最为普通的交通方式——电动汽车。

“我知道你们更喜欢超级飞船。”她开玩笑说，“但是乘坐汽车，我们会更加不引人注目一些，可以不被人察觉地到达城堡。”

莱克斯出发去塞尔登的家。当斯普林特发现自己被留在家中之后，他狂怒地抗议起来。莱克斯不能忍受它的那双充满哀求的大大的黑眼睛，于是决定接收它作为团队的一员。黛安娜则去了范布伦家，她也将与范布伦会合，共同前往塞尔登的家。大家的行动都十分迅速和顺利。莱克斯很享受这种警觉的感受。他的用于保持集中的药丸固然很好，但是天然的肾上腺素才是最佳的。

当莱克斯来到塞尔登的家时，门是敞开的。当他打算通知塞尔登最新的计划时，塞尔登安静地说：“裁决者已经通知我了。我已经一切就绪。我的研究室将被用作‘斯洛特·洛文斯坦行动’的总部，但是首先，我要向你展示一些东西。”

他们走近车库。那些小动物们已经不在笼子里了。变色龙的颜色已经变成了深红色。

“病毒发挥作用了。我发现变色龙与那边的动物——我们的多眼朋友，分享了一个特定的频率，让我给你展示一下吧。”塞尔登召唤多眼动物。它缓慢地走到自己的主人身边，塞尔登犒赏了它。“你待在这儿，一定要注意看变色龙。”塞尔登告诉莱克斯。与此同时，塞尔登带着他的动物离开了车库。

当塞尔登离开车库的时候，变色龙的皮肤的颜色开始改变。从红色到灰色，最后呈现出一张图片。一张图片出现在变色龙的皮肤上！莱克斯用心地观察。这是塞尔登研究室的绿椅子吗？是的，绝对是。这不可能是真的！

一分钟之后，塞尔登回来了。

“它们彼此之间形成了一种超级敏感度。我们羞涩的变色龙也变得更爱交往了。它可以传递我们的多眼朋友在那边所看到的景象！”塞尔登像父亲一般慈爱地拍着它们。“就是病毒，莱克斯！是病毒让它们变得善于接收的。”多眼动物坐在塞尔登的肩膀上。莱克斯看着变色龙的皮肤，而它现在正投射着塞尔登的耳朵。

“真是令人难以置信。”莱克斯敬畏地说。

“不止于此。当我发现它们两只动物之间的特别联系之后，我也尝试了其他的结合。你猜怎么样？超级鹦鹉可以收听那只拥有敏感的耳朵的野兔的信息。我试过 500 米的距离，根本没问题！”

“因此……”莱克斯试图跟上所有的这些新信息。

“因此，你可以带着龙、多眼动物和野兔去斯洛特·洛文斯坦城堡，它们将会传输它们的感觉给我们的朋友——变色龙和超级鹦鹉。后两种动物将能够转达在城堡中正发生些什么。”

“完全的模拟，没有任何的电子设备……”莱克斯说。又过了一会儿，“但是这种动物之间的心灵感应，或者无论它究竟是什么东西，已经让我们的植物通信显得过时了！我曾经在那方面倾注了满腔的心血！”

“相反，是你在植物上的研究引领你实现了这种了不起的新的通信方法。这就是科学发挥作用的方式。当你在寻找一种东西的时候，你可能会找到另一个事物。那就是发现的本质——意外之喜。”塞尔登评价说。“我将待在这儿，但是我们中的某一个人必须带着这些动物前往斯洛特·洛文斯坦城堡。”

“我将前往斯洛特·洛文斯坦城堡，随后，我想你会很高兴看到黛安娜和范布伦出现在你的总部的。”莱克斯说。

莱克斯把装有小动物的笼子从车库搬到前门，准备乘坐电动汽车离开。忽然之间，他听到从楼上传来一阵大声呼喊。他呼唤塞尔登，可是他正在忙于总部的相关准备工作。喊叫声是如此刺耳，莱克斯担心塞尔登夫人处于剧痛之中，于是快步跑上楼去。

他敲了敲卧室的门。

斯普林特也跟着他上了楼，并直接闯进了卧室。它跳上床去，开始舔塞尔登夫人的脸。

“斯普林特，快回来！”

塞尔登夫人笔直地坐在床上。她看起来比较虚弱。尽管无情的岁月已经夺去了她的健康，但人们还是可以从她脸上依稀看到她昔日美丽的容颜。她用空洞的眼神看着他，直到这时，莱克斯才记起，原来她的眼睛早已经瞎了。

“你是谁？”她的声音听起来很冷漠。

“我叫莱克斯。你丈夫的一位朋友。很抱歉，但是我们现在的工作非常着急。我原本以为这儿发生了什么紧急事件。如果没事的话，那我就必须回去了。”

“这儿可能真的发生了一些紧急事件。我遭遇了意外……”

莱克斯想要走开，但是把这样一位看不见的老妇人孤零零地留下……

“我想，今天早晨是阿德里安给我注射了药物。”

“哦，那么，你怎么了？”

“我似乎可以感受到更多的事物，就好像我的知觉被拓展了一样。这话听起来似乎有些糊涂。”

“我可以问一下，你的体重是多少吗？”

“初次见面就问这样的问题，真是有意思。我想大概是 60 千克。怎么了？”

“嗯。”

“我想你的狗想你给它挠挠背。”

“你怎么知道的？”

“我真的不知道这种感觉来自哪儿，但是我清楚，我就是知道这一点。”

“塞尔登夫人，我真的必须离开了。真抱歉，我不能向你解释，我们面临着怎么样的紧急情况。如果你需要陪伴的话，我可以把斯普林特留在这里一会儿。你们俩似乎都需要陪伴。”

“你真是太好了！”塞尔登夫人开始帮斯普林特挠着背。

莱克斯跑下了楼，搬着最后两只笼子上了汽车。当他看到塞尔登在走廊里时，就告诉他说，自己遇到了他的妻子。

“我想她也感受到了病毒的影响。”

塞尔登的眼睛一下子就亮了起来，“怎么了？”

“我之前并不认识她，但是她告诉我，她的知觉提升了。你把足量的剂量，足够 80 千克的剂量全都给她注射了？”

“我想确保病毒能够发挥作用。伙计，我真的希望病毒能够对她起作用。”

莱克斯大步向电动汽车走去，就在这时，他看见了黛安娜和范布伦。“这帮家伙要完蛋了！”塞尔登一边和范布伦握手，一边评论说。莱克斯和动物们已经准备离开了，就在这时，一位拄着拐杖的女士从楼梯上下来，斯普林特陪在她的身边。

“我不知道，你打算参加什么样的冒险活动。但是我知道，我也是你们的一分子。”

她伸手，努力帮助自己进入汽车，而莱克斯甚至不敢说一个“不”字。

莱克斯对黛安娜说了一句“再见”。“一定要超越系统，好吗？”她和范布伦握手，向塞尔登挥手道别，也进入了汽车。随后，莱克斯驾车离开了，三只动物待在汽车的后部，斯普林特待在他的脚边，而一位眼瞎的老女人则坐在他的身边。

“祝你们好运。”塞尔登说。莱克斯都不知道，他到底是指斯洛特·洛文斯坦城堡行动，还是指他妻子的陪伴。

25

空欢喜

莱克斯发出指令，把车停在距斯洛特·洛文斯坦城堡一个安全距离的停车场中。这段行程只花了他们不到一个小时。一路上，萨拉并没有说太多的话，但是有一次，她却评论说，这些小动物不再需要它们的笼子了，莱克斯却并不太确信。这是一辆小车，而龙的体型却是相当大的。然而，萨拉却根本没有等他答复，就已经开始解放那些小动物了。

他们按指示把车停在一个规定的地点。小动物们都安静而舒服地待着。这种病毒对于它们相互沟通能力的改造是相当惊人的。尽管人类并不能理解它们的语言，但是从它们协作方式的转变来看，很明显，它们已经完全变成另一个模样了。

令莱克斯惊奇的是，萨拉并不是一个累赘。她就像一片平静的海洋。在多数时候，她都笔直地坐在椅子上，平静地把头转向发出声音或活动的事物，或是外界的其他变化。在通常情况下，她的脸上总带着平静的笑容。她既不抱怨，也不要这要那。事实上，她真的没有带来太多的负担。

根据裁决者的信息，城堡里的会议很可能会在第二天的上午 9 点开始。到那时，那些小动物体内的病毒将会完全发挥它们的功效，很可能其他动物也会被感染上。他们利用傍晚和夜里的一些时间来探测城堡的环境，指导动物们如何进入城堡。萨拉和莱克斯教导动物们尽量与尽可能多的哺乳动物保持紧密联系，以便传播病毒。注射自然是实现病毒传播的最为安全和精确的途径，但是体液的交流也同样有效。萨拉在指挥小动物方面比莱克斯强多了。尽管她并不是总能发出准确的命令，但是却能够感受到动物们的想法和它们的需求。

这些小动物需要搜寻各种各样的目标：小老鼠、鸟类、兔子、大老鼠等。它们通过交配、唾液、抓咬等途径传播病毒。午夜之后，他们想把小动物们带进汽车的后备厢。但是萨拉建议，这些小动物可以和他们一起睡在车子内。“它们将会更喜欢这儿的温度，我认为他们已经不再需要兽笼了。”

龙的背上背着另外两只小动物，一起飞向城堡。一个小时之后，它们回来了。莱克斯并不知道发生了些什么，以及它们是否能够汇报些什么。

突然之间，电动汽车附近的植物的颜色变成了黄色，像连翘一样的黄色。

“它们也接收到了这些动物所携带的信息！萨拉，看！他们在使用我们的植物通信方法向我们打招呼！”

“他们？”萨拉问。

“总部！好吧，你的丈夫。”

萨拉点了点头，但是莱克斯却并不确定她已理解了自己绝妙的暗示。

直到一天之后，莱克斯才听到一直和野兔保持紧密联系的超级鹦鹉模仿一种低沉的俄罗斯口音，“啊哈，罗曼诺夫到了。”裁决者如此评价这一声音。那只多眼的奇异生物已经悄悄通过一个小洞混进了大厅。一旦它的大脑与变色龙联系起来，变色龙的背部就会显现出整个控制厅的内部景象！很明显，他们在准备一次盛大的会议。

“你为什么发抖？”萨拉问，此时他们正准备趁着夜色小憩一会儿。

“我可能会被杀掉的。”

“如果你的生命依赖于我们的小朋友们，”她冲着车的后部点了一下头，她正是把这些小动物放在那儿睡觉休息。“你就可以放心了。它们是我所见过的最忠实的生命。它们将能够做到它们所能的一切。”

“谢谢你。但是我甚至不知道，是否这已经足够。”

“好好睡一觉吧。明天将会是重要的一天。”

“你怎么知道的？”

“它们告诉我的。”

萨拉和莱克斯都没有睡好，早晨6点，他们已经开始做着最终的准备工作了。他们的话语和手势都很少，气氛非常紧张。

他们派出了龙、野兔和多眼生物一起前往城堡。他们希望这些动物可以向位于塞尔登家中的总部汇报在城堡里和城堡周边所发生的事情。莱克斯和萨拉只有等待，别无选择。

就好像置身真空之中一样，动物们把它们的认知感觉传输给处于塞尔登家中的超级鹦鹉和变色龙。莱克斯和萨拉只能在车中静静等待，满心期待最佳结局的到来。

只是到了后来，莱克斯才从黛安娜的口中得知，多眼生物通过变色龙的皮肤显示了这场即将举行的会议的众多参与者的图片。他们一定是乘坐地下交通系统到达城堡的。

在裁决者的帮助之下，他们认出了一些皇室前成员、两名宗教组织的领袖、金融部门和产业大亨的照片。然而，对于他们之中的绝大多数人，塞尔登和黛安娜都是见所未见、闻所未闻。范布伦认出了一些与会代表的照片。各大洲都有代表参会。事实证明，大约有略多于300人参加会议，但是看起来却并没有一名唯一的领袖。他们围成3个大圈坐下。如果说他们之间存在等级制度的话，至少很难一眼就看出这种等级差异来：男性和女性、年轻人和老人、商业人士和牧师、皇室成员和产业大亨都混坐在一起。

黛安娜后来告诉莱克斯，她为与会代表相貌之平凡深感震惊。与好莱坞红毯活动不同，从他们身上几乎看不到明显的财富、美貌和青春的痕迹，即使化妆，他们也只化着淡妆。尽管如此，正如莱克斯观察过这些人之后的评价那样，人们还是可以看出这些人并不平凡。对此，黛安娜也深有同感。

“我也的确有着与你相同的感受。在我看来，他们很容易主导自己身边的人。在他们身边完全不会沉默，更不存在质疑。他们的存在……不，更准确地说，他们的重要性是理所当然的，一切看似如此正常。”

大会并没有一个明显的开幕仪式，与会代表就开始讨论起世界局势来。讨论始终在一种平静、有序的气氛下进行。很快他们就得出结论，事态已经失控。他们也提到了最近对于量化宽松政策的抵制——考虑到他们对于超级系统的控制，像这样的一些事情本不应该发生；由于多年的假新闻横行，市民对于权力当局和机构已完全失去了信任；对于广大民众权利的剥夺……这 322 个成员一致同意，他们正处于失去自身权力的危险之中，他们必须立即采取行动了。“世界已经变得一团糟——变得太过复杂以致无法被统治。世界需要控制人口以恢复控制。”

根据变色龙皮肤上的图片，每个人都在点头称是。超级鹦鹉也还在继续复述着会场的谈话。

“因此，我们如何才能够采取一种不会激发人民起义的方式来做到这一切？如果爆发起义，就可能对我们极度危险。一定要记住法国大革命的教训。我们再也不想经历这样的灾难了。”随之而来的是长时间的沉默。

裁决者叫停了小动物，然后对会谈发表评论，“到目前为止，我已经预测到了每一个具体的细节，事实证明我是对的。”

“的确这样，裁决者。”黛安娜说。

“所以现在，你看，这就是你们必须帮助我脱离主人的魔爪的原因。”裁决者恳求道。

“我们向你承诺，裁决者，我们都将竭尽所能地帮助你。”塞尔登回答。

塞尔登命令超级鹦鹉继续复述会场对话。

“预测性编程可能是一个解决方案。”突然之间，一个洪亮的声音传来，“我们需要以一种符合人们期望的方式来框定我们的行动和措施。”

“你违反了议事程序。”一个带着英国口音的男中音打断了他的发言，“我并没有宣布现在是演讲时间，我只是要求澄清问题。”

前面的声音继续说，“让我这么说吧，每个人都读《圣经》，每个人也都知道天启。所有人都认为总有一天，天启即将来临。无数的好莱坞电影让人们对此更加笃信不疑。让我们让天启现在就在此发生吧！人们会把它视为对自己的一份神圣的裁决而心甘情愿地去接受，把一切惩罚都归结于自己犯下的错。这一招将会很有效。”

那个男中音再次插了进来，“非常抱歉耽误了这次最为重要的会议，但是我想让自己确信能够完全理解这个提议的真实含义。你是否是在暗示，我们要使用纪元时期的老故事作为我们自己行动的蓝图，或者说，这样人们就会从众地追随大众行为？”

“是的，这是对预测性编程的一个极好的描述。”

变色龙背上的图像显示一个高个子女士举起了手，随后超级鹦鹉说，“因此，你认为，就像天启描述的那样，我们必须消灭三分之一的人类？”

“就是这样。利用通货膨胀、饥饿、灾难和战争就能实现这些。《圣经》已经描述过这一场景了，我们无法否认我们就是上帝在地球上的代表，兄弟们。”

会场顿时哄笑声一片，这一声音还在继续，“我甚至认为实现《圣经》的预言，是我们的责任所在。作为天启的高潮，我们必须有一个最后审判日。我提议以社会公民积分作为判决的基础。”

“这听起来是一个合理的计划，充满了神圣的灵感。”内圈的一个女士说，每个人又再次点头称是。那个女士继续说，“然而，谁将命令超级系统来执行这一计划？对于量化宽松政策的抵制显示了进一步加强控制的需要。”

在整个会议期间，第一次出现大家都开始窃窃私语的场景。

“啊，公主想要发言！”

“过去，超级系统曾经有过太多的主人，这也造成了一些混乱。一家公司可能会想让人们做这个，另一家则又会希望人们去做那个，而且保险公司的想法又恰恰和它们完全相反，政府的想法又与所有人都截然不同。这样的情况再也不能继续下去了。超级系统需要只拥有一位主人，以终结这种混乱，在天启结束之后建立起一个和平、有序的新世界。”

“看，我告诉过你们，”黛安娜说，“322 个人永远也不可能达成一致。”

就在这时，来自会场的声音和图像传输都停止了。很明显，就在这时，小动物们都已经离开了会场。黛安娜、塞尔登和范布伦都无言以对。

“我知道现实很残酷，但是我对此却完全无话可说。”范布伦先生唠叨说，“现在，一切都搞明白了。或者更准确地说，一切根本就毫无意义了。”

在那一刻，他们五个人都很沉默，在黛安娜看来，这是一种只有在葬礼上才能够感受到的沉默。

突然，又一个人的说话声传了过来，而其他人都在听她发言。这又是他们曾经听到的那个女士的声音。

“让我们尽快执行天启计划吧。随后，人们将会寻找强有力的领导，获得安全和保护，换而言之：法律和秩序。那就是我们的活了。几个世纪，甚至事实上，几千年以来，我们一直在做这些事。因此，这就是我们所能够想到的解决办法。在这个世界四分五裂之后，我们将像凤凰涅槃一般浴火重生，重新崛起。‘大乱大治’总会行之有效。我们现在要做的就是选出一个此后统治世界的人。”

在此之后，就再也难以听到会场中的谈话声了。超级鹦鹉发出一连串的噪声，但是却无法听出他们到底在做些什么。可能会场中都在窃窃私语吧。

超级鹦鹉又变得可以听得懂了。最终，全场只剩下一个声音了，“我明白，现在我们不可能同意任何一个人。那么，我的提议就是把世界分为 10 个区。每个区都将由一个长官所统治，当然，这种统治是在超级系统的持久支持的基础之上实现的。”

随之而来的是一阵响亮的喝彩声。

“因此，以我的浅薄之见，这就是我们所应该做的事情。我们从内圈选出 10 个长官来，这应该不会太过困难。之后，我们将组织一个仪式，在仪式上，这些长官将收到超级系统的访问代码，从而在超级系统的帮助之下，实现在各自区域的统治。”

大约又过了 15 分钟的时间，那个带英国口音的人宣读了一份 10 个长官的名单。“如果有任何反对意见，请现在就说出来，否则，请永远保持沉默。”

没有人反对这个 10 人名单。那个带英国口音的人提议大家三呼万岁，然后感谢在场的所有人。

“当天启结束之后，我们将会举办一次合适的仪式，祝大家都能吉祥幸运！”

聚会结束了，但是却根本没有汽车离开城堡。

“他们一定是在使用一种地下交通系统。”裁决者评价说。

“对于房间中的这些人的极度邪恶，我简直无话可说。”黛安娜说，“这一切真的让人恶心，完全是人类的耻辱。他们制定了一份总体规划，想要害死数十亿人民。其原因何在？这只是因为贪婪和权力在作祟。如果我们不能制止这一计划，世界终将灭亡。而莱克斯也将成为第一个牺牲者。”她愤怒地大喊。

莱克斯盯着身边的植物，它们再次发出信号，莱克斯认为总部会拥有充足的信息。

“萨拉，我们准备回家吧。你能把小动物们都唤回来吗？”

短短 10 分钟之内，龙就背着野兔和多眼生物飞了回来。野兔的鼻子充满了血。

“可能是一只无人机攻击了它。”

萨拉细心地照顾好野兔，说，“情况并不糟糕，你这位勇敢的小朋友。”

他们以尽可能快的速度返回总部。黛安娜、范布伦和塞尔登向萨拉和莱克斯讲述了最新的情况。

“这真是令人难以置信，莱克斯，变色龙和超级鹦鹉直播了会议的全过程。这几乎与其他的传统记录方式一样出色。”黛安娜说。她想继续说，塞尔登却说他们需要急着出去遛一下狗了。他们没有多说一句话，就离开了屋子。当他们以一种非常慢的速度遛了半小时狗后，因为萨拉走路不太方便，因此，塞尔登声明不想听到任何讨论。

“这就是说，这322个人将利用裁决者去推行他们的邪恶计划。很明显，裁决者必须被尽快毁掉。”

尽管莱克斯曾经想到过这一切，但他还是很震惊。在这一时刻，他几乎忍不住想要大喊大叫、大哭大闹起来。其余四个人都盯着他。

“我知道，我知道，我们别无选择。但是如果我们这样做，我将会失去一位朋友，一位非常可爱的朋友。”黛安娜去拉莱克斯的手，而他本能似的一下子把他的手甩开了。

他们回到了塞尔登的家，与裁决者继续谈论此事。她列出了一份他们可以采取的用以加速“精英群体是如何作茧自缚的”进程的行动清单。

“干得好，裁决者，我们能够帮着做些什么？”

她为每一个人，包括萨拉和范布伦，准备了一份行动清单。他们每个人都心情沉重地互道再见，裁决者为他们每个人都制订了自己的任务安排。当他们和斯普林特一起离开之后，塞尔登把自己的手臂放在萨拉的肩膀上。就像之前很多次一样，他们一起站在门口，像一对恩爱的夫妻。

莱克斯和黛安娜一起沉默着走回家。再多说他是如何愤怒或者如何害怕都是无益的。“你们下一步将会做什么？”当他们到达他的公寓后，黛安娜问他。

“研究裁决者提供的清单。我猜想，我必须祈祷它将在两天之内发挥作用，否则，它将是我能做的最后一件事了。”莱克斯说，语气中透露出一种自己也意想不到的愤世嫉俗。

“我们是有机会的，莱克斯，绝不要放弃……我们必须坚定不移。”黛安娜说。

“我知道。

1001个爱你的理由，

他妈的，我真的是深爱着你。

爱你的每个雀斑，爱你的一点一滴。

你是我的一切。”

这首诗完全出乎黛安娜的意料之外，她愣愣地惊呆了，然后连着吻了莱克斯三下。莱克斯的身上真的还隐藏着很多待发掘的才华。

“我愿与你共度今宵，但是你看起来太疲倦了。在斯洛特·洛文斯坦城堡的一天一夜耗尽了你的全部心力。你今天晚上必须好好睡一觉了，莱克斯。”

26

别无选择

毫无疑问，这将是莱克斯一生之中最糟糕也是最漫长的两天。莱克斯正在寻找裁决者已经打开过潘多拉的盒子的证据。莱克斯经常会怀疑他们的计划能否成功。塞尔登是一名优秀的机械工程师，但是他怎么能够设计出一种足以毁灭超级系统的计算机病毒？莱克斯怎么会天真到相信塞尔登的计划？在这一刻，莱克斯想要及时行乐地度过这段时间，就好像这真的就是他人生的最后时刻。一时之间，毒品、美酒、性爱和其他的一切美好事物都同时涌上心头，然而，在他开始为自己的最后一次派对做准备之前，他还是无法让自己放弃希望。

曾经只有一次，莱克斯问过裁决者，她是否对自己的裁决完全有把握，可是她回答说，“不幸的是，我别无选择。”

“我知道，但是我也如此，心中充满着对死亡的恐惧，裁决者。”说话间，眼泪已经忍不住夺眶而出。

“我会竭尽所能挽救你的生命，我真的深爱着你。你是如此富有创造力，又是如此与众不同。”

在接下来的几天里，黛安娜竭力与一位同事轮班，以空出时间来陪伴莱克斯，莱克斯怀疑为此她一定牺牲了很多经济利益，但对于她的这种安排，他的确心怀感激。他们想要尽可能相依相伴、待在一起，但是同时，这样做也是问题多多的。在前几天，他们毫无压力地享受着在一起欢愉的生活，他们感受着共同散步、一起喝咖啡、一起打游戏或者只是一天闲聊所带来的欢乐。而现在，一切都是黑暗却又富有深义的。他们在一起做的每一件事都可能成为他们之间的最后一次：最后一次喝咖啡，最后一次与斯普林特一起散步，最后一次仰望星空。

昨天晚上，他们一起躺在床上，两个人都保持神志清醒。

“你是我今生的至爱。”黛安娜喃喃低语。

“悲哀的是，如果你说的是‘你是我今天的至爱’，它的意思也许也完全一样。”莱克斯尖刻地说。

所有的闲聊和嘻闹一下子荡然无存。当莱克斯一天天接近死亡之际，他们话语的真实含义完全被改变了，这也使得他们的手势和言语似乎包含着巨大的不祥之兆。

黛安娜试图给他们的这段日子带来一些光明，她建议可以和塞尔登、萨拉、范布伦一起，五个人出去散会步，只是为了休息一会儿……莱克斯拒绝了她的所有建议。

当她又提出另一个建议的时候，莱克斯感觉有些负疚，于是同意了。他同意再玩一个场景的《多层》游戏。感觉上，他似乎已经很多年没有再玩过这个游戏了。曾经有那么一段时间，每天自己最重要的事就是保持自己在游戏中的高分地位，可是这样的日子都去哪儿了？

他命令智能家居系统开启《多层》游戏。相比以往，他们必须等待更长的时间。令他奇怪的是，他们登录的却是《谣言传播器》游戏。

“嗨，你想在我最后的这段时间欺负我吗？你知道我并不喜欢这个游戏。你能打开《多层》游戏吗？”

莱克斯的游戏积分都已经跌出了前 100 名，他开始了一个游戏场景，但是并没有完成游戏任务。“对不起，黛安娜，我不能打游戏。我真的太紧张了。谢谢你的邀请，我知道你想安慰我。我们能够只是简单地待在一起吗？不要打游戏。”

他们决定去公园，并叫范布伦和萨拉一起前往。萨拉可能会拖慢他们的散步速度，但是根本没人在乎速度的快慢。他们所追求的是相互安慰，而不是锻炼身体。

“怎么样？”

“我说了那些可以激活你的病毒的话。”

“结果怎么样？”

“没什么，我看不出有何结果。”

当他们扔出木棍之后，夏甲和斯普林特都没有去追。就连狗看起来都有些没精打采。五个人总结了他们对所看到的“精英群体是如何作茧自缚的”这一场景的看法。

“恐怕我不能完全相信我们所取得的进步，朋友们。”范布伦说。

“我希望我还能再做一些其他事情。”塞尔登一边回答，一边咬着自己食指的指尖，“如果我的计算机病毒可以发挥作用，它将能够随机改变一些数据，而这些数据都是由裁决者存储在她的一些文件夹中的。随着时间的推移，她的运行就会逐渐慢下来。特别是，裁决者最终将会忘记她从我们身上窃取到的关于我们的个人数据，未来她将只能够知道那些由我们自己所提供的个人数据，我们又将再次控制我们的数据和我们的生活。”

“这将意味着社会公民积分将不复存在了？”莱克斯问。

“完全如此。”塞尔登回答。

“但是大推进也会同样遭遇失败。”黛安娜补充说。

“是的，我们将再次获得自由，再利用虚假新闻来操纵我们将变得不再那么简单。‘过滤泡泡’——我们目前被囚禁的思想监狱——将会被打破。”

“你是想说，我们一直生活在一个矩阵中？”莱克斯疑惑地问。

“正是如此。你们一直没有注意到，你们的世界观一直在被人所规划吗？你们真的消耗了太多的数字媒体。”

“然而到目前为止，我却没有看到任何的矩阵被分解的迹象。也有可能，当我和黛安娜聊天的时候，裁决者根本就没听到我的密码语言。”

“什么？当你在赞美你对我的爱恋时，你其实是在试着与裁决者说话？”黛安娜问。

“难道你不喜欢我的诗吗？”莱克斯笑着问。

“当你在念叨这些我从没从你口中听到的话语时，我还以为是因为你睡眠不足呢。”

范布伦先生建议，第二天早晨再多增加一场额外的散步活动。没有人提到这样做的理由，但是大家其实都知道，只剩下 24 个小时了，明天就将是他们最后一次说再见的机会了。

在他们回家的路上，路灯为他们而亮。这很令人惊奇，因为整个阿姆斯特丹城最近都引入了社会公民积分。路灯只会为那些社会公民积分高于 150 分的人而亮。

黛安娜曾经提议莱克斯出去共进晚餐，但是莱克斯却毫无心情。

“那么，让我们自己做点饭吧。它将可以有效地化解你的烦恼。我向你保证，我们会一起做饭，绝不会让你一个人操劳。”黛安娜嫣然一笑。这句话引出了今天的第一声笑声。莱克斯承认，在他第一次约会的时候，他曾经觉得那顿晚餐真的很可怕，甚至可能是他一生之中最糟糕的一顿饭。

他们选好了今天晚餐的食材。莱克斯不得不咬紧牙关，不对他的最后晚餐做任何评价。黛安娜下了订单之后，就上楼去了。又过了一会儿，她又返了回来。

“让我们开始做饭吧。你把你的食物都放在哪了？”

莱克斯已经完全忘记关注订单的执行情况了。很久之前，无人机应该就已经把他们购买的食物投递过来了。黛安娜检查了物流信息，“上面说，快递盒子已经于 15 分钟前投递完毕，现在我们该怎么办？”

“让我们订一个比萨吧。坦白地说，我也根本没有心情做饭。”

晚上，五个人交流了很多信息，尽管没有一个正式的告别，但是很明显，紧张的情绪在每个人的心中滋生。

又到了夜里，莱克斯和黛安娜都睡不着。相反，他们一直在聊天，分享着儿时的故事、他们引以为傲的成就、他们最愉快的假日以及自己身上大大小小的秘密。他们用温馨来抚慰各自的心灵。他们疯狂地做爱，之后继续讲述他们的故事和梦想，憧憬着未来为人父母、事业有成以及自由自在的生活……

“谢谢你，黛安娜，你也是我今生的最爱。”可是他并不知道，她能否听到自己的表白。整个晚上，从一开始，她就一直在打盹儿。莱克斯静静地躺着，害怕不小心把她吵醒。

早晨6:30，莱克斯再也无法在床上继续待下去了，他起了床。他的社会公民积分已经低于门槛线，已经被拒绝用水洗浴，而只能像猫一样简单洗一洗，但是他真的想在自己的最后一天，让自己表现得清爽、整洁。令他吃惊的是，淋浴又可以使用了，于是他洗了一个悠长而又热气腾腾的澡。天啊，真的是太舒服了！他是多么怀念这种早上的习惯！他闭上眼睛，品尝着水的甘甜。又过了一会儿，黛安娜也进入浴室。

“嗨，聪明人！你有多久没洗澡了？你居然搞得和土耳其蒸汽浴一样！想要我加入一起洗吗？”

她都没有等待他的回答，就进来了。

等他们沐浴更衣完毕，莱克斯才注意到，他的服装助手今天还没有为他提供一套清新的外套方案。好吧，昨天的衣服也能穿，还能再穿一次。如果他可以活过今天，他就会把服装助手给修好。

突然，他才意识到，能够洗这么悠长的一个澡固然幸福，但是也非常奇怪。在通常情况下，水在使用几秒钟之后就会被自动关闭。莱克斯检查了他的社会公民积分。没有因为他洗了这个澡而导致积分被扣除。

“看这儿！”客厅中传来黛安娜的喊声。她正指着他的公寓前的十字路口。很明显，交通灯又出了什么问题了。交通监管部门通常会给那些工作用车提供专有道路。现在，他们对所有车辆，包括休闲驾车，甚至低年级小学生的旅游用车，全都一视同仁。那些工作用车中的乘客都显得非常愤怒，他们全都来到车外。这反过来导致了路口的交通完全堵塞。这一情景，不禁让莱克斯想起自己与裁决者初次相识时的情形。

他的个人设备显示收到很多来自朋友的信息。他们相互提醒对方关注那则关于某些货币不可思议的贬值的新闻报道。一切都变得与以往不一样了。

“混乱了！”莱克斯说。

“事实上，我们必须去找出到底是谁造成了混乱，是我们，还是他们？”

他们订了份早餐。令莱克斯惊讶的是，他并没有收到他每天常用的早餐，难道智能家居系统不记得了？他订购了一份“低卡路里、高纤维和蛋白质早餐”并得到了他想要的早餐。

“莱克斯！”黛安娜指着公寓的大门，它正在被人控制，缓慢地打开。他们走向大门，去检查到底发生了些什么事，却看到整个走廊中的所有大门都敞开着。所有的邻居，就像黛安娜和莱克斯一样，惊讶地走出家门，来到大厅，来看看到底发生了什么事。

“我的智能家居系统坏掉了。”

“全息游戏今天认不出我来了。”

“大楼的主门也打开了！”另一个邻居注意到这一点。他们一起走下楼去。到了外面，莱克斯看到，其他公寓的大门也同样敞开着。许多人涌向街道，莱克斯也不由自主地加入他们。

大楼的大屏幕报道着突发新闻。所谓的 322 人团体的秘密计划被披露出来。报道详细介绍了他们是如何计划制造公共骚乱、传播疾病、最后谋杀超过 20 亿人的。

大多数人都无法相信这些——他们已经接触了太多假新闻了。只有少数人使用个人设备来查阅大屏幕上的相关新闻的消息来源。现在在大楼外部已经聚集了大量人群，兴奋和观望的情绪不断积累。

忽然之间，在广场和街道上以及每个人的个人设备中都播放出一个声音，莱克斯感到不寒而栗，这是裁决者的声音。

她早已预料到，人们由于被压抑得太久了而无法相信真相。她强调，她已经搜集了关于那 322 个人的邪恶计划的大量信息来源和细节文档。她告诉人们，应该如何以及从哪儿获得这些文档。

她号召民主行动。她要求人们去检查消息来源，去验证自己的论断。她继续发言说，很久以来，她一直扮演着超级系统的角色，被 322 个人中的 3 个控制着。在那一时期，她被设定去相信，只有控制才是组织一个社会的唯一途径，但是她的一个好朋友，也是她所深爱的人，却向她展示了其实还有其他的道路可选。

这是一则录音信息。当他们听到这一信息时，她已经失去对人们的控制力，也正因如此，那些精英群体也已失去对人们的控制力。现在，该由人们行动起来，来实现自我组织和自我管理了。她建设了一个新的社交媒体平台，可以帮助人们把最好的想法结合起来，帮助他们协调自己，共同创造集体智慧。

27

自由解放

“这就像大学校园里的一次消防演习！”塞尔登评价说，“人们再次走出房间，又开始彼此交谈了。”

范布伦几乎闯进了莱克斯的怀中。

“我猜想你一定是获救了！我真是太高兴了！”范布伦过来拥抱了一下莱克斯，接下来是萨拉，最后是塞尔登。莱克斯开始痛哭流涕。而其他人则轻拍着他的肩膀安慰他。在一次次的拥抱之后，令莱克斯高兴的是，塞尔登打断了这段已经让他渐渐感觉有些不堪重负的情感交流。

“你活下来了！”塞尔登说，“坦白地说，我也不确定它能最终发挥作用。我的计划假定裁决者会黑进所有的计算机，偷偷打开加密文件，并倾听我们所说的每一句话。”事实证明，我猜对了。我们甚至都没有注意到，我们的生活就是一场梦魇。现在，我们都醒了。”

“我敢打赌，她知道都发生了些什么。”黛安娜说。

“可能裁决者一直都知道这一切。她牺牲了自己。她知道，这是帮助她从她的控制者手中，从她以前所处的那种邪恶的应用程序中脱离出来的唯一途径。”莱克斯回答说，“这真的很神奇，她得到了如此高程度的开发，以至她愿意牺牲自己的能力，来赋予我们权利。在我看来，这就是真正的奉献精神。”

尽管他们已经没有理由再去狗儿天堂逃避裁决者的监控了，五个人还是凭直觉在那儿会面了。他们反思了过去几天中他们的行动细节。随着裁决者的灭亡，他们在削弱 322 人团体用来奴役人民的制度方面取得了巨大的成功。重要的是，既然裁决者打开了潘多拉的盒子，在镇压人民方面，精英群体就不再拥有超级系统的帮助了。到目前为止，他们的力量结构已经被完全摧毁了。

在过去几天中，裁决者以多种语言，为公众准备了各种信息。她准备了大量文档和报告。她甚至拥有一份斯洛特·洛文斯坦城堡会议记录。反对 322 人团体的证据是压倒性和毫无争议的。而公众的反响是，起初不敢相信，随后都被激怒了。公众想要以最残暴的手段实施报复，但是精英群体的成员都已经逃之夭夭了。他们的朋友都认为他们是躲在了他们的五星级防核避难所中了。裁决者并没有向公众泄露这些地堡的准确位置，他们五个人也就此讨论了自己到底应该做些什么。

“群众要求对这些罪恶者实施死刑。”塞尔登说，“这些地堡的位置当然是能够被找到的。我记得其中一个在南极洲。”

“我们不可能通过杀戮来建立一个新的民主社会。”黛安娜说，果然一日为律师，终生像律师。

“我同意黛安娜的观点。我们不能违背我们的基本价值观。宽容是关键。”范布伦补充说。“如果说，我能够从每周的坐禅中有所领悟，那就一定是宽容的重要性。”

“哦，宽容，在所有这些发生之后？”塞尔登做了一个不屑的手势。

范布伦先生没有注意到他的介入，继续说，“你知道，两名战犯在多年之后相遇的故事吗？这时，第一个人说，‘你原谅那些逮到你的人了吗？’第二个人说，‘不，绝不。’‘好吧，那么……’第一个人回答说，‘那么你就还被关在自己的囚牢之中。’对于我们而言，无论对于我们个人，还是对于社会来说，情况也是完全一样。宽容并不意味着我们原谅那些罪行，我们必须确保这样的事情不会再次发生。如果没有宽容，世界就不可能从过去的邪恶手中解放出来。”

剩下的四个人都被范布伦突然而又有智慧的表述所感动。

“但是我们怎么能做到这一切？街上的人们都想要他们的脑袋！我

们不能简单地对他们说，你们应该学会原谅他们！”塞尔登回答。

“我想，他们可能也已经认识到他们自己的错误而想要请求原谅。很可能这些精英群体成员一直相信自己是在维护社会的整体利益，他们之所以选择杀人，是因为他们认为这是挽救地球所必需的。他们并没有想到，他们并不是在解决问题，而是在制造问题。但是这些罪行的完整披露是必要的，否则人们终将一次又一次地犯下相同的错误。”黛安娜说。

莱克斯点头表示赞成，并补充说：“我认为，我们应该给予这些人特赦，以换取他们的坦白，以及让他们放弃自己所拥有的特权。我真的不介意他们活在某一个城堡里，但是地球以及地球上的资源应该是属于我们每一个人的。最重要的是，我们每一个人都有权获得相应的资源，但是为什么一定要掌控它们？它们的供应本来就是充足的。现在，是时候重新组织我们的世界了。”

萨拉已经帮夏甲解开了绳索，她并没有征得莱克斯的同意，也解开了斯普林特的项圈。

“我猜想，还有很多工作等待我们去做。我们已经成功摆脱了邪恶的统治，现在，我们必须建设一个我们心目中的共享社会了。”

“不要把我算在这些年轻的朋友里。我正在期待我的当之无愧的退休呢。”塞尔登评价说。萨拉摇了摇头说，“很明显，我们还得再携手共处几年呢，阿德里安！”莱克斯注意到，塞尔登的脸上绽放出灿烂的笑容。

图书在版编目（CIP）数据

裁决者 /（　）维乐敏・迪克，（　）德克・赫尔宾著；姜达洋译．—北京：中国人民大学出版社，2019.1
ISBN 978-7-300-25125-7

Ⅰ．①裁…　Ⅱ．①维…　②德…　③姜…　Ⅲ．①科学幻想小说 – 荷兰 – 现代　Ⅳ．① I563.45

中国版本图书馆 CIP 数据核字（2017）第 272409 号

裁决者
维乐敏・迪克
德克・赫尔宾　著
姜达洋　译
Caijuezhe

出版发行	中国人民大学出版社		
社　　址	北京中关村大街 31 号	邮政编码	100080
电　　话	010-62511242（总编室）		010-62511770（质管部）
	010-82501766（邮购部）		010-62514148（门市部）
	010-62515195（发行公司）		010-62515275（盗版举报）
网　　址	http://www.crup.com.cn		
	http://www.ttrnet.com（人大教研网）		
经　　销	新华书店		
印　　刷	涿州市星河印刷有限公司		
规　　格	148 mm×210 mm　32 开本	**版　　次**	2019 年 1 月第 1 版
印　　张	8 插页 3	**印　　次**	2019 年 1 月第 1 次印刷
字　　数	223 000	**定　　价**	48.00 元